A SETE CHAVES

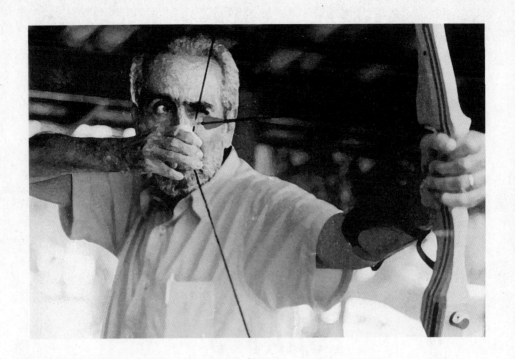

O Arqueiro

GERALDO JORDÃO PEREIRA (1938-2008) começou sua carreira aos 17 anos, quando foi trabalhar com seu pai, o célebre editor José Olympio, publicando obras marcantes como *O menino do dedo verde*, de Maurice Druon, e *Minha vida*, de Charles Chaplin.

Em 1976, fundou a Editora Salamandra com o propósito de formar uma nova geração de leitores e acabou criando um dos catálogos infantis mais premiados do Brasil. Em 1992, fugindo de sua linha editorial, lançou *Muitas vidas, muitos mestres*, de Brian Weiss, livro que deu origem à Editora Sextante.

Fã de histórias de suspense, Geraldo descobriu *O Código Da Vinci* antes mesmo de ele ser lançado nos Estados Unidos. A aposta em ficção, que não era o foco da Sextante, foi certeira: o título se transformou em um dos maiores fenômenos editoriais de todos os tempos.

Mas não foi só aos livros que se dedicou. Com seu desejo de ajudar o próximo, Geraldo desenvolveu diversos projetos sociais que se tornaram sua grande paixão.

Com a missão de publicar histórias empolgantes, tornar os livros cada vez mais acessíveis e despertar o amor pela leitura, a Editora Arqueiro é uma homenagem a esta figura extraordinária, capaz de enxergar mais além, mirar nas coisas verdadeiramente importantes e não perder o idealismo e a esperança diante dos desafios e contratempos da vida.

FREIDA McFADDEN

A SETE CHAVES

Traduzido por Fernanda Abreu

Título original: *The Locked Door*

Copyright © 2021 por Freida McFadden
Copyright da tradução © 2025 por Editora Arqueiro Ltda.

Publicado originalmente em 2021 nos Estados Unidos por Hollywood Upstairs Press. Todos os direitos reservados. Nenhuma parte deste livro pode ser utilizada ou reproduzida sob quaisquer meios existentes sem autorização por escrito dos editores.

coordenação editorial: Taís Monteiro
produção editorial: Ana Sarah Maciel
preparo de originais: Karen Alvares
revisão: Carolina Rodrigues e Pedro Staite
adaptação de capa e diagramação: Gustavo Cardozo
capa: Freida McFadden
imagem de capa: zentilia / Depositphotos / Fotoarena
impressão e acabamento: Bartira Gráfica

CIP-BRASIL. CATALOGAÇÃO NA PUBLICAÇÃO
SINDICATO NACIONAL DOS EDITORES DE LIVROS, RJ

M144s

McFadden, Freida, 1980-
  A sete chaves / Freida McFadden ; tradução Fernanda Abreu. - 1. ed. - São Paulo : Arqueiro, 2025.
  272 p. ; 23 cm.

  Tradução de: The locked door
  ISBN 978-65-5565-805-7

  1. Ficção americana. I. Abreu, Fernanda. II. Título.

	CDD: 813
25-96257	CDU: 82-3(73)

Meri Gleice Rodrigues de Souza - Bibliotecária - CRB-7/6439

Todos os direitos reservados, no Brasil, por
Editora Arqueiro Ltda.
Rua Artur de Azevedo, 1.767 – Conj. 177 – Pinheiros
05404-014 – São Paulo – SP
Tel.: (11) 2894-4987
E-mail: atendimento@editoraarqueiro.com.br
www.editoraarqueiro.com.br

Para Libby e Melanie
(como sempre)

PRÓLOGO

Há exatos 26 anos, um homem chamado Aaron Nierling foi preso em casa no estado de Oregon.

A maioria das pessoas considerava Nierling um cidadão exemplar. Ele tinha um emprego fixo e era um marido e pai dedicado, um típico chefe de família. Nunca havia sequer levado uma multa de trânsito na vida. Com certeza, nunca tivera problemas com a lei.

Após uma denúncia anônima, porém, a polícia encontrou atrás da porta trancada da oficina do porão de Aaron Nierling os restos mortais de Mandy Johansson, 25 anos.

Ossos preservados de outras dezessete vítimas dadas como desaparecidas ao longo da década anterior também foram encontrados num baú nesse mesmo porão. Durante o inquérito, Nierling foi indiciado por pelo menos dez outros homicídios que remontavam até duas décadas antes, mas isso não foi confirmado por nenhuma prova material.

Nierling fez um acordo para evitar a pena de morte e atualmente cumpre dezoito sentenças consecutivas de prisão perpétua num presídio de segurança máxima. A esposa também foi denunciada como cúmplice de homicídio, mas cometeu suicídio na prisão antes de ser julgada.

Matérias na imprensa afirmavam que Aaron Nierling era um gênio que passara duas décadas conseguindo se esquivar da polícia e do FBI antes de ser enfim capturado. Ele é um homem excepcionalmente carismático e charmoso... pelo menos, quando quer. É também narcisista e psicopata, provável responsável pela morte de no mínimo trinta mulheres, e não demonstra nem um pingo de remorso. Um louco. Um monstro.

Ele também é meu pai.

UM

Tem alguém me observando.

Posso sentir. Do ponto de vista lógico, não faz sentido alguém conseguir perceber o olhar de outra pessoa na nuca, mas por algum motivo estou sentindo agora. Um formigamento que começa no couro cabeludo, passa pela nuca e vai descendo pela coluna.

Vim sozinha até este bar. Gosto de ficar sozinha; sempre gostei. Sempre que posso escolher, opto pela minha própria companhia. Mesmo quando vou a algum restaurante, mesmo quando estou cercada pelo leve burburinho de pessoas conversando, prefiro ficar sentada sozinha.

Na minha frente está meu drinque preferido: um Old Fashioned. Nas noites em que não estou a fim de ir direto para casa, sempre venho ao Christopher's. É um lugar escuro e anônimo, com os balcões entranhados de fumaça de cigarro. Em geral, também está razoavelmente vazio, e os caras que preparam os drinques são bem gatos. Às vezes, escolho uma das mesas coladas na parede, mas nessa noite estou sentada no balcão com os olhos fixos no meu drinque, observando o único cubo de gelo se desfazer bem lentamente enquanto sinto o latejar na nuca se intensificar.

Consigo ouvir vagamente a televisão aos berros ao fundo. Na maioria das vezes, está transmitindo um jogo qualquer. Mas nesse dia está passando um programa de perguntas e respostas. O rosto do apresentador preenche a tela enquanto lê a pergunta.

Que amigo de Charles de Gaulle foi premier da França durante boa parte dos anos 1960?

Eu me viro depressa para tentar pegar em flagrante quem quer que esteja me observando. Não dou sorte. Tem gente atrás de mim, mas ninguém está me olhando. Pelo menos, ninguém está me olhando *neste exato momento*.

Deve ser uma coisa inocente. Vai ver é algum homem pensando em me oferecer um drinque. Vai ver é alguém que está me reconhecendo do trabalho.

Não quer dizer que seja alguém que saiba quem eu sou de verdade. Nunca é. Devo estar paranoica, só isso, porque hoje faz 26 anos desde o dia em que a minha vida inteira mudou.

O dia em que descobriram o que tinha no porão da nossa casa.

– Tudo bem aí, doutora?

O barman está debruçado na minha direção, com os braços musculosos apoiados no balcão pegajoso. É um barman novo; só o vi umas poucas vezes. É um pouquinho mais velho do que o cara anterior, uns 30 e poucos anos, talvez, como eu.

Puxo a gola do meu pijama cirúrgico verde do hospital. Ele começou a me chamar de "doutora" por causa disso. Na verdade, foi um chute certeiro: sou cirurgiã-geral. Por eu ser mulher, a maioria das pessoas vê a roupa e acha que sou enfermeira, mas ele chutou médica.

Meu pai deve estar orgulhoso, se é que ficou sabendo. Sejam quais forem os sentimentos ou emoções que ele é capaz de ter, orgulho com certeza é um deles: isso ficou claro em seu julgamento. Ele mesmo sempre quis ser cirurgião, mas não tirava notas boas o bastante. Talvez, se tivesse virado cirurgião, isso o houvesse impedido de fazer as coisas que acabou fazendo.

– Tudo, sim. – Contorno a borda do copo com a ponta do dedo. – Tudo ótimo.

Ele arqueia uma sobrancelha.

– Que tal o drinque? Como me saí?

– Você se saiu bem.

Não estou lhe fazendo jus: o drinque está perfeito. Eu o vi pôr o torrão de açúcar no fundo do copo; ele não apenas jogou um saquinho de açúcar no drinque como já vi alguns fazerem. Pôs a quantidade exata de *bitter*. E nem precisei falar para não usar água com gás.

– Preciso dizer uma coisa: eu não imaginava que você fosse pedir um Old Fashioned. Não é o tipo de pessoa que pede isso.

– Humm.

Tento manter o tom de voz desprovido de qualquer interesse, para que ele vá embora e me deixe em paz. Nunca deveria ter vindo me sentar no balcão. Verdade seja dita, porém, é raro os barmen puxarem tanta conversa assim.

Ele abre um sorriso capaz de desarmar qualquer um.

– Achei que você fosse pedir um Cosmopolitan, um Spritzer de limonada, ou alguma coisa do tipo.

Mordo a bochecha por dentro para me segurar e não responder. Adoro um bom Old Fashioned. É minha bebida preferida desde os meus 21 anos, e talvez até um pouquinho antes, para ser bem sincera. Uma bebida escura e forte, um pouco doce e um pouco amarga. Bebo um gole, e minha irritação com o barman tagarela evapora.

– Enfim. – Ele me encara com um último olhar demorado. – Se quiser alguma outra coisa, é só chamar.

Fico olhando enquanto ele se afasta. Durante uma fração de segundo, me permito apreciar os músculos esguios que se destacam por baixo da camiseta. Ele é atraente de um jeito nem um pouco ameaçador, de cabelos castanho-claros e olhos castanhos suaves. Os pelos que cobrem seu rosto não chegam a ser suficientes para serem chamados de barba. É bem normal, o tipo de cara que não daria para identificar numa acareação. Meio como meu pai era.

Começo a contar nos dedos há quantos meses não levo um homem para casa. Então começo a contar os anos. Na verdade, pode ser que estejamos adentrando o território das décadas. Já até perdi a conta, fato que em si já é perturbador.

Mas não estou interessada em ficar com o barman gato nem com mais ninguém. Muito tempo atrás, resolvi que relacionamentos amorosos não fariam mais parte da minha vida. Houve um tempo em que isso me deixava triste, mas agora já aceitei que é melhor assim.

Ergo o copo outra vez e faço a bebida girar lá dentro. Sigo com a mesma sensação de formigamento na nuca, como se alguém estivesse me observando. Mas vai ver não é real. Vai ver está tudo na minha cabeça.

Vinte e seis anos. Nem acredito que faz tanto tempo.

O apresentador do programa de televisão interrompe meus pensamentos e arranca meus olhos do drinque.

Qual assassino em série era conhecido pelo apelido de Mãos de Fada?

O barman olha de relance para a tela e responde, num tom casual:

– Aaron Nierling.

Hoje em dia meu pai é uma resposta em um programa de perguntas de TV. Talvez isso se deva ao fato de ser o aniversário de sua prisão, mas o mais provável é que seja apenas uma coincidência. Por mais que os anos passem, o que ele fez jamais será esquecido. Fico imaginando se ele está assistindo. Ele gostava desse tipo de programa. Será que pode ver televisão lá? Não sei ao certo o que lhe permitem fazer na prisão. Não falo com ele desde que a polícia o levou embora.

Mesmo ele tendo me escrito uma carta toda semana.

Afasto da cabeça os pensamentos relacionados a meu pai e tomo um gole do drinque, deixando-me ser invadida pela sensação agradável de calor. Do outro lado do bar, o barman passa pano no balcão e seus músculos se flexionam por baixo da camiseta. Ele faz uma pausa breve, olha para mim... e dá uma piscadela.

Humm. Talvez essa minha abstinência autoimposta não seja uma ideia tão boa. Seria tão ruim assim eu me divertir por uma noite? Vestir outra roupa que não o pijama cirúrgico? Ou soltar meus cabelos pretos, em vez de prendê-los no coque apertado que faz meus folículos capilares gritarem de dor?

– Dra. Davis? É a senhora?

Ao ouvir a voz atrás de mim, a sensação gostosa de calor causada pelo drinque desaparece na hora. Eu tinha razão. Alguém estava me olhando *mesmo*. Queria ter me enganado só dessa vez. Tudo que eu queria hoje à noite era um pouco de tranquilidade.

Por dois segundos inteiros, cogito não me virar. Fingir que na verdade não sou a Dra. Nora Davis. Que sou alguma *outra* mulher de pijama cirúrgico verde que por acaso apenas se parece com a Dra. Davis.

Mas pelo menos ele não me chamou de Nora Nierling. Ninguém me chama assim há muito, muito tempo. E quero que continue desse jeito.

O homem parado atrás de mim tem 50 e poucos anos, é baixo e atarracado. Com toda a certeza, deve ser um paciente. Não consigo me lembrar do nome, mas me lembro de todo o resto em relação a ele. Apareceu no hospital com febre e dor no abdômen. Foi diagnosticado com uma colecistite, uma infecção da vesícula biliar. Tentamos remover a vesícula por meio de uma laparoscopia usando câmeras, mas, no meio do caminho, precisei transformar a intervenção numa cirurgia de barriga aberta. Por isso sei que, se ele erguesse a camisa que cobre sua barriga saliente, haveria uma marca diagonal riscando o lado direito da parte superior do abdômen. Já bem cicatrizada, tenho certeza.

– Dra. Davis! – O homem me encara com uma expressão radiante que exibe uma fileira de dentes amarelos e levemente podres. – Fiquei olhando pra cá e não tive certeza, mas... É a senhora *mesmo*. Ai, rapaz. Nunca teria imaginado encontrar a senhora num lugar desse.

O que uma boa moça como você está fazendo num lugar desse? Pelo menos ele não comentou nada sobre o meu Old Fashioned.

– É, pois é – murmuro.

Queria que ele me dissesse o nome dele. Eu me sinto em franca desvantagem. Tenho excelente memória para muitas coisas; seria capaz de desenhar de olhos fechados cada vaso sanguíneo que irriga os intestinos. Mas os nomes das pessoas não são uma dessas coisas. Tento acessar as profundezas do meu cérebro, mas nada me vem.

– Ô, campeão! – diz o homem para o barman. – Os drinques da Dra. Davis são por minha conta! Esta senhora aqui salvou a minha vida!

– Não precisa – murmuro, mas já é tarde.

O paciente sem nome já está se acomodando na banqueta ao lado da minha, muito embora eu sinta que a falta de maquiagem e o pijama cirúrgico – que de tão grande chega a parecer um saco de batatas – não sejam um convite à companhia.

– Foi ela quem me deixou isso aqui! – anuncia ele ao mesmo tempo que levanta a barra da camisa.

O abdômen é coberto de pelos escuros e crespos, mas ainda é possível ver a leve cicatriz no lugar onde o cortei. Exatamente como me lembro de ter feito.

— Servicinho bom, né? — prossegue ele.

Abro um sorriso discreto.

— A senhora é uma heroína de verdade, doutora — diz ele. — Sério, eu estava muito doente...

E então ele começa a recontar com orgulho a história para qualquer um que consiga escutar. De como salvei a vida dele. Eu diria que esse fato está sujeito a debate. Sim, fui eu quem removeu a vesícula infeccionada. Mas seria possível argumentar que ele talvez tivesse se saído igualmente bem com antibióticos na veia e um dreno colocado pela radiologia intervencionista. Eu não necessariamente salvei a vida dele.

Mas o homem não vai se deixar dissuadir. E de fato executei a cirurgia com sucesso, e ele se recuperou totalmente e está com um aspecto bastante saudável, tirando a dentição.

— Bem impressionante — comenta o barman quando o misterioso paciente termina o extenso relato de meus feitos. Nos lábios, tem o esboço de um sorriso de quem está se divertindo. — Uma heroína e tanto, hein, doutora?

— Bom, pois é. — Bebo os últimos resquícios do meu Old Fashioned. — É o meu trabalho.

Levanto da banqueta, titubeando. Se alguém estivesse me observando, poderia pensar que bebi demais para dirigir. Mas o motivo que me faz estar mal das pernas não tem nada a ver com a bebida.

Vinte e seis anos exatos. Às vezes, parece que foi ontem.

— Vou indo. — Sorrio educada para meu ex-paciente. — Obrigada pelo drinque.

— Ah. — O semblante do homem fica abatido, como se ele esperasse que eu fosse ficar mais uma hora conversando sobre a sua vesícula infeccionada. — Está mesmo de saída?

— É, acho que sim.

— Mas... — Ele espia meu copo vazio e tamborila os dedos rechonchudos no balcão. — Achei que fosse poder pagar outro drinque pra senhora. Ou quem sabe um jantar. Como agradecimento, sabe?

E então mais um pedacinho de lembrança relacionada àquele homem me volta à mente. Ao me agradecer na visita de acompanhamento, ele pôs a mão no meu joelho. E o apertou de leve antes de eu me afastar. *A senhora fez um excelente trabalho, Dra. Davis.* Mas sigo sem lembrar como ele se chama.

– Não precisa – digo. – Seu plano de saúde já me pagou.

Ele coça o pescoço, uma pequena mancha vermelha irritada pela gilete. Tenta ressuscitar o próprio sorriso.

– Ah, vai, Dra. Davis... *Nora*. Uma mulher bonita assim não deveria estar sozinha num bar.

O sorriso educado desaparece dos meus lábios.

– Estou bem, muito obrigada.

– Vamos. – Ele pisca para mim. Reparo que um de seus incisivos podres está marrom-escuro, quase preto. – Vai ser legal. Você merece uma noite agradável.

– Mereço, mesmo. – Penduro a bolsa no ombro. – Por isso estou indo pra casa.

– Acho que deveria reconsiderar. – Ele tenta segurar meu braço, mas eu o afasto. – Eu posso fazer você se divertir bastante, Nora.

– Duvido muito.

Todo o afeto desaparece de sua expressão. Ele estreita os olhos para mim.

– Ah, tá, entendi. Você é boa demais pra passar cinco minutos conversando no bar com um paciente seu.

Meus dedos se tensionam em volta da alça da bolsa. Bom, essa situação foi ladeira abaixo bem depressa. Preciso avisar Harper para se certificar de que esse cara seja banido da clínica. Ah, espera, não dá. Continuo sem lembrar como ele se chama.

– Com licença. – A voz séria do barman interrompe nossa conversa. – Esse cara está incomodando a senhora, doutora?

Henry Callahan. É esse o nome dele... a lembrança me vem como um soco na boca. Deixo escapar um suspiro de alívio.

Callahan olha para o barman, reparando na altura dele e também nos músculos dos antebraços e do bíceps. Sua testa se enruga.

– Não, estou de saída.

– Ótimo.

Callahan dá um jeito de esbarrar no meu ombro ao sair cambaleando pela porta. Fico imaginando quantos drinques ele tomou antes de me abordar. Provavelmente vários... talvez de manhã nem se lembre do que aconteceu.

Henry Callahan. Vou avisar Harper amanhã assim que chegar. Ele não é mais bem-vindo na minha clínica.

Torno a olhar para meu copo vazio. Pelo visto, no fim das contas, Henry não chegou a me pagar o tal drinque. Levo a mão à bolsa para pagar eu mesma, mas o barman faz que não com a cabeça.

– É por conta da casa – diz ele.

Ergo o queixo.

– Eu gostaria de pagar.

– Bom, e eu gostaria de pagar um drinque pra uma mulher que salvou a vida de um cara.

Os olhos castanhos suaves do barman permanecem cravados nos meus. A expressão no rosto dele é estranhamente conhecida. Será que já vi esse cara antes?

Eu o encaro de volta e vasculho seus traços de beleza genérica enquanto tento situá-lo. Ele não poderia ter sido um paciente. É bem mais novo do que a maioria das pessoas que atendo, e me lembro de todo mundo que já operei – como Henry Callahan –, mesmo não conseguindo me lembrar imediatamente de seus nomes.

A gente se conhece? A pergunta está na ponta da língua, mas não a faço. Devo estar errada. Essa noite anda meio estranha, para não dizer outra coisa. E tudo que eu quero é ir para casa.

– Tá bom – concedo por fim. – Obrigada pelo drinque.

Ele inclina a cabeça de lado.

– Vai ficar tudo bem? Quer que eu acompanhe você até o carro?

– Não precisa – respondo.

Olho para o estacionamento do bar lá fora. Meu carro está bem debaixo de um poste, a poucos passos de distância. Fico olhando Henry Callahan ir até o próprio carro, um Dodge azul pequeno com um baita amassado no para-choque de trás. Meus ombros relaxam quando o observo partir.

A sensação esquisita na minha nuca sumiu, mas foi substituída por um ligeiro mal-estar. Dou o melhor de mim para afastá-lo. Não estou preocupada com Henry Callahan. Depois das coisas que vi na vida, não tem muito que consiga me abalar.

Mas mesmo assim ainda passo mais alguns instantes no bar, para ter certeza de que ele foi embora.

DOIS

Meu carro é um Camry verde-escuro da Toyota. Um carro bom e discreto, de uma cor discreta, sem qualquer arranhão ou amassado. Meu sócio, Dr. Philip Corey, comprou um Tesla vermelho no ano passado. Quando apelidei o veículo de "carro da crise da meia-idade", Philip só me deu uma piscadela. Ele ama correr por aí com o Tesla. Entrar num carro com Philip significa deixar a própria vida por sua conta e risco.

Não estou tendo nenhuma crise de meia-idade. Só precisava de um veículo seguro para ir de A até B com o mínimo de alarde possível.

O estacionamento do Christopher's está quase silencioso quando me sento no banco do motorista do Camry. Dou a partida no motor, e uma música clássica toma conta do interior do carro. *Noturno em Dó*, de Chopin. Já toquei piano, e aprendi essa peça para um concerto no ensino médio. Parece que faz uma eternidade. Faz no mínimo uma década que não toco as teclas de um piano.

Saio do estacionamento. As ruas estão tranquilas, como é o esperado nas noites de semana. Afundo o pé no acelerador e pego as ruas secundárias para chegar em casa, como sempre faço.

Após uns dois minutos dirigindo, reparo no par de faróis atrás de mim.

Isso não significa necessariamente alguma coisa. Tem um carro atrás de mim, e daí? Mas, ao mesmo tempo, costumo ser a única a percorrer essas ruas secundárias nesse horário. Em geral, somos só eu e as estrelas. E talvez a lua, dependendo da fase.

Além do mais, o carro está me seguindo bem de perto. Estou pelo menos 15 quilômetros acima do limite para essa via pequena, e os faróis devem estar a menos de dois carros de distância atrás de mim. Se eu freasse de repente, ele quase com certeza iria com tudo na minha traseira.

Desconfio que esse carro possa estar me seguindo de propósito. Mas só tem um jeito de ter certeza.

Vou me aproximando de uma bifurcação. Dou seta para a esquerda. Ao chegar ao cruzamento, começo a virar à esquerda. Mas no último segundo viro à direita.

Faço tudo isso sem tirar os olhos do retrovisor. Fico olhando para os faróis atrás de mim quando eles começam a ir para a esquerda, então viram na bifurcação ao mesmo tempo que pego a direita. E então o carro para, cantando pneu. Dá ré, em seguida pega a direita na bifurcação.

Inspiro com força e aperto o volante com as mãos. O outro carro com certeza está me seguindo. O filho da mãe está me seguindo.

Enquanto pondero qual vai ser meu próximo passo, um pensamento me atravessa rapidamente a cabeça. Um pensamento que tenho com certa frequência toda vez que me vejo numa situação difícil:

O que meu pai faria?

Sempre tive esse pensamento, por mais que tente não ter. Não quero saber o que meu pai faria. E com certeza não quero fazer a mesma coisa que ele teria feito. Afinal, no momento, é ele quem está cumprindo dezoito sentenças de prisão perpétua. O que não é bem algo que eu almeje.

Estou com o celular no bolso, conectado ao bluetooth. Poderia chamar a polícia. Poderia passar minha localização e dizer que tem um carro me seguindo. Mas tampouco faço isso.

Na esquina seguinte, em geral dobro à direita para chegar em casa. Só que dessa vez dobro à esquerda. O carro atrás de mim faz o mesmo. A luz dos faróis invade meu carro quando ele vai chegando cada vez mais perto. Nem sequer tenta esconder o fato de estar me seguindo. Os dois carros de distância agora se transformaram em um. O outro carro está colado no meu para-choque traseiro.

Então vejo meu destino mais à frente. A delegacia do bairro.

Entro no estacionamento da delegacia. Mantenho os olhos no retrovisor, esperando para ver se o motorista vai ter o sangue-frio de me seguir até dentro do estacionamento da delegacia. Mas, em vez disso, os faróis somem do meu retrovisor, exatamente como eu desconfiava que iria acontecer. Enquanto entro numa vaga, vejo o carro que estava me seguindo passar reto.

É um Dodge azul com o para-choque traseiro amassado.

Passo os dez minutos seguintes sentada no estacionamento da delegacia, observando a rua para ter certeza de que o carro que estava me seguindo foi mesmo embora. Não é meu lugar preferido para estar. Lembro-me da primeira vez na vida em que estive na delegacia. Eu tinha 11 anos. Meu pai acabara de ser preso. A polícia tinha várias perguntas para me fazer.

Nora, há quanto tempo você sabia que seu pai tinha uma oficina no porão de casa?

Nora, sua mãe alguma vez desceu lá?

Nora, tem algum outro esconderijo na sua casa?

Outra mulher poderia ter entrado na delegacia. Pedido para ser acompanhada até em casa. Dado queixa por ter sido seguida por Henry Callahan. Mas para mim não vai adiantar. E a perspectiva de entrar numa delegacia me faz passar mal, fisicamente. Depois do que vivi tantos anos atrás, nunca mais na vida quero pôr os pés numa.

Afinal, uma simples verificação de antecedentes vai revelar exatamente quem sou. E não preciso disso.

Dez minutos mais tarde, fico segura de que Callahan finalmente foi embora. Dito e feito: quando volto para a rua, ela está silenciosa e vazia como sempre. Levo mais quinze minutos para chegar à minha aconchegante casinha de dois andares em Mountain View. O corretor me disse que a casa era perfeita para uma família pequena, mas sou só eu. Houve um tempo em que pensei que talvez não fosse ser sempre assim, mas, olhando para trás, isso foi um erro de avaliação.

No andar de cima há dois quartos, e uso o segundo como escritório e quarto de hóspedes. A lavadora e a secadora ficam no porão. Quando Philip veio me visitar, pouco depois de eu comprar a casa, torceu o nariz e comentou que eu tinha grana para comprar um lugar melhor. É, tinha mesmo, mas sou feliz aqui. O que é que eu ia fazer, zanzando por uma casa de cinco cômodos sozinha? Afinal, nunca vou ter filhos para encher todos eles.

Entro pelo acesso da garagem. A porta faz um eco ao bater, e quando o som se dissipa a casa cai em um silêncio mortal. Fico parada por alguns segundos, segurando com força as chaves na mão direita.

– Amor, cheguei! – grito para dentro.

Engraçado isso, porque, sabe, eu moro sozinha.

Fico parada alguns segundos, ouvindo o eco das minhas palavras se espalhar pela sala. Às vezes fico preocupada por morar sozinha. Se alguém entrasse na minha casa e ficasse me esperando lá dentro, quem iria saber?

Mas moro num bairro seguro. Não preciso me preocupar com esse tipo de coisa.

Estou morrendo de fome. Se não tivesse tido que lidar com Henry Callahan tentando me meter medo, teria comprado um hambúrguer no caminho de casa. Faz parte da minha campanha para infartar antes dos 50. Mas, como perdi essa chance, entro na cozinha para ver o que tem no congelador. Preciso de um pouco de comida para diluir o uísque. E depois, quem sabe, de outro uísque para diluir a comida.

Não, melhor não. Está ficando tarde e preciso acordar cedo para operar. Em geral, não preciso dormir muito, mas já começo a sentir as pálpebras pesarem.

Ao abrir o armário da cozinha, ouço uma pancada. Depois, outra.

Alguém está tentando entrar pela porta dos fundos.

Tum.

Fiquei quase dez minutos esperando na delegacia. Henry Callahan tinha ido embora. Ele não me seguiu até em casa... disso eu tenho certeza. Dirigi o tempo inteiro olhando pelo retrovisor e não vi nenhum carro atrás de mim. Eu teria reparado, mesmo que os faróis estivessem apagados. Sou muito observadora.

Olho pela janela, mas tudo que vejo é escuridão. Não tem ninguém lá fora.

Como eu disse, moro num bairro muito seguro. Todos os meus vizinhos são profissionais em ascensão, a maioria com famílias recém-formadas. Embora eu não saiba ao certo, porque não aproveitei a oportunidade para conhecer nenhum deles. Não sou capaz de dizer o nome de uma pessoa sequer que viva num raio de um quilômetro e meio de mim, ainda que suponha ser capaz de reconhecer algumas de vista.

Imagino o que elas diriam se alguma coisa um dia me acontecesse. *Ela parecia legal. Na dela. Sempre muito reservada.* É isso que diriam.

Tum.

Vou até o armário acima da pia. Abro-o e pego o objeto que estou procurando antes de voltar até a porta dos fundos. Dou uma última olhada pelo vidro para me certificar de que não tem ninguém ali. Então giro a maçaneta e abro a porta.

Na mesma hora, os miados começam. Tem um gato preto junto a meus pés, que fica se esfregando na perna da minha calça com a cabecinha peluda. Então ergue para mim dois olhos esperançosos.

– Tá, tá bom, tá bom – digo.

Abro a lata de comida para gato que peguei no meu armário e despejo o conteúdo na tigelinha que deixo ao lado da porta dos fundos. Essa gata *não é* minha. É uma gata de rua. Eu provavelmente deveria ligar para um abrigo de animais ou algo assim, mas em vez disso comprei uma caixa de comida para gato. E agora pelo visto estou alimentando a bichinha.

Fico olhando a gata ingerir um patê de frango que me custou 60 centavos. Ela fica ridiculamente agradecida toda vez que lhe dou comida. Talvez mais até do que Callahan por eu ter salvado sua vida.

Meu pai não teria feito isso. Não teria alimentado uma gata de rua. Ele nunca salvou a vida de ninguém.

Passo mais alguns segundos vendo a gata comer, então fecho a porta. E tranco.

Dez minutos mais tarde, me acomodo diante da mesa da cozinha com uma bandeja de comida pronta e meu notebook. Acesso o sistema de prontuários eletrônicos da clínica. Confiro alguns exames laboratoriais, mas então me pego buscando o prontuário de Henry Callahan.

Exatamente como eu me lembrava. Colecistite. Remoção obrigatória da vesícula. Laparoscopia que virou cirurgia de barriga aberta. Sem complicações pós-operatórias, recuperação normal.

Então clico na aba de dados pessoais. Ali está indicado o seguro-saúde de Callahan. Seu contato de emergência é o irmão, ou seja: ele não é casado. Deve morar sozinho. E bem abaixo de todos os números de telefone está seu endereço residencial.

Ele mora em San Jose, num bairro meio perigoso. Pelo visto, numa casa. Na verdade, bem perto daqui.

Eu poderia chegar lá em vinte minutos.

Humm.

Balanço a cabeça e fecho o notebook com um estalo. Pego meu copo d'água e tomo um bom gole. Queria tomar outro Old Fashioned, mas vou ter que me contentar com água.

A pilha de correspondência que peguei em frente à porta está agora arrumadinha no centro da mesa. Empurro o notebook para o lado e começo a separar as cartas. As duas primeiras são boletos. Acho incompreensível eles continuarem chegando, já que eu pago todas as minhas contas pela internet. A terceira é um pedido de contribuição para um partido político. Até parece. Depois tem o catálogo de uma padaria oferecendo uma variedade de bolos e pães.

E a última é uma carta do meu pai.

Inspiro com força enquanto encaro a caligrafia bem-feita em tinta preta no verso do envelope. Ele sempre teve uma letra muito bonita. Econômica e compacta, todas as letras exatamente da mesma altura, como se as tivesse medido com uma régua, a caneta marcando o papel e deixando sempre o contorno impresso na folha de trás. Será que o carteiro reparou no nome do remetente? Se reparou, deve ter achado que era brincadeira. Pelo menos, a carta está endereçada a Nora Davis. Faz quase 26 anos que não sou mais Nora Nierling.

Ele tem me escrito essas cartas toda semana desde o dia em que foi preso. Passei um tempão sem saber. Minha avó costumava jogá-las fora. Mas, então, depois que saí de casa para fazer faculdade, as cartas passaram a chegar diretamente para mim.

O que ele tem a me dizer? O que poderia ter a dizer?

Será que ele pensa em mim? Que se preocupa comigo? Minha mãe se preocupava comigo quando eu era criança, mas ela se foi há muito tempo. Ninguém mais pensa em mim nem se preocupa comigo. Não de verdade. Philip talvez um pouco, porque se alguma coisa me acontecesse quem iria atender os pacientes dele quando ele tirasse férias? Mas não se preocupa comigo de nenhuma forma real.

Passo um tempão encarando a carta. Como faço toda semana.

Então, como faço toda semana, rasgo-a ao meio, depois ao meio outra vez, e jogo os pedaços na lixeira.

Feliz aniversário de prisão, pai.

TRÊS

26 anos atrás

O bolo sai do forno com um cheiro delicioso. É um bolo de massa branca, meu preferido. E minha mãe fez do zero, com farinha, açúcar, fermento, essência de baunilha e ovos. Ela me ensinou a misturar separadamente os ingredientes úmidos e secos, e depois juntar tudo. Eu ajudei porque ela me pediu, mas não gosto de fazer bolo com a minha mãe. Por mim, a gente poderia ter usado a mistura para bolo que já vem pronta. Ou apenas algo que ela tivesse comprado no supermercado.

Minha mãe coloca a forma na bancada da cozinha e tira as luvas cor-de-rosa. São duas formas, porque ela vai fazer um bolo de dois andares. Foi isso que eu pedi. Um bolo de massa branca de dois andares com cobertura de cream cheese.

– A gente pode colocar a cobertura agora? – pergunto.

Minha mãe põe as mãos na cintura. Ela é uma mãe de comercial. Tipo, se alguém estivesse lendo um livro sobre como ser uma mãe, ela provavelmente seria igualzinha à minha. Toda noite ela prepara nosso jantar, certifica-se de que eu faça meu dever de casa todinho e limpa a casa inteira sozinha, de alto a baixo. (A responsável pelo meu quarto *tecnicamente* sou eu, mas, se fico com preguiça e não arrumo, ela na maioria das vezes arruma para mim.) Quando nossos vizinhos ficam doentes, ela vai à casa deles para saber notícias levando um pote com canja, ou quem sabe um ensopado.

– Nora – diz ela. – Você sabe que o bolo precisa esfriar antes de passar a cobertura. Senão a cobertura derrete.

– Bom – digo após pensar um pouco. – Se derreter, a gente pode passar uma *segunda* camada.

Isso a faz sorrir. Ela sorri bastante. Quando sorri, seu rosto fica com duas covinhas, e isso faz sua papada parecer maior. Quando ela e meu pai se casaram, ela era magra, quase pele e osso, mas agora não. Gosto mais assim. Quem é que gosta de abraçar um saco de ossos? Mas meu pai vive dizendo que ela deveria tentar emagrecer. Ele diz muito isso.

– Tem que ter paciência – diz ela.

Eu costumo ter bastante paciência. Mesmo quando os outros alunos estão fazendo bagunça na sala de aula, sempre fico sentada quietinha e faço o que o professor diz. Só que hoje é meu aniversário, e o bolo está com um cheiro superbom. Então rasgo a tampa da embalagem de plástico do glacê de cream cheese e passo um dedo naquela alvura cremosa irresistível. Minha mãe me lança um olhar, mas não me impede. Afinal, somos só nós duas que vamos comer aquele glacê.

Humm. Glacê de cream cheese.

– Tem certeza que não quer que eu convide nenhum dos seus amigos hoje? – pergunta minha mãe. – Ainda dá tempo.

– Não precisa.

– Mas, meu amor, é seu *aniversário*.

Ela não precisa me lembrar de que hoje é meu aniversário. Eu *sei* que é. Estou fazendo 11 anos. Ano que vem vou passar para a segunda etapa do ensino fundamental. Mal posso esperar.

Minha mãe une as sobrancelhas franzindo a testa.

– Você tem amigos, não tem, Nora?

– Tenho.

Não é mentira. Eu tenho amigos, sim. Tem umas meninas com quem brinco todo recreio. Mas nunca tive nenhum amigo muito próximo. Tem meninas que se falam por telefone toda noite e ficam até meia-noite conversando. Eu não tenho nenhuma amiga assim. E não tenho nenhum amigo que queira convidar para minha festa de 11 anos.

Qual é o problema com isso?

Dou outra passada de dedo no glacê, e minha mãe me lança mais um olhar. Eu sabia que era apenas uma questão de tempo até ela me mandar parar.

— Sobe lá pra trocar de roupa — diz ela para mim. — Quando você descer, o bolo já vai ter esfriado.

Dou um grunhido.

— Trocar de roupa pra quê? É só a gente.

— É seu aniversário. Um dia especial. Você não quer ficar bonita?

Ergo um dos ombros.

— Meu pai vai chegar que horas?

— Daqui a uma hora. Ele vai comprar um presente pra você na volta.

Cruzo os dedos das mãos e dos pés para ser outro hamster, só que provavelmente não vai ser, porque minha mãe diz que não dou sorte com hamsters. Mas sei que vai ser alguma coisa legal. Meu pai dá os melhores presentes.

Minha mãe cruza os braços.

— *Vai lá*, Nora. A gente não vai passar o glacê no bolo enquanto você não estiver pronta.

Tá bom. Largo a embalagem de cream cheese em cima da bancada para subir e me trocar. No caminho para a escada, passo pela porta do porão. Tenho amigos na escola cujos porões foram reformados, e eles o usam para jogar videogame ou dar festas, mas o nosso é a oficina do meu pai.

Alguns anos atrás, ele começou a se interessar bastante por marcenaria e decidiu transformar nosso porão em uma oficina. Então agora passa horas enfiado lá embaixo, fazendo cadeiras e mesas e coisas assim. Só que ele não é nem um pouco bom nisso. Tipo, mês passado ele subiu do porão com uma cadeira que tinha feito, e estava bem ruim. Cada perna de um tamanho. Não era o tipo de cadeira em que uma pessoa fosse querer se sentar, parecia que ia desmontar. Mas, como minha mãe disse para a gente dar força para ele, eu falei que tinha gostado.

Achei que fosse ser divertido ajudar meu pai na oficina. Não que eu goste muito de marcenaria, mas gosto de fazer coisas com meu pai. Só que ele disse que fazer marcenaria é o seu momento de ficar sozinho e que isso o ajuda a relaxar. Não sei por que ele não consegue relaxar comigo por perto, mas, enfim.

Em volta da porta do porão sempre fica um cheiro. No começo, não sabia muito bem o que era, mas aí meu pai me deu de Natal um frasco de água corporal de lavanda, e entendi que cheiro era. Lavanda. Sinto uma forte lufada de lavanda toda vez que passo pela porta do porão, como se todo o subsolo da casa estivesse encharcado.

Ponho a mão na maçaneta do porão. Nunca vi a oficina do meu pai. Ele sempre deixa a porta trancada porque diz que é perigoso lá embaixo. Tipo, tem um monte de furadeiras e serras, e eu poderia me machucar. Falei que ia tomar cuidado, mas ele não cedeu.

Tento girar a maçaneta. Não gira. *Trancada*. Como sempre.

– Aaron! – A voz da minha mãe chama da cozinha. Ela fala superalto. – Chegou cedo!

Sinto o coração pular dentro do peito. Esqueço inteiramente de trocar de roupa, *roupa que além do mais está ótima*, e volto correndo para a cozinha. Meu pai está parado no meio do cômodo, vestido com seu casaco volumoso de gominhos, o cabelo todo bagunçado por causa do gorro. Meu pai é o mais bonito de todos os pais das minhas amigas. É alto, de cabelo castanho-escuro, quase preto e bem farto, além de dentes brancos perfeitos, e todas as professoras ficam cheias de sorrisinhos perto dele.

Ele trabalha como flebotomista. Sei tudo sobre isso porque uma vez tive que fazer um trabalho sobre as profissões dos nossos pais. Como minha mãe é dona de casa, escrevi sobre o meu pai. Basicamente, ele colhe sangue das pessoas para poderem fazer exames nele. É um trabalho superimportante. E também uma palavra superdifícil de escrever: FLEBOTOMISTA. Não conheço nenhuma outra palavra que seja mais difícil que essa.

Enfim, ele é superbom no que faz. Disse que às vezes precisa convencer as pessoas para elas deixarem ele colher o sangue, mas sempre consegue fazer com que elas topem. Só que, somando o trabalho e todo o tempo que ele passa naquela droga de porão, eu quase nunca o vejo.

– Parabéns, garota! – diz meu pai.

Ele me olha com uma expressão radiante, mas não estende os braços para me abraçar. Meu pai não curte muito abraços. E tudo bem, porque também não curto. Minha mãe vive querendo me abraçar, e eu meio que detesto isso.

– Comprou o que pra mim? – pergunto, ansiosa.

– Nora! – repreende minha mãe.

Mas meu pai apenas ri.

– É aniversário dela. Ela tá podendo. – E ele então leva a mão até atrás de si e pega uma gaiola. Dentro há um camundonguinho todo branco. – Tcharã!

Solto um guincho.

– Um camundongo!

O rosto da minha mãe fica lívido.

– Aaron, pensei que a gente tivesse decidido...

– Não tem problema. – Ele coloca a gaiola na mesa da cozinha. – Dessa vez, ela vai tomar mais cuidado. Não vai, Nora?

Eu me curvo e sorrio para o camundongo que corre de um lado para o outro da gaiola. Ele bate nas barras, mas não tem mais lugar nenhum para onde possa ir.

Parabéns pra mim.

QUATRO

Dias de hoje

Meu primeiro paciente da tarde está marcado para a uma e meia. O tempo é apertado para ir do hospital, onde passei a manhã inteira operando, até a clínica. Meu almoço é um burrito do food truck que fica em frente ao pronto-socorro. Preciso comê-lo enquanto dirijo.

Só que isso não tem nada de fora do normal. Faço a maioria das minhas refeições dirigindo. Não acho que conseguiria percorrer o caminho do hospital até a clínica sem um burrito numa das mãos e o volante na outra. Nos sinais vermelhos, tomo goles da minha garrafa d'água.

Estaciono o carro em frente ao prédio da clínica às 13h35. Esqueço o elevador e subo correndo os dois lances de escada até a sala que divido com Philip. A placa dourada na porta informa: Corey e Davis, Cirurgiões Associados. *Ele* aparece primeiro. Seus principais argumentos foram que está na profissão há mais tempo e, além disso, o nome dele vem antes do meu no alfabeto. Eu o deixei levar essa.

Chegando ao segundo andar, estou sem fôlego. Ao longo da última década, me permiti ficar perigosamente fora de forma. Preciso me lembrar de que já passei dos 30. Se comer burritos demais dirigindo, talvez acabe infartando cedo.

Mas, pensando bem, doenças do coração não são a única coisa de que minha família sofre.

Quase consegui recuperar o fôlego quando irrompo clínica adentro. A sala de espera está vazia, e Harper está sentada em frente à mesa dela, batucando as teclas do computador. Ela ergue os olhos quando entro e me abre um sorriso simpático.

– Boa tarde, Dra. Davis! – entoa.

Já tentei nada menos do que umas mil vezes fazê-la me chamar de Nora, mas ela continua me chamando de Dra. Davis. Imagino que seja um sinal de respeito.

– Seu primeiro paciente já está esperando no consultório – informa ela.

– Ah. – Inspiro com um arquejo. Preciso entrar em forma outra vez. – Quem é?

– Arnold Kellogg.

Faço uma careta. É a primeira consulta após a cirurgia de hérnia do Sr. Kellogg, e sei que ele vai ficar irritado por ter precisado esperar. Baixo os olhos para meu relógio de pulso. Sete minutos de atraso. Ai, ai.

– Eu disse a ele que a senhora tinha tido uma emergência no hospital – comenta Harper. – Ele vai entender.

Deixo escapar uma expiração.

– Obrigada, Harper. Você é demais.

As bochechas dela ficam um pouco rosadas, como sempre acontece quando a elogio. Harper tem 20 e poucos anos, e fiquei uma fera quando Philip a contratou. Nós tínhamos uma lista de quase cinquenta candidatos à vaga, e é claro que ele escolheu a mais jovem e mais bonita de todos. A culpa foi toda minha por deixá-lo cuidar do assunto; não sei onde eu estava com a cabeça. Quando vi Harper entrar, com suas pernas compridas, cabelos escuros lustrosos e grandes olhos azuis, minha vontade foi dar um tapão na cabeça dele.

Mas Philip em grande medida tem se comportado. Talvez tenha alguma coisa a ver com o sermão de vinte minutos que dei sobre assédio sexual, ainda que tenha sido obrigada a fazê-lo em intervalos de dois minutos entre um paciente e outro.

E então Harper se revelou sensacional. Eu gostava da nossa antiga secretária, Bridget, que pediu as contas depois de ter bebê, mas Harper é ainda melhor do que ela. É muito organizada, incrivelmente bem-apessoada e tem o raciocínio rapidíssimo. Acabou de se formar em Letras, e como ainda não sabe muito bem o que fazer com o diploma, eu e ela ficamos até tarde algumas noites na clínica e no restaurante mexicano a cinco minutos de carro daqui, conversando sobre seu futuro e tomando margaritas.

– Atrasada na clínica outra vez, *Dra. Davis?*

Ergo a cabeça de repente e vejo Philip parado na minha frente, de braços cruzados. Um sorriso de quem acha graça estampado nos belos traços. Philip é o tipo de médico por quem todas as pacientes se apaixonam. Eu nunca teria me metido com ele não fosse o fato de ele ser um baita cirurgião. Ele me conhecia por ter sido meu residente quando eu estava fazendo meu internato, e depois de eu me formar, ele me procurou e me convidou para entrar na sua clínica particular. Eu estava sendo sondada por uma grande clínica de cirurgia, mas Philip me fez uma proposta muito boa, e eu gostava da autonomia que isso iria me proporcionar. E aqui estou.

– Minha última cirurgia demorou – explico.

Philip estala a língua.

– Nora, quando é que você vai aprender a trabalhar mais rápido igual a mim?

Reviro os olhos.

– Rápido ou *de qualquer jeito*?

Ele abre um sorriso.

– Pode dizer o que quiser, mas nunca faço pacientes esperarem. – Ele dá uma piscadela para Harper. – Também nunca faço as damas esperarem.

Lanço um olhar para ele enquanto Harper se faz de ocupada diante da mesa. Verdade seja dita, ela nunca deu conversa para ele. Tem um namoro firme, e na última vez que conversamos me contou que o namorado estava dando indiretas sobre pedi-la em casamento. Então ela faz muito bem em manter distância de Philip.

Como já fiz Arnold Kellogg esperar demais, peço licença e entro no meu consultório. Sheila, nossa assistente, já mediu os sinais vitais do Sr. Kellogg e está pendurando o prontuário dele na porta quando me aproximo da sala. Todas as informações são digitalizadas, mas gosto de ter tudo em papel na minha frente. Não há nada que deteste mais do que ir ao médico e eles ficarem encarando uma tela enquanto conversam comigo.

– Já adiantei tudo pra você, Nora – diz Sheila. Ela tem 60 e poucos anos, pele negra, cabelos grisalhos e dois braços que mais parecem troncos de árvore. É fantástica. Quem dera ter cinco iguais a ela. – Ele não está nada contente por ter ficado esperando.

– Obrigada, Sheila. – Pego o prontuário da porta e passo os olhos pelos sinais vitais de Kellogg. Está tudo certo. – Vou ter que caprichar no charme.

Sheila solta um bufo.

– Sei que vai.

Inspiro fundo com a mão na maçaneta. Já posso sentir o sorriso falso se espalhando pelo meu rosto, só que o sorriso não parece falso. Parece *verdadeiro*. É o mesmo sorriso que Aaron Nierling usava para atrair meninas para dentro do carro dele. Meu pai tinha muito carisma e era realmente capaz de caprichar no charme quando queria. E eu também sou.

Quando abro a porta, o Sr. Kellogg, de 73 anos, está sentado no consultório acompanhado pela esposa. Está com a testa enrugada. E não só ela. Seu corpo inteiro está enrugado. Os cabelos grisalhos ralos estão enrugados, a barriga molenga está enrugada e até os ombros encurvados estão enrugados. Eu não achava que uma coisa dessas fosse possível até ver com meus próprios olhos.

– Sr. Kellogg! – exclamo, como se ele fosse um melhor amigo perdido de vista há tempos. – Que cara boa. Como está se sentindo?

Ele ergue os olhos para o meu rosto sorridente. Está num impasse. Quer ficar com raiva de mim por tê-lo feito esperar, mas estou dificultando as coisas para ele.

Antes que ele consiga dizer qualquer coisa, pego o banquinho que deixo na sala e me sento. Sempre me sento com meus pacientes. Não acho que Philip tenha se sentado uma única vez nos últimos quinze anos (nem sequer para fazer as refeições), mas sempre faço questão de me sentar no consultório. E, ao me sentar com o Sr. Kellogg, eu me inclino para a frente, como se o que ele tivesse para me dizer fosse extremamente importante.

– O senhor está bem? – começo.

Por fim, vejo-o ceder.

– Estou bem, sim, doutora.

Abro um pouco mais o sorriso, e ele com relutância sorri de volta. Imagino que deva agradecer a meu pai por esse dom. A capacidade de usar o charme a meu favor. E consigo desligá-lo com a mesma facilidade.

– Ficamos sabendo que a senhora teve uma emergência – diz a Sra. Kellogg, entrando na conversa. – Espero que esteja tudo bem.

Inclino a cabeça para me dirigir à esposa do meu paciente. Eu me considero muito observadora em se tratando do corpo humano, e é muito difícil não reparar no tom roxo já meio amarelado abaixo do olho esquerdo da Sra. Kellogg. Fico tão espantada com aquilo que meu sorriso some e não consigo responder à pergunta.

– Ela não pode responder isso! – dispara o Sr. Kellogg, ríspido, para a esposa. – Seria violação de privacidade, Diane. O que deu em você?

– Ah. – A Sra. Kellogg baixa os olhos. – Desculpa.

– Não diz isso pra mim. Diz pra Dra. Davis.

Ela não ergue os olhos.

– Desculpa, Dra. Davis.

Sigo encarando o hematoma abaixo do olho dela. Lembro-me de ter lido no prontuário que o Sr. Kellogg é destro. Portanto, um gancho de direita acabaria acertando-a no olho esquerdo. Lembro-me de que ela estava presente na consulta pré-operatória dele e de ele ter sido ríspido com ela. Não gostei, mas pensei que aquilo não fosse da minha conta.

Só que agora ela está com um olho roxo.

O Sr. Kellogg não é um homem grande. Mas a esposa é uma coisinha frágil, e, mesmo enfraquecido pela cirurgia, acho que ele poderia ter feito isso com ela. Não, corrigindo: acho que ele *provavelmente* fez isso com ela.

Queria ter sabido antes de operá-lo. Queria ter sabido quando a barriga dele estava aberta e ele anestesiado. Um deslize do bisturi, e eu poderia ter cortado seu intestino. Se tivesse feito isso, ele não estaria por aí, batendo na mulher. Estaria passando por um sofrimento atroz.

Mas, não, eu nunca faria isso. *Jamais*.

Não sou igual a meu pai. Eu alimento gatos de rua. Salvo vidas.

Inspiro bem fundo e peço ao Sr. Kellogg para subir na maca. Ele ergue o roupão, revelando a fileira de grampos verticais que cravei na sua barriga. O corte parece ótimo. Pego um kit para retirar os grampos e começo a removê-los um por um. Leva menos de dois minutos, mas o último engancha.

– Calma lá, doutora – diz o Sr. Kellogg.

Olho para a Sra. Kellogg, que está torcendo as mãos. Puxo o grampo, que se solta. Uma gota de sangue brota da pele.

– Caramba, Dra. Davis! – exclama ele, com um ganido. – Isso doeu mais do que a cirurgia!

– Desculpe – digo.

Não estou arrependida.

Enquanto o Sr. Kellogg resmunga entre os dentes sobre a minha incompetência, vasculho dentro de uma gaveta em busca de um curativo. Abro o invólucro para pegar a gaze, mas no papel que descarto rabisco uma frase com a caneta que guardo no bolso de cima do meu pijama cirúrgico:

Ele está machucando a senhora?

Passo pela Sra. Kellogg quando estou voltando para a maca e lhe entrego o papelzinho com o máximo de discrição de que sou capaz. Ela o pega, baixa os olhos e lê minha pergunta. Então ergue para mim os olhos castanhos lacrimosos e hesita.

Em seguida, faz que não com a cabeça.

Será que acredito nela? Não sei. Já o vi no mínimo praticando abuso emocional com ela no intervalo desta breve consulta, de modo que só Deus sabe o que acontece na casa deles. Mas ela está negando, e nem minha paciente a mulher é. Isso faz meu sangue ferver, mas não há mais nada que eu possa fazer.

CINCO

Meu último paciente vai embora quase às seis, mas não estou nem perto de ter acabado. Ainda tenho um monte de formulários atrasados para preencher e de ligações para retornar. Às vezes ainda volto ao hospital para fazer uma visita noturna rápida a meus pacientes de cirurgia, mas hoje à noite talvez esteja cansada demais. Vou só ligar para a enfermagem de lá e pedir uma atualização.

Minha sala fica bem nos fundos da clínica. Philip pegou a maior para si, mas a minha está de bom tamanho. E, ao contrário da dele, onde há um sofá de couro e uma escrivaninha de mogno, tenho uma escrivaninha de madeira simples comprada na internet e uma estante pequena abarrotada de todos os livros adquiridos desde a faculdade de Medicina. Há duas cadeiras de madeira em frente à escrivaninha para o caso de eu decidir chamar algum paciente até ali, algo que até hoje não aconteceu.

Philip enfia a cabeça pela porta e agita as sobrancelhas para mim. Ele sempre parece que está precisando cortar o cabelo, mas por algum motivo isso lhe cai bem.

– Ainda vai demorar, Nora?

– Vou.

Ele me abre um sorriso ofuscante.

– Você trabalha demais. Precisa sair e se divertir um pouco de vez em quando. Como eu.

Reparo que ele trocou o pijama cirúrgico por uma camisa social e uma calça marrom-escura.

– Vai sair?

Ele me dá uma piscadela.

– Tenho um encontro quentíssimo.

– Contanto que não seja com a Harper.

Philip joga a cabeça para trás e dá uma gargalhada.

– Não depois de você ter passado umas duas semanas me dando sermão sobre não chegar perto dela. Além do mais, ela não para de falar daquele tal de Sonny.

– Mas quem é a felizarda? Alguma coisa séria?

– Ah, claro. – Ele sorri. – Eu vivo em busca da próxima ex-Sra. Corey.

Philip se separou faz poucos anos, um divórcio *nada* amigável. E com isso quero dizer que ela uma vez rasgou os pneus do carro dele no estacionamento da clínica. Não faço ideia de como os dois estão conseguindo conciliar a criação do filho. Ele mal fala no assunto, a não ser para dizer que ela basicamente o depenou no divórcio. Ele mereceu, depois do que fez com ela.

– Enfim – diz ele. – Você deveria sair mais. Ter uns encontros com uns caras.

– Não, obrigada.

– Estou falando sério. – Ele ergue as sobrancelhas. – Acho que você nunca teve um encontro nesse tempo todo que te conheço.

Talvez seja verdade, mas não sou eu quem vai admitir.

– Não fazia ideia de que você estava tão por dentro da minha vida pessoal.

– É que é esquisito. Você não é feia.

Dou uma tossida.

– Uau, valeu.

– A gente deveria sair esse fim de semana – sugere ele. – Você e eu. Vamos, vai ser divertido. A gente pode ir num bar, e eu vou ser seu escudeiro.

Dou um muxoxo.

– Acho que não é assim que funciona.

– Sério, vai ser ótimo. Sou bom em detectar caras babacas.

– Porque você é um deles?

Ele pisca para mim.

– Exatamente.

– Foi mal, não estou interessada.

– Como assim? – Ele estreita os olhos para mim. – Sério, Nora, qual é o problema? Por que você nunca faz nada além de trabalhar?

– Eu gosto de trabalhar. – Ergo um dos ombros. – E, Philip, na verdade eu diria que a minha vida pessoal é problema meu. Você não acha?

– Tá, tudo bem. – Ele bate com o punho fechado no batente da porta. – Enfim, só queria que você soubesse que mesmo você ralando tanto assim eu continuo na frente.

Eu me recosto na cadeira de couro ergonômica.

– Como é que é? Não é possível.

– É verdade. Eu verifiquei.

Cerro os dentes.

– Então olha de novo. Tenho quase certeza de que estou na frente.

Tanto Philip quanto eu adoramos operar. E tanto ele quanto eu adoramos competir. Por isso, temos uma competição anual para ver quem consegue mais casos de cirurgia. O vencedor ganha o direito de contar vantagem e uma caixa de um vinho muito bom. Ano passado foi o primeiro em que venci e pretendo vencer neste também.

Na verdade, pretendo *acabar com ele*. Já abri muito mais gente esse ano do que ele. *Não* é possível que ele esteja na frente.

Estendo a mão para minha caneca para tomar uma dose de cafeína, da qual sei que vou precisar, levando em conta como acordei cedo. A caneca mal toca minha boca quando percebo que está vazia. Há borra de café ressecada nas bordas.

– Não é bom tomar café assim tão tarde, sabia? – comenta Philip. – Vai passar a noite inteira acordada. E tudo bem pra quem tem vida social, mas você provavelmente vai ficar só rolando na cama.

– Obrigada pelo conselho. – Torno a largar a caneca em cima da mesa. – Imagino então que você não possa pôr outra cápsula na máquina e me trazer mais um, né?

– Acho que você tá me confundindo com a Harper. – Ele bufa. – Mas vou te salvar levando essa caneca até a pia pra você poder esquecer isso de café. Se tem uma coisa que você não precisa em mais quantidade é de cafeína.

Começo a protestar, mas Philip já pegou a caneca e a levou embora. Quando ele sai da sala, reconheço que talvez tenha razão. É provável que eu já tenha esgotado minha dose de cafeína do dia. Tenho noites insones demais.

Philip também tem razão em relação a outra coisa: eu nunca tenho encontros. Se fizesse um esforço, poderia ser extremamente atraente. Herdei a aparência do meu pai, que era bonito o suficiente para conseguir fazer as jovens baixarem a guarda, mas não a ponto de atrair atenção indesejada. Esse é o meu grau exato de beleza. Mas, com os cabelos pretos retintos presos para trás e o pijama cirúrgico grande demais, as pessoas em geral nem sequer me olham duas vezes. É proposital.

Ter um relacionamento é má ideia. Sempre tive problemas para ser próxima de homens. E, mesmo que conseguisse me aproximar de alguém, e depois? Casar? Ter filhos? E então...

Bom, todo mundo sabe o que veio depois para o meu pai.

Não. É melhor assim. Como eu disse, prefiro ficar sozinha.

Estou esperando o resultado da tomografia abdominal de um de meus pacientes. O hospital deveria ter enviado para a clínica, mas ainda não o vejo digitalizado no computador. Olho para trás para ver se Sheila ainda está por perto, mas ela já foi embora. Vou até a parte da frente da clínica para ver se o fax está no aparelho e fico surpresa ao ver Harper arrumando as coisas dela.

Fico olhando para ela, aturdida.

– Ainda por aqui?

– Ah. – Ela leva a mão de modo protetor a um livro sobre a escrivaninha na sua frente. – Estava só lendo...

Baixo os olhos para o livro em cima da mesa dela. É um livro didático de biologia. Meu coração acelera.

– Harper! Você se matriculou numa aula de biologia?

Pequenos círculos rosados surgem nas bochechas dela.

– Sim. Pra ver como é. Ainda não estou fazendo um programa de pós inteiro, mas achei que pudesse tentar...

– Harper!

Não consigo me conter: estendo os braços e a enlaço pelos ombros. Não sou muito de abraçar; na verdade, não suporto contato físico e precisei ter uma conversa sobre isso com Philip antes de começar a trabalhar aqui, mas estou *muito* feliz por ela. Harper *nasceu* para ter uma carreira na área médica. Ela anda pensando no que fazer da vida, e eu a venho empurrando delicadamente nessa direção. Estou empolgadíssima por ela ter aceitado a minha sugestão.

– Não é grande coisa – resmunga ela, mas está sorrindo. – Não vamos dar muita importância a isso, tá?

– Pode deixar – prometo, embora já esteja animada por ela. – Está aprendendo o que em biologia agora?

– Estamos vendo a reprodução sexuada das *plantas* – explica ela. – Você sabia que plantas transam? E pode acreditar, é *super*chato. Não tem nada de divertido. Ninguém leria livros eróticos de plantas.

Dou risada.

– Espera só chegar na reprodução das minhocas. Daqui pra frente é só ladeira abaixo.

As covinhas de Harper aparecem quando ela ajeita uma mecha de cabelos escuros atrás da orelha. Ao contrário de mim, ela em geral usa o cabelo solto, e a cor escura combina bem com seus olhos azuis. Olhos azuis e cabelos escuros. Não consigo deixar de pensar que é a mesma combinação que meu pai consideraria especialmente atraente. A moça que encontraram na nossa casa, Mandy Johansson, tinha olhos azuis e cabelos escuros. A maioria das outras vítimas dele também.

De vez em quando, olho para Harper e vejo Mandy Johansson. E tenho a sensação de que vou passar mal.

Só que não há nada com que me preocupar. Meu pai está preso.

– Enfim – diz Harper. – Melhor eu ir andando. Vou jantar com o Sonny hoje. A gente vai num restaurante ótimo. Acho que pode ser que ele... sabe...

Os olhos dela brilham. Ela acha que ele vai pedi-la em casamento.

– Ai, Harper! – Sinto vontade de lhe dar outro abraço, mas isso seria um comportamento muito estranho para mim. É que essa moça provoca isso em mim. Nunca vou ter filhos, mas sinto algo quase maternal em relação a ela. – Que demais! Mal posso esperar pra ver o anel amanhã!

– Não fala pra não dar azar – responde ela com uma risadinha.

Harper coloca a bolsa no ombro e vai embora para casa se trocar antes do jantar chique com Sonny. Estou feliz por ela.

Mas uma partezinha minúscula de mim sente uma pontada de inveja. Harper merece toda a felicidade do mundo, mas sempre sinto uma pontada quando alguém que conheço encontra sua outra metade e se casa. Isso nunca vai acontecer comigo. Tenho uma carreira inacreditável, tudo que sempre quis, e muito tempo atrás tomei a decisão de que isso seria tudo que eu teria.

Não quero ser gananciosa demais. Olha só o que aconteceu com meu pai.

SEIS

26 anos atrás

Ninguém na escola gosta da Marjorie Baker.

Dá para entender o motivo. É que Marjorie é bem *irritante*. Tipo, tudo que ela diz parece um choramingo. Toda vez que ela levanta a mão e faz uma pergunta, dá vontade de responder: "Cala a boca, Marjorie."

Eu não faria isso. Mas outras pessoas fazem.

Na sala de aula, ela fica sempre com cara de quem não está entendendo nada. A professora McGinley está explicando alguma coisa que *nem é tão difícil assim*, e a Marjorie não entende. Posso ver quando ela franze o rosto, tentando entender. E então todos os outros alunos precisam esperar e não conseguem avançar, porque a *Marjorie* não está entendendo.

Além disso, a Marjorie não é bonita. Se fosse, as pessoas seriam mais tolerantes. Só que não é. Para começar, seus dentes da frente são grandes demais para a boca. Precisariam encolher bastante para ficar de um tamanho razoável. O rosto é comprido demais e a testa é gigantesca. Além disso, ela é meio grandona. Feito um sofá que largam no meio-fio na frente de casa.

– Já repararam que a Marjorie anda *se balançando*? – pergunta Tiffany Kirk no recreio de hoje.

Todas nós olhamos para o outro lado do pátio, onde Marjorie está andando para ir se sentar na escada lá longe com seu livro, como faz todo dia. E Tiffany tem razão. A Marjorie meio que anda se balançando mesmo.

– Ai, meu Deus! – exclama Kari Smith. – Tem razão! Ela parece uma pata!

E então todas as outras meninas começam a grasnar feito patos. Alto o suficiente para Marjorie se virar e olhar na nossa direção, e todas explodem em risadinhas histéricas. Bom, eu não. Mas o resto sim.

A essa altura, Marjorie já está acostumada. Suas bochechas ficam rosadas, mas ela não diz nada. Às vezes, queria que ela revidasse. Marjorie nunca revida. Se a Tiffany ou a Kari tentassem fazer uma coisa dessas comigo… bom, elas não fariam. Sabem que não é uma boa ideia.

As meninas ainda ficam ali por mais alguns minutos, falando mal da Marjorie, mas depois passam para outros assuntos mais interessantes. Estranhamente, porém, continuo a pensar na Marjorie. Olho para ela do outro lado do pátio, lendo seu livro sozinha porque ninguém quer brincar com ela. Não consigo parar de encará-la.

Costumo voltar a pé sozinha da escola todo dia. Mas hoje me pego seguindo Marjorie, embora ela more na outra direção. Eu me mantenho perto o suficiente dela para não perdê-la de vista, mas longe o bastante para ela não saber que estou ali. Ela está totalmente imersa no próprio universo. Nunca vi ninguém tão alheio ao mundo em volta. Isso é *um perigo*. Tipo, alguém poderia atacá-la e ela nem perceberia, a não ser quando a pessoa estivesse a um palmo do rosto dela. E aí já seria tarde.

Depois de uns cinco minutos andando, chegamos a um pequeno trecho de mata onde sei que algumas pessoas vão fazer trilhas. Marjorie passa direto, mas eu diminuo o passo e paro. Olho para a trilha acidentada, agora completamente vazia. As pessoas não vêm muito aqui, e com certeza não no meio de uma tarde de semana.

É interessante, só isso.

Depois de mais dez minutos, Marjorie entra pela porta da frente de uma casinha branca com as persianas quebradas no primeiro andar. O gramado da frente é um verdadeiro matagal. Meus pais nunca deixariam nosso gramado ficar assim; meu pai surtaria. Ele é muito meticuloso em relação a tudo estar sempre limpo e bem cuidado. Sempre diz: "A limpeza é uma coisa divina." Mas os pais da Marjorie claramente não pensam assim.

Quando ela desaparece lá dentro, eu me esgueiro mais para perto e dou a volta pela lateral da casa. Além de Marjorie, não acho que tenha mais ninguém lá dentro. Não há carro nenhum parado na frente.

Vários dentes-de-leão brotaram rente à lateral da casa. Meu pai certa vez me explicou que, embora os dentes-de-leão sejam amarelos e bonitos, na verdade são ervas daninhas e estragam todo o jardim. Mesmo assim, tomo cuidado para não pisoteá-los ao espiar pela janela. Marjorie está sentada no sofá no meio da sala. Tem um saco de batatas chips na mão e está enfiando tudo na boca. Come de maneira quase ritmada.

Batatas chips. Chomp chomp chomp chomp. Batatas chips. Chomp chomp chomp chomp.

Os dez minutos que passo observando-a me dão certeza de que não tem mais ninguém em casa. Marjorie volta toda tarde para uma casa vazia.

Saio dali antes que alguém me veja. Se alguém me pegasse espiando a casa não seria nada bom. Meu pai sempre diz que, se for fazer alguma coisa errada, pelo menos seja esperto o bastante para não deixar ninguém ver o que está fazendo. Ele disse isso depois de eu ter roubado uns cookies da despensa. *Você sabia que a gente ia dar falta deles e perceber que você tinha roubado. Foi um crime burro, Nora. Da próxima vez, não seja burra.*

Sigo de volta para casa na direção contrária. Diferente do que acontece na casa de Marjorie, minha mãe está me esperando ansiosamente perto da porta quando entro.

– Nora! – Ela leva as mãos gorduchas aos quadris. – Que demora! Fiquei preocupada!

– Fiquei na escola fazendo um trabalho com umas amigas.

Sei por experiência que minha mãe não consegue perceber quando estou mentindo. Não mais.

Ela solta um suspiro contrariado.

– Bom, da próxima vez, que tal me avisar antes que vai chegar mais tarde?

– Talvez eu chegue mais tarde outra vez essa semana – respondo. – Eu aviso.

– Tá. – Ela se inclina para me envolver nos braços e beija minha cabeça. Eu me desvencilho do abraço. – Quer lanchar, meu bem? Posso cortar umas maçãs pra você. Com manteiga de amendoim.

Minha mãe vive me oferecendo comida. É como se ela não pensasse em outra coisa a não ser cozinhar, assar e preparar lanchinhos. É como se isso fosse uma *obsessão*.

– Não precisa. Vou pro quarto fazer meu dever.

– Tá bom, meu amor.

Ela tenta beijar minha cabeça de novo, mas dou um jeito de me esquivar. Enquanto ela volta à cozinha, vou descendo o corredor em direção à escada, mas como sempre passo em frente à porta do porão. Meu pai passou um bocado de tempo lá embaixo essa semana. Pescou o fim de semana inteiro, e durante a semana ficou no porão o tempo todo. Eu mal o vi.

Paro um instante em frente à porta do porão e sinto o cheiro familiar de lavanda. E então, enquanto estou ali parada, ouço alguma coisa.

Franzo o cenho para a porta. Se meu pai ainda não chegou, por que tem um barulho vindo lá de dentro? Parece alguma coisa batendo. É um barulho leve, mas com certeza consigo escutar.

E então ouço uma outra coisa. Quase como um grito abafado.

O que está acontecendo lá embaixo?

Ponho a mão na maçaneta. Dou uma boa girada, mas é claro que ela não abre. A porta do porão está sempre trancada.

– O que está fazendo, Nora?

A voz da minha mãe soa ríspida. Dou um pulo para longe da porta e escondo a mão direita atrás das costas. Faço o possível para não parecer culpada.

– É que... achei que tivesse escutado um barulho vindo lá de baixo – resmungo.

Ela balança um dedo para mim.

– Você sabe que esse é o espaço pessoal de trabalho do seu pai. Não quero você tentando descer aí.

– Mas eu ouvi...

– Vai ver alguma coisa caiu – diz ela. Ficamos as duas ali paradas por alguns instantes, à escuta. Mas fica tudo em silêncio. – Além do mais, isso não é assunto seu. Achei que tivesse dever pra fazer.

– Eu tenho.

– Então sobe lá e faz, tá bom?

– Mas... – Encaro a porta do porão e respiro bem fundo, sentindo as moléculas de lavanda inundarem meus pulmões. – Se alguma coisa caiu, a gente deveria dar uma olhada. Vai ver alguma coisa quebrou.

– Se alguma coisa tiver quebrado, ele resolve quando chegar do trabalho.

– O que ele está fazendo, afinal? – resmungo.

Minha mãe hesita.

– Diz que está construindo uma estante. Seja como for, ele não precisa da sua ajuda.

Bato com o pé no chão, dou as costas para a porta do porão e subo a escada. Não entendo por que o porão precisa ser tão reservado. Não vou descer lá e bagunçar as coisas do meu pai. Por que não posso pelo menos ver o que ele está fabricando?

E o que foi aquele barulho? Parecia mesmo um grito.

Mas não tem como ter sido.

Chegando ao meu quarto, me jogo na cama com a mochila do meu lado. Reviro seu conteúdo em busca do meu caderno de redação. Vasculho também o bolso menor da frente em busca de um lápis. Tenho tipo um milhão de lápis e canetas nesse bolso. Tenho também outra coisa. Um canivete: mais um presente do meu pai no Natal do ano passado. Ele me disse que eu deveria andar sempre com isso. Para me proteger. Não que onde a gente mora seja perigoso. Nós basicamente moramos no bairro mais seguro e chato do planeta.

Depois de pegar meu caderno e o lápis, preciso começar. Meu único dever de casa é escrever uma redação sobre um livro que tivemos que ler. Não deve levar muito tempo. Já terminei de ler o livro alguns dias atrás; eu leio depressa.

Olho para a gaiola no alto da minha estante, do outro lado do quarto. Até uma semana atrás, a gaiola era ocupada pelo camundongo que meu pai me deu de aniversário. Aí, durante o fim de semana, o camundongo morreu. Muito de repente. Agora está enterrado no quintal dentro de uma caixa de sapatos. Fizemos um enterro de camundongo, e minha mãe não parou de dizer como era triste ele ter morrido, apesar de não ter sido tão triste assim. Sério, era um *camundongo*.

Abro o caderno de redação na primeira página em branco. Eu supostamente deveria escrever sobre *A menina e o porquinho*. Só que não consigo pensar em nada para dizer. Bem, acho que o livro era legal. O que se pode dizer sobre um livro que tem como personagens uma aranha e um porquinho?

Fico encarando a página em branco. Encosto o lápis no papel. E escrevo o nome Marjorie Baker.

Então o sublinho.

SETE

Dias de hoje

Está chovendo quando finalmente acabo o trabalho e desço. Fico parada por alguns instantes na portaria olhando as gotas grandes de chuva caírem do céu. Estou sem guarda-chuva. Nem sei direito se eu *tenho* um guarda--chuva. Bom, deve ter um em algum lugar no fundo do meu armário, mas no momento isso não me adianta muito.

Subo o capuz do casaco e atravesso correndo o pequeno estacionamento até meu Camry. Abro a porta com um puxão e pulo para dentro, então me detenho para avaliar o estrago. A calça do meu pijama cirúrgico está razoavelmente úmida, mas pelo menos meus cabelos parecem ter sido poupados. Há gotas de chuva nos meus cílios.

Considerando o quanto estou molhada e desconfortável, provavelmente esse seria um bom momento para tomar o caminho de casa. Quem sabe preparar algo quentinho para beber e assistir a um pouco de televisão antes de dormir.

Só que não tomo o caminho de casa. Em vez disso, coloco no meu GPS um endereço não muito distante da via expressa. Chegando ao quarteirão do destino, desligo os faróis. Paro do outro lado da rua e fico olhando pela janela.

– Você chegou ao seu destino à esquerda – informa Siri.

– Obrigada – murmuro.

Fico encarando a porta da frente dos Kelloggs pelo para-brisa enquanto os limpadores deslizam de um lado para o outro.

Eu nem sei exatamente por que vim até aqui. Reparei no endereço na nota fiscal da consulta, e ele ficou gravado na minha cabeça. Minha intenção era ir direto para casa, mas em vez disso comecei a pensar no olho roxo da Sra. Kellogg. E, quando dei por mim, já estava digitando o endereço do casal no GPS. E agora aqui estou.

Fico olhando do outro lado da rua as janelas iluminadas no térreo da casa deles. Não vejo nenhuma silhueta na janela. Eles devem estar na sala de jantar comendo. Ou quem sabe assistindo televisão juntos no sofá.

Baixo os olhos para meus dedos, cujas articulações estão brancas de tanto apertar o volante.

Inspiro de forma trêmula uma vez. Depois outra.

Então torno a engatar a marcha do carro e dou o fora dali.

Não quero ir para casa agora. A perspectiva de chegar na minha casa vazia me deixa levemente enjoada. Então, em vez disso, me pego percorrendo as ruas molhadas e seguindo em direção ao Christopher's mais uma vez. Estou com vontade de tomar outro Old Fashioned hoje. Só um.

Quando estou entrando no estacionamento, me ocorre que Henry Callahan talvez esteja no bar hoje também. Sinto um descompasso no coração ao pensar nisso.

Meu Deus, preciso mesmo desse drinque.

Como ainda está chovendo, subo o capuz de novo e dou uma corridinha pelo estacionamento até chegar à porta do bar. Por sorte, não vejo nenhum rosto conhecido ao entrar. Bom, a não ser o do barman. É o mesmo de ontem. Aquele dos olhos castanhos e cabelos sem nada de mais, da eterna barba por fazer, que me defendeu quando Callahan ficou me importunando. Aquele que parece estranhamente conhecido: a sensação de que já o vi antes é mais forte ainda dessa vez.

Eu o observo usar o abridor para abrir uma garrafa de cerveja. Ele a faz deslizar pelo balcão até um cliente, então recolhe o pagamento e a gorjeta. Estou convencida de que conheço esse homem. Mas de onde?

Sento-me diante do balcão e aguardo ele reparar em mim. Vai ver é minha imaginação, mas os olhos dele se iluminam de leve quando me veem.

– Outro Old Fashioned, doutora? – pergunta ele.

Essa voz. A voz dele também é familiar. Isso está me deixando louca.

– Sim, obrigada.

Ele prepara o drinque na minha frente. Talvez seja minha imaginação, mas parece estar colocando mais uísque do que ontem. Ao terminar, faz o líquido cor de âmbar deslizar pelo balcão na minha direção.

– Bom proveito.

Envolvo o copo gelado com os dedos.

– Espera – digo.

Ele arqueia as sobrancelhas.

Dou um pigarro.

– Eu te conheço?

Ele congela. Pela expressão em seu rosto, fica evidente que sabe exatamente quem eu sou desde o instante em que me viu. Sabe e não me disse nada.

– Conhece – diz ele por fim. – Eu… meu nome é Brady Mitchell.

E então… Ai, meu Deus. Tudo me volta à mente.

– A gente saiu!

Um dos cantos da boca dele se move para cima.

– É, daria pra dizer que sim.

Só que isso seria um eufemismo, e ele sabe. Não foi só um casinho. Ele foi meu namorado… mais ou menos. Mas isso faz séculos. Na época da faculdade. Na verdade, ele era monitor de uma matéria de ciência da computação que eu estava cursando. Quando a disciplina terminou, ele me chamou para sair, e eu o achei tão bobão de um jeito encantador que disse sim.

Só que ele não é mais bobão. Está bem diferente agora… não é de espantar que eu não o tenha reconhecido na hora. Ele cresceu. Antes, tinha o rosto sempre barbeado, era magrelo, alto e desajeitado, mas seu rosto encorpou e… Bom, é difícil não notar que o peito também. E por que ele está trabalhando como *barman*? O cara é bacharel em ciências da computação. Ele era um gênio… capaz de fazer *qualquer coisa* com um computador.

– Por que não falou que era você? – indago.

Ele cruza olhares comigo e nem precisa responder à pergunta. É óbvio que não se sente muito bem em relação à vida que está levando. Não sei como ele acabou assim. Não que ser barman seja uma coisa horrorosa, mas eu imaginava que a essa altura ele já fosse ser o próximo Bill Gates. Alguma coisa deu errado. Será que ele foi pego hackeando? Algo a ver com drogas? Não faço ideia.

– Enfim – diz ele. – Parabéns pela carreira. Lembro que você sempre quis ser cirurgiã. Não que eu tenha duvidado de você. Nunca vi alguém tão dedicado. Você fez de tudo, tirando oferecer um sacrifício aos deuses do preparatório de medicina.

– Obrigada. – (Eu acho.)

Tomo um gole da minha bebida e saboreio o calor que toma conta de mim. Brady Mitchell. Meu Deus do céu. A gente namorou uns três meses, se bem me lembro. Ele era legal. Fui eu quem terminou, mas não acho que tenha sido tão traumático. Foi um fim amigável.

A parte que estou com dificuldade para lembrar é *por que* terminei o namoro. Devo ter tido algum motivo além do simples fato de três meses serem o limite máximo para o período que me disponho a namorar um cara (o que é verdade). Com certeza tive um bom motivo para terminar com Brady.

Mas qual terá sido?

Bom, não posso perguntar a ele. Mesmo tendo lhe dito a verdade na época, o que desconfio não ter sido o caso.

– Você está se perguntando por que trabalho aqui – diz Brady.

Olho para ele, aturdida, piscando.

– Não...

Ele faz uma careta para mim.

– Ah, fala *sério*. Olha, não te culpo. Eu também teria estranhado.

Dou de ombros.

– Nem tanto.

– Ah, é? Bom, nesse caso não vou te contar.

– Tudo bem – admito. – Estou curiosa, sim. *Um pouquinho.*

Ele assente, satisfeito.

– Então, vim pra cá porque arrumei um emprego ótimo no Vale do Silício – conta ele. – Só que, burro que sou, abandonei o emprego sensacional pra montar o que eu achava que seria uma startup incrível. Que na sequência se revelou um fiasco monumental. Aí agora estou fazendo meu currículo circular por aí, o que não está indo tão bem assim. – Ele olha em volta para o bar. – Isso aqui é pra eu não ter que morar numa caixa de papelão, entende? Ouvi dizer que elas não são muito confortáveis.

– Certo. – Passo um momento refletindo se poderia mexer alguns pauzinhos no hospital para conseguir um emprego de TI para ele. Mas não sei bem se ele ficaria agradecido. – Tenho certeza que você vai acabar encontrando outra coisa.

– É... O mercado de trabalho não anda muito bom. É tudo culpa minha, claro.

Brady esfrega o próprio queixo, ainda mais coberto de barba por fazer do que ontem à noite. Na faculdade, ele mal conseguia deixar a barba crescer, o que agora parece estar acontecendo contra sua vontade, à medida que a noite avança.

– Mas a verdade é que eu gosto de trabalhar aqui – prossegue ele. – É bom pra dar um tempo. Eu estava ficando vesgo por passar tantas horas na frente de um computador por quinze anos. E síndrome do túnel do carpo é *um saco*.

Ele sorri para mim outra vez. E que gato! Por que foi mesmo que eu terminei com ele? Não conseguir me lembrar está me deixando maluca.

– Sempre imaginei que a essa altura você já fosse estar casado – observo.

Ele olha para a outra ponta do bar, para se certificar de que ninguém esteja tentando atrair sua atenção.

– Eu estava. Não estou mais.

– Ah. Sinto muito.

– Não precisa. – Ele balança a cabeça. – A hora de dizer que sentia muito era quando eu estava casado. Agora você deveria dizer *que bom*, porque eu pulei fora.

– Ah. Que bom então.

– *Gracias*. – Ele olha em cheio para a minha mão. Sem aliança. – E você?

– Não, nunca fui por esse caminho.

Ele solta um bufo.

– Não me espanta.

Inspiro com força.

– Por quê?

Ele ri.

– Era o seu mantra na faculdade, né? *Brady, eu nunca vou me casar. Não quero ter filhos.*

– Ah, sim. Acho que desde nova eu já sabia o que queria.

Dou outro gole no meu drinque. Não sei se é a bebida, mas não me lembro de ter sentido tanta atração por Brady na faculdade. Eu *gostava* dele, mas agora ele está num outro patamar de sexy. Mas e daí? Não vai acontecer nada. Faz tempo demais. Além disso, acabei de reparar numa manchinha de sangue na perna do meu pijama cirúrgico, bem na brecha onde acabava o capote e começavam os propés quando atendi meus casos de cirurgia hoje. O que é praticamente o oposto de sexy.

Bom, a menos que você seja meu pai.

– Aquele cara de ontem... – diz Brady. – Ele não te incomodou depois que você saiu, né?

Decido não comentar que Callahan me seguiu quando eu estava voltando para casa de carro. Isso só faria com que ele se preocupasse.

– Não.

Ele se inclina por cima do balcão e chega perto o suficiente para eu sentir um leve cheiro da sua loção pós-barba.

– Fiquei preocupado, sabia? Estava quase indo até a porta pra olhar e garantir que você chegasse bem no carro, mas aí entrou um grupo grande de clientes todos juntos e precisei atender.

– Não faz mal. Eu teria conseguido lidar com o cara.

Os lábios dele ameaçam formar um sorriso.

– É. Aposto que teria mesmo.

Por que não consigo lembrar o motivo que me fez terminar com você?

Alguém está chamando Brady para pedir uma bebida, e então ele me deixa só. Fico bebericando meu Old Fashioned enquanto o observo. Tem uma mulher na outra ponta do balcão pedindo uma bebida e dando em cima dele. Está com a mão no braço dele, rindo de alguma coisa engraçada que ele falou. Ou vai ver está só rindo. Ele está dando em cima dela também, mas umas poucas vezes eu o pego olhando na minha direção.

Mas como não quero lhe dar corda, volto minha atenção para a tela da TV acima do bar. Dessa vez, está passando o noticiário da noite. A bela repórter está falando sobre uma jovem chamada Amber Swanson, que desapareceu. A polícia está atrás dela, mas ela sumiu sem deixar rastro.

O mundo lá fora é um perigo.

Termino o drinque e pego a bolsa para pagar. Antes de conseguir pegar a carteira, porém, Brady aparece subitamente de novo na minha frente. Está me encarando por cima do balcão com seus olhos castanhos bonitos.

– Ei – diz ele. – Já vai?

Aquiesço.

– Já.

– Tá de guarda-chuva?

Olho pela janela. A chuva parece ter apertado no tempo que passei no bar. Gotas enormes despencam do céu.

– Não tem problema.

Brady leva a mão até debaixo do bar. Tira de lá um pequeno guarda-chuva e me estende.

– Você não quer ficar encharcada.

– Eu não quero roubar seu guarda-chuva.

– Pode roubar... por favor. Tá chovendo pra caramba.

Quase recuso outra vez, mas ele insiste. Tenho a sensação de que ele não vai aceitar um não como resposta.

– Bom, obrigada.

Ele hesita por um instante.

– Eu saio daqui a meia hora. Quer ir tomar alguma coisa?

Encaro meu copo vazio.

– Acho que já bebi o suficiente por hoje. Não está tentando me embebedar, está?

– Tá, tá bom... – Ele ergue uma sobrancelha. – Um jantar, então? Conheço um restaurante grego ótimo. – Ele sorri para mim. – A gente pode pôr o papo em dia. Vai ser legal.

Certo. A gente pode "pôr o papo em dia". Embora eu não tenha dúvida de que vá ser legal.

– Humm. – Remexo um pouco a carteira, embora já saiba o que vou responder. – É que eu estou acordada desde as cinco.

– Sim, mas está com uma cara fresca e descansada.

– As aparências enganam. – Dou um sorriso de quem se desculpa ao mesmo tempo que largo uma nota de 10 dólares em cima do balcão.

– Também preciso acordar cedo amanhã de manhã. Vida de cirurgiã, sabe como é.

– Não, não sei. – Ele suspira e balança a cabeça com tristeza. – Mas obrigado por me dar um fora suave, Nora. Sempre gostei disso em você.

– Não tem de quê.

Será que estou cometendo um erro? Talvez uma noite com um cara gato seja tudo de que eu esteja precisando. Mas não. Tenho a sensação de que, se eu passar a noite com ele, não vai ser só uma noite. Tem alguma coisa nele que...

– Escuta. – Ele não tira os olhos castanhos dos meus. – Se você mudar de ideia, eu ainda fico aqui mais meia hora, como falei. E trabalho amanhã à noite também. Só para o caso de você acordar amanhã profundamente arrependida por não ter saído comigo.

Sinto um sorriso ameaçar surgir nos meus lábios.

– E se *você* mudar de ideia?

– Não tem a menor chance. – Ele meneia a cabeça para o guarda-chuva preto na minha mão direita. – Além do mais, você precisa voltar pra devolver meu guarda-chuva.

Ele ainda se demora mais um instante, com o olhar grudado no meu. Para ser sincera, fico muito tentada a reconsiderar. Mas já decidi muito tempo atrás que essa não é uma boa ideia. Sei quem sou e sei com que consigo lidar. Assim, me levanto da banqueta do bar e saio do Christopher's. Vou vir devolver o guarda-chuva quando ele não estiver, e aí arrumo outro bar para frequentar até ele arrumar um novo emprego.

OITO

Está caindo um baita temporal.

Embora eu tenha tentado recusar, fico imensamente grata pelo guarda-chuva de Brady enquanto corro até meu Camry. Meu pé direito mergulha numa poça imensa e encharca meu Crocs até a meia. Não vai haver mais nenhuma parada no caminho até em casa.

Jogo o guarda-chuva no banco do carona ao meu lado e saio do estacionamento rumo à minha casa. Não vejo a hora de chegar, me trocar e pôr algo quentinho e seco. Em dias como esse é que eu gostaria de ter me dedicado a aprender a acender minha lareira. Quem sabe um dia.

Pego a rua lateral em direção à minha casa. Assim que saio da principal, contudo, reparo nos faróis atrás de mim.

Ai, meu Deus. De novo, não.

Meu coração começa a bater forte. Talvez seja só coincidência. Sim, essa rua costuma ficar deserta.

Mas de vez em quando vejo gente por aqui. E não vi Henry Callahan em lugar nenhum perto do Christopher's. Será que ele perderia mesmo o tempo dele me perseguindo duas noites seguidas?

Claro. Eu mandei Harper ligar para ele e expulsá-lo da clínica. Ele pode não ter gostado muito.

Depois da terceira curva em sequência com os faróis me seguindo perto demais para me deixar à vontade, não posso mais negar que seja improvável isso ser uma coincidência. Esse carro com certeza está me seguindo.

Ao diminuir a velocidade para parar num sinal vermelho, encaro intensamente o retrovisor. É um Dodge azul atrás de mim, tenho certeza. E a silhueta de um homem no banco do motorista também parece conhecida. Henry Callahan está se divertindo um pouco às minhas custas outra vez.

Ele acende o farol alto. A luz invade meu carro, e por alguns instantes fico quase cega.

Inspiro fundo.

O que meu pai faria?

Há anos pego esse mesmo caminho para casa. Acelero devagar pela via estreita, observando pelo retrovisor o carro atrás de mim fazer o mesmo. Não importa o que eu faça, ele se mantém bem próximo. Perigosamente próximo.

Eu poderia ir para a delegacia outra vez. Só que não vou.

Mais uma vez, saio do caminho habitual que uso ao voltar para casa. Em vez disso, escolho um diferente. Um que uso com frequência para ir ao hospital e que conheço muito bem. É estreito, com várias curvas. Curvas difíceis de ver numa noite escura e chuvosa.

E então piso fundo no acelerador.

Uns dois minutos depois, vejo a curva fechada se aproximar. Só sei que ela está ali por já ter passado por esse caminho várias vezes. Tem uma placa, mas no escuro e com essa chuva é impossível de ver. Pressiono suavemente o pé no freio e giro o volante.

O Camry faz a curva escorregando, apenas com um leve cantar de pneus. O pequeno Dodge não se sai tão bem. Além disso, ele não estava preparado para a curva.

Ouço a batida antes de vê-la. Um barulho de metal sendo esmagado quando o Dodge bate em cheio numa árvore. O barulho faz com que eu me encolha, e então olho pelo retrovisor. Posso ver a fumaça subindo no local da batida. Os faróis se apagaram.

Após abrir uma certa distância entre mim e a batida, aciono o bluetooth do meu telefone.

– Ligar para o número de emergência – digo.

Após alguns toques, ouço uma voz feminina do outro lado da linha.

– Emergência, em que posso ajudar?

– Eu... eu acho que passei por um acidente na estrada atrás de mim – digo, com a quantidade exata de preocupação na voz. – Pode ser que o motorista esteja ferido.

Informo à atendente a localização aproximada do acidente antes de desligar. E então sigo em frente. Não paro. Não vou lá ver se ele está bem. Com certeza, não cogito fazer RCP ou outras manobras para salvar a vida dele.

Eu o deixo lá.

Porque tem uma coisa que é preciso saber sobre meu pai, Aaron Nierling.

Meu pai é um homem incrivelmente perigoso, que fez coisas indizíveis. Cometeu atos de maldade terríveis sem o menor sinal de remorso. Ele é o tipo de homem com quem não se iria querer cruzar num beco escuro. Ou na rua. Ou em *lugar nenhum*.

E, como diz o ditado, filho de peixe peixinho é.

NOVE

Quando chego em casa, por algum motivo o lugar parece ainda mais vazio do que de costume. Saio da garagem, entro no hall e acendo as luzes.

– Amor, cheguei! – entoo.

Minha voz ecoa pelo térreo. Fico grata por não ter comprado uma daquelas casas gigantescas que estavam à venda, mesmo tendo (por pouco) dinheiro para tanto. Qualquer coisa maior do que isso seria assustador à noite. Não que eu costume ter medo das coisas.

Em pé, ali no hall, me pergunto se os paramédicos já terão chegado a Henry Callahan. Penso se ele terá sobrevivido ao acidente.

Sinto uma pontada repentina de culpa. Sim, foi culpa dele por ter me seguido, e não fui eu quem o fez bater com o carro. Mas eu sabia o que iria acontecer na curva. Poderia pelo menos ter voltado para ver se ele precisava de atendimento médico.

Mas não voltei.

Eu deveria ter parado. Sou médica; se ele estava mal, poderia tê-lo ajudado. E decidi não ajudar. É o tipo de coisa que meu pai teria feito. Eu, não. Decidi levar a vida de outra forma.

Mas então afasto a culpa. Era *ele* quem estava *me* seguindo. O desgraçado mereceu.

Enfim, não vou pensar mais nisso.

Hoje de manhã coloquei as roupas lavadas na secadora antes de sair de casa e acho que devo buscá-las antes de jantar. Detesto quando as roupas ficam dentro da secadora. É como se pudesse sentir as roupas lá dentro, me provocando. *Me guarda, Nora.*

Isso não tem nada de estranho, tem? A roupa limpa de todo mundo fala com os donos, não?

Abro a porta do porão e acendo a luz. Minha casa é relativamente antiga, e o porão não estava finalizado. Pensei em reformá-lo, mas já tenho espaço de sobra com o térreo e o primeiro andar. Para que preciso de um porão?

Mas na ocasião em que cometi o erro de convidar Philip para vir à minha casa, ele disse com muita ênfase que eu precisava mandar arrumar o porão. *Isso aqui parece uma masmorra, Nora.*

Ao descer a escada de concreto que leva ao porão, reconheço a verdade nas palavras dele. As paredes do porão são de tijolo cru, e a tinta cinza sem graça do teto está rachando. A única coisa que tem no cômodo é uma lâmpada solitária pendurada no teto, que pisca de leve quando atravesso o recinto.

Esse porão é igualzinho a uma masmorra.

Você não quer que a sua casa seja igual a uma masmorra, quer?, era o que Philip tinha dito. Mas agora, olhando em volta, fico pensando se não era exatamente isso que eu queria quando escolhi essa casa. Afinal, meu pai construiu uma masmorra no porão. Só que fui esperta o suficiente para comprar uma casa que já tivesse uma. Na verdade, ele se parece muito com o porão da casa da minha infância. Tem até uma fechadura na porta, embora eu em geral a mantenha destrancada.

Respiro fundo e, por alguns segundos, detecto um leve cheiro de lavanda no ar.

Balanço a cabeça para afastar os pensamentos e dou uma corridinha até a secadora. O mais rápido que consigo, vou enfiando pilhas de pijamas cirúrgicos limpos no cesto de roupa. Então torno a subir correndo até o térreo e bato a porta do porão.

Apoio a testa nela e fico respirando depressa. Engulo um bolo que se formou na minha garganta. Não sei por que senti cheiro de lavanda lá embaixo. Não uso nenhum produto de limpeza que contenha lavanda. Devo ter imaginado coisas. Além do mais, o meu porão nem se parece tanto assim com o do meu pai.

Ou será que parece?

Da porta dos fundos, posso ouvir o som familiar da gata esfregando a cabeça na porta. Engulo o bolo na garganta e largo o cesto de roupa no chão. Vou alimentar a gata, em seguida vou guardar as roupas. Depois, preciso comer alguma coisa. Metade do meu ataque de pânico lá embaixo no porão deve ter sido por causa da hipoglicemia.

Pego uma lata de comida para gato no armário. Carne de porco, dessa vez. Abro a porta dos fundos, e a gata está com os olhos erguidos para mim. É a primeira vez depois de adulta que cuido de uma coisa viva – nunca tive sequer uma planta –, e esse fato não me desagrada. Fico contente por estar fazendo a gata feliz.

Esvazio a lata de comida na tigela, e a gata começa a comer alegremente. Hesito durante um instante, então passo a mão pelas costas dela. O pelo é muito macio. Ela para de comer por um momento, levanta a cabeça e a esfrega na minha mão.

Está frio aqui fora. Talvez eu devesse deixar a gata ficar dentro de casa. Seria bom não estar sozinha aqui só por uma noite...

Não. *Não*. Meu Deus do céu, onde estou com a cabeça? Não posso ter uma *gata*. O passado por acaso não me ensinou nada?

Afasto a mão do pelo dela. A gata me olha feio, ou, pelo menos, o mais feio que consegue, mas em seguida volta a comer. Fecho depressa a porta dos fundos e vou preparar o jantar.

DEZ

Na manhã seguinte, consigo acordar no luxuoso horário das sete da manhã. (Menti para Brady ontem à noite. Não tenho cirurgia nenhuma marcada para hoje de manhã.) Passo num café para comprar uma infusão de cafeína para mim, Sheila, Harper e até para Philip. Eles põem as bebidas escaldantes numa daquelas bandejas feitas para equilibrar quatro copos descartáveis, e chego ao trabalho impressionantes quinze minutos antes do meu primeiro paciente.

– Café! – entoo para a sala de espera vazia. Estou me sentindo *bem* hoje. Como se pudesse seguir acordada pelos próximos dois dias sem parar. – Comprei pra todo mundo!

Vejo Harper e Sheila no balcão da recepção. Daí me lembro do jantar de ontem à noite de Harper com Sonny e estampo um sorriso no rosto.

– Harper! Pode ir mostrando o anel!

Tarde demais, noto que Sheila está balançando a cabeça para mim. Então vejo os olhos inchados de Harper. Xiii. Pelo visto, o jantar não correu exatamente conforme o planejado.

– Tudo bem com você? – pergunto com toda a gentileza enquanto pouso os cafés no balcão.

Harper ergue os olhos azuis para mim. Eles estão avermelhados, e o nariz arrebitado está rosado.

– Ele me *largou*.

– Ai, Harper... sinto muito...

Os olhos dela ficam novamente marejados.

– Ele não me levou a um restaurante caro pra me pedir em casamento. Me levou lá pra poder me largar e eu não ter como fazer escândalo.

– Você deveria ter feito escândalo mesmo assim!

Ela balança a cabeça.

– Do que ia adiantar?

– Adiantar? Teria adiantado pra dar o troco nele. Pra fazer ele... – Vejo a expressão no rosto de Harper e percebo que estou falando com a pessoa errada. – Escuta, você pode ter qualquer cara que quiser. E agora pode focar toda a sua energia nos estudos.

– Nora tem razão – intervém Sheila. – Harper, meu bem, você é linda de morrer. É areia demais pro caminhãozinho dele. Escreve o que estou dizendo: daqui a um mês, ele vai te procurar, implorando pra voltar. E você vai dizer que nem pensar.

Harper abre um sorrisinho corajoso.

Nesse instante, Philip entra no consultório, assobiando uma música baixinho. Ele gosta de assobiar. Chega a fazer isso durante as cirurgias. As enfermeiras ficam doidas.

– Oi. – Ao nos ver todas paradas e perceber os olhos chorosos de Harper, ele se detém. – O que tá acontecendo? Tá tudo bem?

– Papo de mulher – disparo para ele.

Ele sorri para mim.

– Vocês estão, tipo, discutindo menstruação...?

Às vezes, eu seria capaz de esganá-lo.

– *Não*.

– O Sonny terminou comigo – dispara Harper.

– Ah. – Philip consegue exibir o que é de fato uma expressão de grande empatia. – Sinto muito por isso, Harper. Mas tenho certeza que vai encontrar alguém ainda melhor.

Teria sido um sentimento muito bacana, se ele não tivesse apontado para o próprio peito ao dizer isso.

– Quer sair daqui? – falo para ele, ríspida.

Philip revira os olhos, mas segue rumo à sala dele, não sem antes apanhar seu café. Harper pega um lenço de papel para enxugar os olhos. Felizmente, ela não estava de rímel. Não sei direito como consegue ter olhos tão lindos sem rímel.

– Eu tô bem, Dra. Davis – diz ela, fungando. – Juro que estou.

Olho para ela, em dúvida. Ela não parece nem um pouco bem. Mas todo mundo tem razão. Harper era *mesmo* boa demais para Sonny. Essa é a melhor coisa que poderia ter acontecido. Mesmo que ela ainda não saiba.

– Escuta – digo. – No seu intervalo de almoço, quero que pegue o cartão corporativo e vá comer num lugar bem legal, e também... que compre um presente pra você mesma. Alguma coisa bem extravagante.

Harper ri em meio às lágrimas.

– Não posso fazer isso.

– Pode e *vai*.

Pelo menos agora consegui fazê-la sorrir. Ela pega o café que comprei, e Sheila faz o mesmo. Pego o meu e sigo para minha sala. Deveria ter tido generosos quinze minutos para tomá-lo, mas agora tenho menos de cinco para engolir o café com pressa antes de Sheila vir me buscar.

Faço login no computador para verificar resultados de exames, mas ele demora para iniciar. Enquanto espero, pego o celular e entro num site de notícias locais. Desço a tela, lendo as manchetes. Paro quando uma delas me chama a atenção:

Morador da região em estado grave após colisão de carro em alta velocidade.

Passo os olhos rapidamente pela matéria. Embora ele não seja citado pelo nome, o jornal confirma o local do acidente. Com certeza foi Callahan. É evidente que ele ficou muito ferido ao bater de frente na árvore.

Um bolo me sobe pela garganta. A culpa é toda minha. É claro que, se ele não estivesse me seguindo e tentando me assustar...

Talvez eu deva ver como ele está. A matéria diz que ele foi levado para o hospital onde eu trabalho. Poderia levar umas flores. Mas, se ele estiver no CTI, entubado, é claro que provavelmente não vai me agradecer.

Ouço uma batida na porta e quase pulo da cadeira. Olho para o relógio de pulso e murmuro um palavrão. Como é que o primeiro paciente já está no consultório? Apenas uns poucos minutos atrás a sala de espera estava vazia.

– Já vou! – respondo.
Então ouço uma nova batida.
– Dra. Davis? – É a voz de Harper. – Posso entrar?
Tomo mais um grande gole de café.
– Pode, entra.
Harper abre apenas uma frestinha da porta e espia dentro da sala antes de se espremer por ela.
– Hã, Dra. Davis... a, humm... a polícia está aqui pra falar com a senhora.
Quase cuspo o café que tenho na boca de um jeito bem cômico.
– Como é que é?!
– Tem um policial aqui. – Harper torce os punhos um contra o outro. – Ele disse que precisa falar com a senhora agora.
– Sobre o quê?
Ela só faz balançar a cabeça.
Meus pensamentos estão a mil. O que a polícia está fazendo aqui? Que assunto eles poderiam ter para falar comigo? Será que tem a ver com Henry Callahan? Será que rastrearam minha ligação para a emergência e agora estão querendo me culpar pela batida?
Só sei de uma coisa. Não posso dizer não.
– Manda ele entrar.

ONZE

O policial que entra na minha sala está à paisana: camisa social e gravata por baixo do paletó, o que me leva a pensar que deva ser alguma espécie de investigador. É também consideravelmente mais velho do que os policiais que vejo patrulhando as ruas. Talvez 50 e muitos ou 60 e poucos anos; quase a mesma idade do meu pai hoje. Os cabelos cortados curtos são quase todos grisalhos, e os botões da camisa estão ligeiramente esticados em volta da pança.

Tudo que posso fazer é ficar parada onde estou sentada, petrificada demais para dizer qualquer coisa.

– Dra. Davis? – O agente abre um sorriso, mas é forçado. Não percorre nem metade do caminho até seus olhos escuros. – Investigador Ed Barber.

– Bom dia – consigo responder.

Policiais me deixam em pânico. Desde aquele dia em que minha vida inteira mudou quando eu tinha 11 anos. Até agora, porém, no geral não tive nenhuma interação ruim com agentes da lei. Principalmente desde que troquei de sobrenome. Depois de me levar para morar com ela, minha avó insistiu para eu adotar seu sobrenome. Aceitei de bom grado. A última coisa que eu queria era que as pessoas soubessem que eu era filha daquele monstro. E Nierling, afinal, não é um sobrenome comum.

– A senhora pode conversar por um instante, Dra. Davis? – pergunta o investigador.

– Na verdade, não. – Minha risada sai engasgada. – Mas se acomode.

Barber não hesita em se sentar numa das cadeiras em frente à minha escrivaninha. Enquanto ele observa meu diploma pendurado na parede, dou o melhor de mim para me acalmar. Não tive nada a ver com o acidente de ontem à noite. A culpa foi toda de Callahan. Seja qual for o assunto que trouxe o investigador aqui hoje, não fiz nada de errado.

Talvez ele tenha vindo pedir minha opinião de médica em relação a outro caso. É totalmente possível. Devo estar ansiosa sem motivo.

– Dra. Davis – diz ele. – A senhora tem uma paciente chamada Amber Swanson?

Congelo. É a última coisa que eu esperava ouvi-lo dizer.

– Como é?

– Amber Swanson. A senhora a operou?

Pego um lápis em cima da minha mesa e começo a mexer nele. Não estou entendendo. Será que estou sendo processada? Por que um investigador viria aqui falar sobre isso?

– O nome me soa familiar.

– Ela fez uma apendicectomia.

Agora estou começando a me lembrar. Alguns meses atrás, eu estava de plantão no pronto-socorro quando ela apareceu com dor no quadrante inferior direito do abdômen. Eu me lembro de entrar na sala de exames e encontrar a pobre Amber em posição fetal. Felizmente, conseguimos entrar com ela na sala de cirurgia antes de o apêndice romper. A operação foi um sucesso, e na consulta pós-operatória ela estava bem-disposta.

– Sim – digo com cautela. – Eu me lembro dela.

O vinco entre as sobrancelhas de Barber se aprofunda.

– Infelizmente, o corpo da Srta. Swanson foi encontrado por volta das três da manhã. Ela foi assassinada.

– Não! – Cubro a boca com uma das mãos. – Meu Deus do céu. Que coisa horrível. Ela era só... era tão jovem...

– Vinte e cinco anos – diz ele. – Realmente uma pena. Ela sumiu dois dias atrás e acabou sendo encontrada boiando no rio San Joaquin.

– Meu Deus do céu. – Fecho os olhos para não ver a imagem do corpo sem vida de Amber Swanson boiando no rio. – Que horror. Mas... – Engulo em seco. – Como posso ajudar o senhor?

– Bom, eu estava só pensando em qual teria sido a última vez que a senhora viu Amber.

Balanço a cabeça.

– Na consulta pós-operatória dela. Deve fazer umas poucas semanas.

– E não a viu desde então?

– Não...

Toda essa linha de questionamento está me deixando muito desconfortável. Por que ele está me perguntando essas coisas?

– Onde a senhora estava duas noites atrás, Dra. Davis?

Franzo a testa.

– Duas noites atrás?

– Se pudesse me dar uma ideia do que fez nessa noite...

Eu o fuzilo com o olhar.

– Vocês pretendem procurar todos os médicos de Amber Swanson e interrogá-los dessa forma?

O investigador Barber passa alguns segundos me encarando com seus olhos escuros e astutos, bem mais jovens do que as rugas do seu rosto. O olhar dele me deixa extremamente desconfortável, mas não desvio o meu. Por fim, ele chega mais perto.

– O negócio é o seguinte, Dra. Davis – conta ele. – Quando encontramos Amber, as mãos dela tinham sido decepadas.

Ele sabe. Ai, meu Deus, ele sabe quem eu sou. Não precisa sequer dizer isso: só existe um motivo para ele ter vindo farejar à minha volta depois de uma revelação como essa.

Meu pai tinha um *modus operandi*. Todos os corpos de vítimas dele que foram encontrados estavam sem as mãos. Ele as decepava e guardava os ossos num baú no porão da nossa casa. Por isso, era chamado de Mãos de Fada. Em parte, pelo fato de alegar que o porão era sua oficina, mas também por causa das mãos removidas.

Barber tem idade suficiente para provavelmente já ser da polícia quando meu pai foi preso. Ele deve se lembrar, embora eu tenha certeza de que as bases de dados teriam identificado o fato ainda que ele não conseguisse.

– Aaron Nierling está preso – digo com cautela. – Isso não tem absolutamente nada a ver comigo.

Barber inclina a cabeça de lado.

– Bom, ele é seu pai. Então eu diria que tem alguma coisa a ver com a senhora.

Sinto o rosto esquentar, mas tomo cuidado para não reagir. É isso que ele quer.

– Se o senhor quiser me fazer mais perguntas, vai ter que ser com meu advogado – afirmo. – Tenho certeza de que sabe tão bem quanto eu como isso é ridículo.

O investigador se limita a me encarar. É como se estivéssemos competindo para ver quem vai piscar primeiro. Sempre fui muito boa nisso.

– Dra. Davis – diz ele por fim. – Uma jovem foi mutilada e assassinada. Se a senhora acha que tem alguma coisa nessa história que não estou levando a sério, está muito enganada.

Com essas palavras, ele se levanta da cadeira com um grunhido. Enfia a mão bem fundo no bolso do paletó, e por alguns horríveis instantes tenho certeza de que vai puxar uma arma para mim e me mandar pôr as mãos na cabeça. Mas, não: ele saca um cartão de visitas e o coloca na minha mesa.

– Se pensar em alguma informação que possa nos ajudar, ligue para mim – diz ele. – A hora que for, doutora.

Faço que sim.

– Pode deixar.

Fico observando enquanto ele sai da minha sala, e só quando fecha a porta atrás de si sinto que consigo voltar a respirar normalmente. Mas minha cabeça continua zumbindo. Porque tem mais uma coisa de que me lembrei. Uma coisa que não me atrevi a dizer para esse investigador, mas na qual é difícil não pensar.

Tiro o celular do bolso. Abro uma ferramenta de busca e digito o nome Amber Swanson.

Sim, Aaron Nierling tinha um *modus operandi*. Mas ele tinha também um *tipo*. Mulheres de 20 e poucos anos, com cabelos escuros e olhos azuis. Quase sempre.

A ferramenta de busca encontra várias Amber Swanson, mas sei quem estou procurando. Embora faça várias semanas, eu me lembro do rosto dela. Só tem um detalhe do qual não tenho certeza. Mas, quando encontro uma imagem sua, minha memória é avivada.

Ela é exatamente como na minha lembrança. Cerca de 25 anos, cabelos escuros esvoaçantes, linda. Tudo isso eu recordava perfeitamente. Mas aquilo de que não tinha certeza está me encarando neste instante.

Os límpidos olhos azuis dela.

DOZE

26 anos antes

Durante o horário de almoço, Tiffany tem a ideia de fazer bolinhas de papel com cuspe e transformá-las em projéteis. Ela insere uma delas no seu canudo, faz biquinho com os pequenos lábios rosados e assopra. A bolinha sai voando pelo ar e aterrissa bem atrás dos cabelos castanhos pegajosos de Marjorie Baker.

Marjorie leva a mão à nuca, onde se pode ver a bolinha úmida e brilhante entre os fios de cabelo. Sabe que algo a acertou, só não tem certeza do quê. Tiffany cobre a boca com uma das mãos e dá uma risadinha. Nos últimos tempos, é sempre ela quem comanda os ataques a Marjorie. Tiffany tem uma cabeleira loira comprida, sedosa e linda, e todos os meninos da turma são secretamente apaixonados por ela. Só que ela não dá a mínima para meninos; tudo que parece interessá-la é implicar com Marjorie. É o que mais gosta de fazer.

– Deixa eu tentar! – pede Amanda Cutraro.

Ela pega o próprio canudo e repete o processo. Em pouco tempo, uma segunda bolinha de papel e cuspe se alojou entre os cabelos de Marjorie. Uma terceira ricocheteia nos cabelos dela e cai dentro do capuz.

A pior parte é que Marjorie não parece conseguir encontrar as bolinhas. Ficamos olhando a garota tatear a nuca e procurar com os dedos, mas não chega nem perto. Vira-se para nos fuzilar com o olhar, e a mesa inteira explode em risadinhas.

– Quer tentar, Nora? – pergunta Tiffany.
Faço que não com a cabeça.
– Por que não? – quer saber Tiffany.
Dou de ombros.
– Não tô a fim.

Se eu fosse outra pessoa, Tiffany provavelmente teria forçado a barra para me obrigar. Mas ela não se mete comigo. Tiffany e eu temos um pacto.

No final do intervalo de almoço, quando vai levar sua bandeja até o lixo, Marjorie tem várias bolinhas de papel e cuspe nos cabelos. Conseguiu tirar algumas, mas a maioria está presa feito cola nos fios. Ela vai acabar passando o dia todo com as bolinhas ali.

Depois do almoço, temos um intervalo. Como de costume, Marjorie está com seu livro, e eu a vejo caminhando (ou melhor, *se balançando*) até o outro lado do pátio para ler sozinha. As outras meninas se afastam para pular amarelinha, mas hoje não vou com elas. Em vez disso, caminho até onde Marjorie está sentada. Sem esperar ela dizer nada, eu me sento ao lado dela.

– Oi – digo.
Marjorie ergue os olhos para mim.
– As outras meninas mandaram você aqui pra tirar sarro da minha cara?
– Não.
Ela estreita para mim os olhos castanhos lacrimosos.
– Então o que você tá fazendo aqui, Nora?
– Você estava sozinha. Achei que pudesse querer alguém pra conversar.
Marjorie solta um bufo.
– Se você conversar comigo, as outras não vão mais ser suas amigas. Vão achar que você é uma otária, igual a mim.
– Não estou muito preocupada com isso – respondo, sincera.

Pela primeira vez desde que me sentei, vejo uma sementinha de esperança na expressão de Marjorie. Em todo o tempo desde que a conheço, desde que estávamos no primeiro ano do fundamental, ela nunca teve nenhuma amiga de verdade. E embora eu tenha tido grupos de meninas com quem andei, ela sabe que também nunca tive uma amiga próxima. Está achando que talvez possa haver algo ali.

É exatamente o que quero que ela ache.

– Escuta – digo. – Eu prometi pra Tiffany que ia brincar com elas hoje, mas acho que a gente deveria fazer alguma coisa uma hora dessas. Se você quiser.

– Humm... – Marjorie morde o lábio inferior. – Você quer mesmo?

Faço que sim com a cabeça.

– Eu acho você legal. É *muito* injusto as outras meninas te tratarem mal.

Um sorrisinho minúsculo desabrocha nos lábios dela.

– Bom, então tá. A gente pode fazer alguma coisa se você quiser. Quando?

– Que tal hoje depois da escola? A gente pode voltar pra casa juntas a pé.

Ela faz uma careta.

– Hoje minha mãe vem me pegar direto depois da aula. Tenho consulta no dentista.

Tento não deixar minha decepção transparecer.

– Não faz mal. Que tal amanhã depois da escola?

Ela agora está sorrindo de verdade.

– Tá, tudo bem!

– Ótimo! – Retribuo o sorriso, que nos meus lábios parece feito de plástico. – Mas tem uma coisa: você não pode contar pra ninguém que a gente combinou isso.

Ela franze o cenho.

– Não?

– Pensa um pouco – digo. – A nossa amizade tem que ficar em segredo. Se você contar pra outras pessoas, a Tiffany vai descobrir, e aí vai tentar me convencer a não fazer nada com você. Eu não quero isso. – Ergo as sobrancelhas. – *Você* quer?

Marjorie balança a cabeça devagar.

– Não...

– Acho melhor você não contar nem pros seus pais – declaro. – Porque sabe como todos os pais conversam entre si.

– Certo – diz ela, embora não pareça totalmente convencida.

Queria que Marjorie tivesse aceitado me encontrar hoje depois da escola. Isso tornaria as coisas bem mais simples. Eu não precisaria me preocupar com a possibilidade de ela dar com a língua nos dentes.

– Se você contar pra alguém, inclusive pros seus pais, a gente não pode voltar juntas amanhã. Tá bom?

– Tá – concorda ela por fim.

Eu a encaro nos olhos, pensando se posso confiar nela. Acho que sim. Marjorie Baker nunca teve uma amiga, e quer ter uma. Está *desesperada* por uma. Quer muito acreditar que desejo a companhia dela. Quer acreditar que estou fazendo isso porque gosto dela de verdade, e não porque a Tiffany me convenceu.

Bom, a Tiffany não me convenceu a fazer isso.

É algo bem pior.

• • •

– Vou chegar mais tarde da escola amanhã – digo a meus pais durante o jantar.

– Ah, é? – Minha mãe leva uma garfada de arroz de forno à boca. – Mais tarde quanto?

– Uma hora, talvez? Só preciso pesquisar umas coisas na biblioteca.

– Tá bom – diz minha mãe. – Se precisar de uma carona, é só me ligar.

– Pode deixar.

Só que na verdade não vou ligar.

– Linda. – Meu pai está olhando para o prato da minha mãe. – Você não vai comer tudo isso, vai?

Ela franze o cenho.

– Como assim?

A voz do meu pai está calma e pausada, como sempre é. Mas há algo a mais em seu tom.

– Não basta você ter ficado enorme desse jeito? Está tentando ficar *maior* ainda?

As bochechas da minha mãe ficam vermelhas.

– É que eu tenho andado com muita fome.

– Mesmo assim. – Meu pai toma um grande gole do seu Old Fashioned. É seu drinque predileto; ele toma um toda noite no jantar. – É constrangedor, Linda. Eu nem quero mais sair com você em público. – Ele olha para mim. – Nora, isso é um exemplo do que você *não* deveria fazer depois de se casar.

Ao ouvir essas palavras, minha mãe se levanta da mesa e pega o prato dela. Desaparece na cozinha, e a porta se fecha atrás dela. Não é a primeira vez que eles batem boca assim. Minha mãe deve estar terminando de comer seu prato na cozinha, onde ele não pode vê-la.

Agora que ela se retirou, meu pai parece ter esquecido que estou sentada à mesa. Vai enfiando a comida na boca e termina de tomar o Old Fashioned. Depois de acabar, fica de pé tão depressa que a cadeira quase tomba para trás. Tira as chaves do bolso, destranca a porta do porão e desaparece lá dentro. Provavelmente vou ficar o resto da noite sem vê-lo. Ele sempre desce lá depois que os dois brigam.

Só terminei cerca de metade do meu arroz de forno, mas na verdade não estou com fome. Eu me levanto sem fazer barulho e vou na ponta dos pés até a porta do porão. Estendo a mão e tento delicadamente girar a maçaneta. Ele trancou, claro.

Encosto a orelha na porta. Ouço um barulho de motor. Alguma espécie de serra elétrica? Queria poder ver o que está acontecendo lá embaixo.

Quando pressiono a orelha com mais força no espaço entre a porta e o batente, o cheiro de lavanda se torna quase avassalador. Mas tem outro cheiro também. Alguma outra coisa misturada com a lavanda. Um cheiro de…

Alguma coisa apodrecendo.

– Nora.

Levo um baita susto. Minha mãe está parada na minha frente com uma pilha de três pratos vazios na mão e uma xícara equilibrada por cima. Eu me afasto depressa da porta, fingindo não ter tentado escutar o que estava acontecendo lá embaixo. Minha mãe provavelmente vai me dizer para deixar de ser tão enxerida em relação ao porão.

– Vem me ajudar a lavar a louça – diz ela em vez disso.

– Tá bom – concordo. Cerro os punhos. – Quando você acha que o meu pai vai terminar a tal estante?

Minha mãe passa alguns instantes calada.

– Não sei.

– Mas…

– Nora, já falei que *não sei*.

Sigo minha mãe de volta até a cozinha, pisando firme. Não entendo mesmo por que meu pai faz tanto segredo em relação à oficina do porão. Por que não posso ver o que ele está fazendo lá embaixo?

Afinal, talvez eu possa ajudar.

TREZE

Dias de hoje

Que bom que não tenho nenhuma cirurgia hoje, porque é impossível me concentrar depois da visita do investigador Barber. Não consigo pensar em nada a não ser Amber Swanson. E em quem poderia ter feito o que fizeram com ela.
    Talvez seja uma coincidência. Torço com todas as forças para ser. Mas na verdade nunca acreditei em coincidências.
    Só que não tem como ser meu pai. Ele está *preso*. Cumprindo pena pela vida inteira. Por *dezoito* vidas inteiras.
    Por volta das cinco da tarde, me refugio no banheiro para me recompor. Tem um banheiro para pacientes no andar, mas temos nosso próprio banheiro que só nós quatro usamos. Eu me tranco lá dentro e jogo uma água no rosto. Quando encaro meu reflexo outra vez, meus olhos escuros estão vermelhos.
    Fecho os olhos e inspiro fundo. Vai ficar tudo bem. Eu não fiz nada de errado.
    Abro os olhos e jogo mais água no rosto. Ponho um pouco de sabão líquido nas mãos. Antes de conseguir fazer espuma, porém, o cheiro do sabonete invade minhas narinas. E sinto uma ânsia de vômito.
    O sabonete é de *lavanda*.
    Pego o frasco de sabonete líquido, subitamente furiosa. Abro a porta

do banheiro com um puxão e atravesso o corredor a passos largos até a sala de Philip. Bato com força na porta, então abro sem esperar resposta. Ele está sentado diante da mesa, digitando algo no computador, e arregala os olhos ao me ver.

– O que é isso? – disparo para ele, erguendo o frasco de sabonete e sacudindo-o na cara dele.

Ele franze o cenho.

– Sabonete?

– Sabonete *de lavanda*!

Ele ergue um dos ombros.

– E daí...?

– De onde veio isso?

– Eu que encomendei. – Ele balança a cabeça para mim. – A gente precisa de sabonete pro banheiro. Não estou entendendo. Qual é o problema?

Cerro os dentes.

– Eu detesto lavanda. Já te falei isso.

– Não me lembro de você algum dia ter me falado isso.

– Eu com certeza falei.

– Pelo amor de Deus, Nora. – Ele passa a mão pelos cabelos. – É só um *sabonete*. Relaxa.

Atiro o frasco de sabonete líquido na cesta de lixo, que sacode com o impacto.

– Eu compro algum outro sabonete amanhã. Não compra mais se não conseguir se lembrar do que não é pra comprar. Tá bom?

Saio marchando da sala dele e bato a porta. Talvez eu tenha exagerado um tiquinho na reação. Tá, mais do que um tiquinho. Mas detesto lavanda mais do que tudo. Ainda estou enjoada por causa do cheiro. Queria tomar uma chuveirada para me livrar dele.

Costumo ser a última a sair do consultório, mas hoje acabo depressa de preencher meus documentos e vou embora assim que termino de atender meu último paciente. Quando chego à recepção, tanto Harper quanto Sheila estão vestindo seus casacos.

– Oi, Nora – diz Sheila. – Harper e eu vamos sair pra beber alguma coisa e falar sobre o quanto o Sonny é um traste. Quer vir com a gente?

Normalmente, eu gostaria de ir com elas. Quero demonstrar apoio a Harper e me certificar de que esse pequeno revés não atrapalhe seu caminho rumo à medicina. Mas sentar num bar com Sheila e Harper e fingir me importar com algo tão banal quanto *homens*... Hoje simplesmente não consigo.

— Desculpa. Preciso ir pra casa.

Harper me olha com a testa franzida.

— Ainda tá chateada por causa da tal paciente? Aquela que morreu?

É claro que contei para elas sobre Amber Swanson depois que o investigador foi embora. Tive que contar. Mas deixei de fora a parte em que eu era suspeita porque a moça foi mutilada exatamente do mesmo jeito que o meu pai assassino em série costumava mutilar as vítimas *dele*. Ninguém neste consultório sabe que meu nome de batismo é Nora Nierling. Nem nunca vão saber.

— É que estou cansada, só isso — minto. — Mas divirtam-se.

Sheila e Harper fazem cara de decepcionadas, mas não se esforçam mais para me convencer a ir. Como sou chefe delas, isso seria esquisito. Além do mais, não sou particularmente divertida. Pelo menos isso a meu respeito eu sei. Elas vão se divertir mais sem mim.

Ao entrar no carro, minha intenção é realmente ir para casa. Mas em vez disso me pego fazendo um desvio. Estou indo para o Christopher's pela terceira noite seguida. Só que dessa vez não estou indo atrás de um Old Fashioned.

Ao entrar no bar escuro, na mesma hora vejo Brady fazendo drinques. Ele está preparando algo numa coqueteleira, e dá para ver a musculatura destacada nos seus braços. Um leve arrepio me percorre. Venho me privando há muito tempo, mas agora estou muito necessitada.

Adoro o jeito como o rosto dele se ilumina ao me ver. Ele termina de atender o cliente, então vem direto até mim.

— Outro Old Fashioned?

Encaro seus olhos ao mesmo tempo que deslizo por cima do balcão o guarda-chuva que ele me emprestou.

— A que horas você sai do trabalho?

Um sorriso de surpresa se espalha pelo semblante dele.

– Daqui a uma hora.
– Ótimo.
– Quer dizer que... – Ele arqueia uma sobrancelha. – Você finalmente vai deixar eu te levar pra jantar?
Balanço a cabeça.
– Não. Pra sua casa.
O sorriso dele vacila de leve. Não sei se fico magoada ou lisonjeada por ele ter esperança de algo mais do que só uma noite comigo.
– Ah...
– A gente não precisa se você não quiser.
– Não – diz ele depressa. – Eu quero. *Com certeza.* Mas não quer sair para comer alguma coisa primeiro ou...?
– Não. Quero ir direto pra sua casa.
Ele pisca algumas vezes.
– Então tá. Então... Acho que é só ficar aqui e esperar.
– Uma hora – digo.
– É. Uma hora. Não sai daí, tá?
Acabo deixando que ele prepare o Old Fashioned para mim, e ele insiste para ser por conta da casa. Passo a hora seguinte bebericando meu drinque e fingindo navegar na internet no celular, mas na verdade fico espiando Brady pelo canto do olho. Ele não fala muito comigo porque a noite no bar está movimentada e ele precisa atender vários clientes, mas de tantos em tantos minutos cruza olhares comigo e sorri.
Tenho um flashback do meu primeiro encontro com ele, que parece ter sido um milhão de anos atrás. Aquele, sim, foi um encontro de verdade. Ele apareceu na porta do meu quarto no alojamento usando uma camisa social branca perfeitamente engomada e até uma gravata. Parecia visivelmente incomodado com ela, e pouco depois de nos sentarmos no restaurante italiano para onde me levou, cheguei perto e perguntei:
– Quer tirar essa gravata?
– Hã... – Ele automaticamente levou os dedos depressa até o nó. – Tem algo de errado com ela?
– É que você parece detestar.
– Hã... – Ele deu um puxão na gravata. – É. Tem razão. Detesto mesmo.

— Então por que colocou?

— Eu queria te impressionar. — Ele sorri, encabulado. — Pelo visto, não tá funcionando.

Mas o engraçado é que estava funcionando, *sim*. O último cara com quem eu saíra tinha aparecido de camiseta e calça jeans. Nada de errado com isso, mas adorei o jeito como Brady se esforçou. A maioria dos universitários não teria se dado esse trabalho.

— Acho que tá dando mais certo do que você pensa. Mas pode tirar mesmo assim.

— De jeito nenhum — retrucou ele. — Se tá dando certo, vou deixar.

Ele era uma graça. Eu me lembro de gostar dele *de verdade*. Não a ponto de algum dia ter dito "eu te amo" nem nada perto disso, mas gostei dele tanto quanto era possível eu gostar de alguém.

Por que diabos terminei com ele? Não consigo mesmo me lembrar. Isso está me deixando maluca.

Quando a hora termina e outro barman chega para render Brady, praticamente pulo da minha banqueta. Ele vem até mim, limpando as mãos na calça jeans.

— Pronta?

Faço que sim.

— Você mora longe?

— A dez minutos. Logo depois de El Camino.

Por um instante, cogito perguntar se ele pode me dar carona. Mas não. Quero estar de carro.

— Eu te sigo — digo.

— Claro — responde ele. — Me passa seu telefone.

Estreito os olhos para ele.

— Meu telefone? Pra quê?

— A gente deveria trocar telefone para o caso de você não achar minha casa.

Largo o celular dentro da bolsa e a seguro junto ao peito, protetora.

— Vou conseguir te encontrar. Não estou muito preocupada com isso. Não é neurocirurgia nem nada do tipo.

— Humm. Acho que você saberia se fosse.

— Saberia, mesmo.

(Pensei em seguir carreira de neurocirurgiã, mas não gostava tanto de abrir crânios quanto de abrir abdômens.)

Ele suspira.

– Você não quer que eu tenha o seu telefone. Entendi. Mas pelo menos me deixa te dar o meu. Tá bom?

Tudo bem. Pego o celular na bolsa e o deixo falar os números do próprio telefone. Gravo-os com o nome dele, tomando cuidado para não clicar em cima por acidente, porque aí ele também teria o meu. Nunca vou ligar para ele.

Ele mora a dez minutos do Christopher's, logo na divisa com San Jose. O bairro parece tranquilo, mas ligeiramente detonado. As casas parecem malconservadas, os gramados quase todos precisando de manutenção. Por sorte, não tenho um carro caro igual ao de Philip, caso contrário ficaria com medo de ele ser roubado.

– Tudo bem estacionar na rua? – pergunto a Brady ao sair do meu carro, parado atrás do dele.

– Tudo. Não se preocupa.

Olho para a casinha em frente à qual paramos. É uma casa velha quase branca, tão decrépita quanto as outras do quarteirão, com a tinta descascando e uma das janelas tapada por tábuas. Os degraus de cimento que dão na porta da frente estão ruindo. Na varanda da frente, uma cadeira de balanço oscila de leve. Por alguns instantes, tenho certeza de que está vazia. Mas então consigo distinguir, sentado nela, o contorno de um corpo emaciado. Cabelos cor de prata reluzem ao luar.

Brady levanta uma das mãos num cumprimento.

– Oi, Sra. Chelmsford.

O esqueleto ergue a mão direita, mas não diz nada. Embora não esteja fazendo tanto frio assim, estremeço.

– A Sra. Chelmsford é a proprietária – explica Brady enquanto damos a volta até os fundos. – Só que ela já está meio avoada e assinou o contrato de locação por intermédio da sobrinha. Passa a maior parte do tempo apenas sentada na varanda. Felizmente, tenho minha própria entrada.

Não sei o que me deixa desconfortável em relação àquela velha se balançando para a frente e para trás na varanda. Talvez o fato de ela ser tão imóvel e silenciosa. Se ela não tivesse levantado a mão, eu teria tido certeza de que estava morta.

Brady abre a porta de tela com um puxão, então enfia a chave na fechadura da porta interna. Há uma escada lá dentro, e ele acena para eu subir atrás dele os degraus escuros e estreitos. Em geral, não sou claustrofóbica, mas fico aliviada quando chegamos em frente à porta.

O apartamento de Brady é pequeno, o que não é nenhuma surpresa, considerando o tamanho da casa. Olho em volta para abarcar a pequena área de estar contendo um futon velho e surrado e uma poltrona que parece ter sido resgatada da calçada. Brady observa minha expressão.

– Não fiquei com os melhores móveis no divórcio – diz ele. – Na verdade, não fiquei com nada.

– Não tem problema.

E não tem mesmo.

– Vou te mostrar a mansão. – Ele acena para a sala de estar. – Aqui é a sala. Lógico. A cozinha fica ali. Aquele quarto à direita é o meu. O banheiro fica logo ao lado. – Ele bufa. – E agora você meio que está querendo que a gente tivesse ido pra sua casa.

– Não estou, não.

– Certo. Porque aí eu saberia onde você mora.

Faço uma careta, porque ele acertou em cheio. Isso aqui é só hoje e ponto-final. Não quero que ele tenha meu número de celular, nem quero ele aparecendo na porta da minha casa.

– Tudo bem – diz ele. – Mesmo.

Meneio a cabeça para o corredor em direção a outra porta que parece fechada.

– E ali?

Ele hesita por uma fração de segundo.

– Ali é o meu escritório. Eu usava quando trabalhava na startup. – Ele pigarreia. – Quer beber alguma coisa? Um copo d'água?

– Não, obrigada.

– Uma cerveja? Ou... – Ele abre a geladeira e espia lá dentro. – Talvez eu tenha um pouco de vodca ou algo assim.

Vou até a cozinha e levo a mão ao seu ombro. Ele se detém no meio da busca por bebida, fecha a geladeira e fica de frente para mim. Passo alguns segundos olhando seu peito subir e descer enquanto ele me encara nos olhos.

E então ele se aproxima para me beijar.

CATORZE

Era exatamente disso que eu precisava.

Deitada ao lado de Brady no colchão cheio de calombos da sua cama queen size, com o edredom piniquento nos cobrindo parcialmente, tenho a sensação de quase não conseguir recuperar o fôlego. Olho para ele, que me abre um sorriso entorpecido, e tenho quase certeza de que o meu sorriso está igual. Estou meio tonta depois de tudo.

– Foi bom? – pergunta ele.

– Bom *demais* – respondo. – Você melhorou.

Ele dá uma gargalhada.

– Desde a faculdade? Com certeza, espero que sim.

Não quero admitir quanto tempo faz que não transo. Já saí com outros caras desde a faculdade, mas não muitos. Chego mais perto dele e o deixo passar o braço à minha volta e me puxar para si. Será que fui excessivamente cautelosa? Talvez não seja a pior ideia do mundo deixar ele ter meu número. Para um repeteco ou dois. Ou dez.

– Fiquei tão feliz de te ver hoje no bar – murmura ele nos meus cabelos. – Tinha certeza que você não iria voltar depois de ontem.

– Estou feliz por ter voltado. – Ergo a cabeça e olho para ele. Sua barba por fazer ficou muito escura. – Quanto tempo você demorou pra me reconhecer quando apareci no Christopher's na primeira noite?

– Uns dois segundos.
– Sério? – Arqueio as sobrancelhas. – Eu acho que estou bem diferente.
– Nem tanto. E você é difícil de esquecer.

Não entendo muito bem o que ele quer dizer com isso. Será um elogio? Deve ser, considerando onde acabamos vindo parar. A ideia de ser memorável não me agrada. Fico satisfeita quando meus pacientes se lembram de mim, mas pensar que um cara que só conheci por alto durante a faculdade consegue me reconhecer tão depressa me causa certo desconforto.

Brady deve sentir isso, porque acrescenta:

– É que acho que você foi a garota mais legal com quem eu já saí.
– A garota "mais legal" com quem você já saiu? Agora tenho certeza que você tá inventando...
– Foi, sim! – insiste ele. – Eu nunca tinha conhecido ninguém igual a você. Você é diferente.

Não tem nada de diferente em relação a mim. Pelo menos, não que eu tenha alardeado para qualquer um que conheça. Para Brady, sempre fui a velha Nora Davis de sempre. Ele nunca soube de nada do meu passado. Nem nunca vai saber.

– Além disso, você é a mulher mais linda com quem já fiquei – acrescenta ele.

Dou risada.

– Tá, até parece.
– Tô falando sério. – Ele dá um apertão no meu ombro. – Você e a Laurie Strode são as minhas duas melhores da vida.

Laurie Strode? Quem é Laurie Strode? Eu nunca nem ouvi falar em...

Ai, não.

Lembrei por que terminei com Brady.

Ele deve sentir quando meu corpo se retesa. Toca meu queixo com os dedos.

– Nora?

Eu me sento na cama e puxo do chão meu pijama cirúrgico que abandonei ali.

– Preciso ir ao banheiro.

Brady se senta e me observa vestir a blusa, a calcinha e a calça. Quando estou amarrando o cordão da calça, ele franze o cenho para mim.

– Você tá indo embora?

– Tenho que acordar cedo amanhã pra operar.

– Tá, mas... – O cobertor desliza de seu peito musculoso, e por um instante me sinto tentada a ficar. – Não tá tão tarde. Fica mais um pouco. A gente pode pedir uma pizza ou algo assim.

– Acho que não.

– Comida chinesa?

– Foi mal. – Olho em volta do quarto à procura dos meus sapatos, então lembro que os deixei na porta ao entrar. – É que estou com a agenda muito cheia.

Antes que ele consiga protestar de novo, corro até o banheiro e bato a porta depois de entrar.

Olho para ela e vejo um pequeno trinco. Giro-o, embora ache bem improvável Brady tentar entrar. Tenho certeza de que ele ainda está sentado na cama, quebrando a cabeça para entender o que fez de errado. Mas preciso de alguns instantes de total privacidade. Sozinha.

Verifico minha aparência no espelho. Em algum ponto entre a cozinha e o quarto, soltei os cabelos do coque, e os cachos negros estão espalhados para todo lado. Por sorte, eu não estava usando maquiagem nenhuma para borrar, mas estou com uma cara decididamente bagunçada. Jogo um pouco d'água no rosto e inspiro fundo.

Laurie Strode. Mas é claro.

Laurie Strode era a personagem do filme *Halloween – A noite do terror* interpretada por Jamie Lee Curtis. Aquele filme do Michael Myers, o cara de máscara branca que tenta matar a babá. Assisti com Brady na faculdade porque ele adorava esse filme. Aí assistimos ao resto dos filmes da série. E *Sexta-Feira 13*. E *A hora do pesadelo*. Ele adorava filmes de terror *slasher*.

E eu também passei a adorar. Minha parte preferida do dia passou a ser me enroscar com Brady no sofá de futon da área comum do quarto dele no alojamento e ficar vendo atores serem assassinados. Deve ter sido o melhor relacionamento que já tive. Nunca tinha me sentido tão conectada a outra pessoa.

Agora me lembro do momento exato em que parei de gostar dele.

Era sábado à noite. Tínhamos sido convidados para uma festa à fantasia, mas esperamos até a última hora para decidir o que usar. Eu tinha mais ou menos decidido me fantasiar de gatinha sexy ou algo nessa linha, mas Brady insistiu que tinha umas máscaras assustadoras no armário. *De outros Halloweens*, segundo ele.

E, de fato, ele tinha cerca de meia dúzia de máscaras guardadas no fundo do armário. Eu ri quando ele ergueu a de hóquei do Jason. Ou a do Freddy Krueger, toda cheia de cicatrizes. *Já tá com medo?*, perguntou, me provocando.

E então ele pegou outra máscara na pilha. Quando a suspendeu até o rosto, senti um arrepio descer pelas minhas costas. O que era aquilo?

Esta é a minha máscara de Halloween de uns dez anos atrás, explicou ele. *Lembra aquele assassino em série daqui do Oregon mesmo, aquele que matou várias mulheres e decepou as mãos delas? O Mãos de Fada?*

Foi nessa hora que tive certeza do que estava vendo. Brady tinha uma máscara de Halloween da *cara do meu pai*. Claro, por que isso me deixava tão espantada? Não tínhamos passado nosso relacionamento inteiro vendo mulheres serem assassinadas? Os filmes eram uma versão ficcionalizada da vida do meu pai.

Ao ver aquela máscara velha, fiquei tão mal que tive que inventar uma desculpa para não ir à festa. No dia seguinte, terminei com ele. E, durante o resto do tempo que passei na faculdade, toda vez que o via, eu saía correndo na outra direção.

Meu Deus, como eu posso ter esquecido? Devo ter bloqueado. Depois de terminar com Brady, nunca mais assisti a um filme de terror. Eles nunca foram os mesmos depois disso.

Será que ele ainda assiste a esse tipo de filme? Será que ainda gosta tanto quanto antes?

Será que ainda tem aquela máscara com a cara do meu pai?

Puxo o ar numa inspiração trêmula e saio do banheiro. A porta do quarto está fechada. Será que eu fechei depois de sair? Não consigo me lembrar. Ponho a mão na maçaneta com a intenção de dizer a Brady que estou de saída. Pelo menos isso eu lhe devo. Afinal, ele não fez nada errado.

Só que a maçaneta não gira. A porta do quarto está trancada.

Franzo o cenho e tento de novo. Por que ele se trancou no quarto? Que coisa mais estranha.

– Nora? O que você tá fazendo?

Ergo a cabeça com um movimento brusco. Brady está parado ao meu lado, agora vestido com a camiseta e a calça jeans que estava usando mais cedo. Suas sobrancelhas estão unidas.

– Estava voltando pro quarto – digo.

Ele olha para trás.

– O quarto é ali. Aqui é meu escritório, lembra?

– Ah.

Ele solta um bufo.

– Acho que você é a primeira pessoa que se perde nesse apartamento minúsculo.

– É… – Olho para trás na direção da porta trancada e sinto um súbito frio na barriga. – Por que você tranca seu escritório?

Ele dá de ombros.

– Eu guardo uns documentos financeiros aí. Só pra… por segurança.

– Tá…

Não tenho como deixar de notar o modo como Brady evita meu olhar. Será que ele está mentindo para mim? Será que tem outra coisa dentro desse quarto trancado? Algo que ele não quer que ninguém veja?

Não consigo evitar me lembrar da porta trancada do porão da casa da minha infância. Do que se revelou haver por trás daquela porta trancada.

Mas isso aqui é totalmente diferente. Pelo amor de Deus, as pessoas trancam as portas de cômodos em suas casas. Isso não quer necessariamente dizer que sejam assassinos em série psicopatas. E Brady parece bem legal. Dá para ver que ele é.

Inspiro fundo pelo nariz para tentar detectar aquele cheiro vagamente conhecido de sangue velho e carne apodrecida.

Não. Nada.

Nem sequer lavanda.

– Enfim – digo, passando por Brady a caminho da sala.

Minha bolsa está onde a deixei sobre a bancada da cozinha, e meus Crocs estão jogados na sala. Torno a calçá-los.

– Vou indo então.

– Eu te levo até o carro.

– Não precisa.

Ele balança a cabeça.

– Este bairro não é cem por cento seguro. Vou me sentir melhor se te acompanhar até o carro.

– Eu sei me cuidar sozinha.

– Tem algum *motivo* para você não querer que eu te leve até o carro?

Faço uma pausa no meio do ato de vestir o casaco e olho para Brady. Seu rosto exibe uma expressão magoada. Então me dou conta de que não estou sendo legal. A gente se divertiu hoje, e eu o estou dispensando de um jeito bem abrupto. Ele não fez nada para merecer isso. Só tem me tratado bem. E o que fez comigo lá no quarto foi...

– Tá – digo. – Vamos lá.

Brady pega o molho de chaves na bancada da cozinha e põe no bolso. Então me segue escada abaixo e porta afora. Fazemos o trajeto inteiro sem dizer nada, mas posso ouvir os passos dele atrás de mim.

Embora estivesse escuro quando chegamos, parece ainda mais agora. O bairro não é muito bem iluminado. Olho para a frente da casa, e no início acho que a velha continua se balançando na cadeira, mas então percebo que ela está vazia nesse momento. Deve estar balançando por causa do vento.

Por mais que deteste admitir isso, estou contente por Brady ter saído para me levar até o carro. Ele chega a dar a volta e segurar a porta do motorista para mim. Mesmo sendo o *meu* carro. Alguém o criou para ser educado.

Isso me leva a pensar outra vez na gravata que ele usou no nosso primeiro encontro. No quanto ele estava se esforçando. Isso quase basta para me fazer querer ficar.

– Nora – diz ele.

Eu me sento ao volante e ergo os olhos para ele.

– Hum?

– Eu me diverti muito hoje.

– Eu também.

Ele morde a lateral do lábio.

– Você...? – Ele nem sequer conclui a pergunta. Já sabe a resposta. – Olha, você tem meu telefone. Sabe onde eu trabalho e onde moro. Então... eu tô aqui se algum dia você quiser... você sabe.

– Sei – balbucio. Ambos sabemos que nunca vou ligar para aquele número. – Tchau, Brady. Valeu.

Ele solta um suspiro.

– É...

Bato a porta do carro, ligo o motor e vou embora. Não olho para trás, mas, quando meus olhos relanceiam o espelho retrovisor, Brady ainda está na rua onde o deixei.

Olhando para mim.

QUINZE

Vinte minutos mais tarde, entro pela garagem na minha casa vazia. Meus Crocs ressoam pelo cômodo a cada passo que dou no piso de tábua corrida.

– Amor, cheguei! – entoo.

Fico parada no hall, sem conseguir avançar. Fecho os olhos e imagino outro tipo de vida. Uma vida em que eu diria essas palavras, e alguma pessoa, alguém como Brady, viria me receber. Essa pessoa então me daria um abraço e me diria que deixou o jantar quentinho no forno.

Deixo de lado minhas fantasias ridículas e vou até a cozinha. Minha barriga ronca dolorosamente. Talvez no fim das contas eu devesse ter deixado Brady pedir a tal pizza. Que diferença teria feito passar mais uma hora lá? Talvez tivesse sido legal...

Não. Eu estava certa em ir embora. Não gostei de quem fui quando estava com ele. Fiquei com *medo*.

Meu notebook está em cima da bancada da cozinha, onde o deixei ontem à noite. Embora esteja morrendo de fome, vou direto até ele. Entro no Google. E, embora não devesse fazer isso, digito o nome Brady Mitchell.

É um comportamento inteiramente inútil, levando em conta que nunca mais vou vê-lo. É um alívio ver que a presença dele nas redes sociais é mínima. Ele não posta maluquices sobre querer abrir fogo em um shopping. Ele nem parece ter conta no Twitter; só uma página no Facebook, com uma foto de perfil totalmente normal. Mas isso é tudo que consigo ver, porque o perfil é fechado.

Faz sentido, porque Brady é *mesmo* legal. Talvez eu tenha cometido um erro enorme ao sair correndo da casa dele daquele jeito. Mas, se quiser, posso ligar para ele.

Fecho a janela do navegador onde estava pesquisando Brady e abro uma nova aba de pesquisa. Dessa vez, digito outro nome: Amber Swanson.

O primeiro site que aparece é uma matéria de jornal. *Caixa de banco de 25 anos é encontrada boiando no rio San Joaquin.*

Leio por alto. A maior parte é o que o investigador já me contou. O corpo de Amber foi encontrado hoje de manhã cedo por alguns adolescentes. Ela foi vista pela última vez dois dias atrás, e desde então não tinha aparecido no trabalho. O legista avaliou que estivesse morta há mais ou menos um dia.

Isso quer dizer que, entre o sumiço e a morte, ela ficou presa em algum lugar. Viva.

A matéria menciona também o fato de o corpo ter sido encontrado com as mãos amputadas. Nenhuma conexão com Aaron Nierling é mencionada. E por que deveria? Ele está preso. Dezoito penas de prisão perpétua, e certamente nenhuma chance de condicional.

É coincidência. Tem muita gente ruim por aí fazendo coisas ruins.

Fecho os olhos e tento me lembrar de Amber. Ela estava bem grogue antes da cirurgia, mas na consulta pós-operatória foi muito simpática. De modo bem parecido com o que fez Henry Callahan, ela me agradeceu por ter salvado sua vida. *A senhora fez um ótimo trabalho, Dra. Davis. E que cicatriz pequenininha! Dá total pra esconder debaixo do biquíni.*

Assim como no caso de Callahan, eu havia optado por uma cirurgia de barriga aberta em vez de usar as câmeras. Quando posso escolher, é sempre isso que prefiro.

Clico em outro link, que me leva para os perfis das redes sociais de

Amber. Tem uma foto dela de biquíni sentada numa praia, de óculos Ray-Ban. Está sorrindo para a câmera. Parece muito jovem, muito feliz. Ainda tinha tantos anos de vida pela frente...

Tomara que peguem quem quer que tenha feito isso com ela. Tomara que essa pessoa fique presa por muito tempo.

Ouço uma pancada vinda da porta dos fundos. É a gata outra vez. Fecho o notebook e me levanto para pegar uma lata de comida para gato. Carne, dessa vez. Está ficando tarde; a pobrezinha deve estar faminta.

Tum.

– Tá bom, já tô indo!

Não que ela consiga me entender. Não tenho noção do que os gatos percebem ou não, embora essa gata em especial pareça bem esperta.

Removo a tampa da lata com um puxão e a jogo no lixo. Abro a porta dos fundos com tudo e...

Não há nada ali. Nenhuma gata.

Olho para meu quintal dos fundos, banhado em escuridão. Não consigo ver nada. Dou um passo para fora, o que deveria fazer as luzes automáticas se acenderem, mas não. Será que as luzes queimaram? Não consigo me lembrar da última vez que saí no quintal à noite.

Fico parada por alguns instantes no quintal escuro, à escuta. Não ouço nenhum miado.

Não ouço nada.

– Oi? – chamo. – Gata?

Nenhum ruído.

Volto para dentro de casa e fecho a porta com um baque. Então a tranco. Tenho um trinco na porta da frente, mas nada ali na dos fundos. Meio que parece besteira ter uma fechadura a mais na porta da frente quando a de trás poderia ser facilmente arrombada com um chute. Mas eu moro num bairro muito seguro. Nada a ver com o bairro de Brady.

Largo a lata de comida na bancada da cozinha e abraço meu próprio corpo. Estava frio lá fora. O inverno em breve vai chegar, e a temperatura à noite pode cair abaixo dos 5°C.

Lá no Oregon fazia mais frio. O porão da nossa casa vivia congelando. Caso contrário, o cheiro teria sido pior ainda, e nós teríamos percebido antes. Nem a lavanda teria conseguido disfarçar.

Baixo os olhos para o chão da cozinha e é então que vejo uma carta a mais ou menos um metro da porta dos fundos. Está no chão como se alguém a tivesse enfiado por baixo da porta. Por que alguém enfiaria uma carta por baixo da minha porta dos fundos?

Eu me abaixo para pegar a carta. Na mesma hora, vejo o nome conhecido no endereço do remetente:

Aaron Nierling.

Não.

Como isso é possível? Sim, ele tem me mandado cartas toda semana. Mas elas chegam pelo correio. Ele deve postá-las no presídio, e elas são entregues na minha casa. Não são enfiadas por baixo da minha porta. Isso é algo que nunca deveria acontecer. E embora haja um endereço de remetente e um selo no envelope, não há qualquer carimbo de postagem.

Eu me largo numa das cadeiras da mesa da cozinha. Minha mão que segura a carta está tremendo. Isso não faz o menor sentido.

Talvez eu esteja tendo uma reação desproporcional, claro. Talvez a carta tenha chegado junto com a minha correspondência normal. E, quando larguei a pilha em cima da mesa da cozinha, o envelope caiu no chão. E só vi agora. E quem sabe o correio por algum motivo tenha esquecido de carimbá-lo.

Possível. Extremamente improvável, mas possível.

Preciso acreditar nisso, porque a alternativa é assustadora demais para contemplar.

Torno a pegar meu notebook. Digito o endereço do site do sistema prisional de cor; já o digitei muitas vezes. Clico no menu e seleciono a opção de pesquisar um detento pelo nome. Minhas mãos tremem tanto que preciso de três tentativas para digitar o nome Aaron Nierling.

É um nome suficientemente incomum para apenas um resultado surgir:

Nome: Aaron Nierling
Idade: 67
Raça: Branca
Sexo: Masculino
Data de soltura: Nenhuma
Local: Penitenciária Estadual do Oregon

Segundo o site, meu pai continua preso. Sem data de soltura. Se ele tivesse fugido ou algo assim, eu saberia, não? Uma coisa assim teria farta cobertura da imprensa.

O investigador Barber me passou seu cartão. Eu poderia ligar para ele. Contar sobre a carta.

Só que algo me impede de fazer isso. Quando Barber foi me procurar mais cedo, estava trabalhando no seu caso. Investigando uma pista improvável. Na verdade, ele não achava que eu tivesse alguma coisa a ver com a morte de Amber.

Mas se eu ligar para ele... mostrar a carta... Isso vai mudar seu modo de pensar.

Não sei quem matou Amber Swanson, mas meu pai não foi. Meu pai está cumprindo pena de prisão perpétua. Com certeza, essa carta simplesmente caiu no chão, e por isso estava ali. Nada mais sinistro do que isso. E, com relação à pancada na porta, tenho certeza de que a gata escutou um guaxinim ou coisa parecida e se assustou antes de eu chegar. Estou inventando coisas.

Baixo os olhos para a carta. Toda semana, por mais de 25 anos, ele me mandou uma. Quando minha avó confessou que as vinha jogando fora, no começo fiquei uma fera com ela. Que direito ela tinha de fazer uma coisa dessas?

Ele é um homem mau, Nora, disse ela. Já é ruim o suficiente ele ter criado você por onze anos. Não quero que te envenene mais ainda.

Minha avó era mãe da minha mãe. Ela me levou para morar com ela quando meus pais foram presos e me manteve lá depois de meu pai ser condenado e de minha mãe se matar. Os dois me abandonaram, cada qual à sua maneira, mas minha avó ficou do meu lado.

Só que sempre tive a sensação de que ela não confiava inteiramente em mim. Às vezes, eu a pegava me encarando como se tivesse medo de mim.

Ela não era a única.

Nunca houve qualquer dúvida em relação ao fato de eu mudar de sobrenome. Eu não queria mais ser Nora Nierling. Foi um alívio deixar isso para trás.

Era tudo que eu queria. Deixar *meu pai* para trás.

Torno a baixar os olhos para a carta. Rasgo-a ao meio. Depois, ao meio outra vez. O que quer que ele tenha a dizer, não quero saber.

DEZESSEIS

26 anos antes

Não estou conseguindo dormir.

Assim que me deitei, comecei a pegar no sono, mas aí fui acordada pelo barulho dos meus pais brigando. O quarto deles fica bem ao lado do meu, parede com parede, e eu conseguia ouvir cada palavra. Pior: eles estavam brigando por minha causa. Eles brigam muito por minha causa.

A Nora precisa fazer terapia, não parava de insistir minha mãe. *Tem alguma coisa errada com ela. Ela não é normal.*

Meu pai me defendeu, como sempre. *Ela está ótima. Você está imaginando coisas, Linda.*

Ótima, nada! Estou preocupada. Ela não tem nenhum amigo de verdade. E nem parece ligar pra isso.

Linda...

Tem alguma coisa estranha nela, Aaron. Ela não é normal.

Você não sabe do que está falando. Ela está ótima... confia em mim.

A briga se estendeu por quase uma hora. Por fim, tive que cobrir a cabeça com o travesseiro para não escutá-los. Só que não deu certo. Continuei escutando tudo.

De qualquer forma, minha mãe está errada. Eu tenho amigos. Tipo, estou animada para encontrar Marjorie amanhã. Pensei numa brincadeira ótima para a gente fazer juntas. Talvez ela não goste no começo, mas acho que consigo convencê-la.

Ergo os olhos para os desenhos no teto do meu quarto. Uma das rachaduras da tinta meio que parece um rosto. Na verdade, parece a Marjorie! Bom, um pouquinho.

Minha boca está muito seca. Tomei um copo d'água no jantar, mas agora tenho a sensação de estar com a boca cheia de areia. Preciso de mais água. Vou ter que descer para buscar.

Minha mãe não gosta quando me levanto no meio da noite e "começo a zanzar pela casa". Não sei o que ela acha que vai me acontecer na nossa própria casa no meio da noite. Eu tenho 11 anos, afinal de contas. Não sou uma bebezinha que vai enfiar o dedo numa tomada se ninguém estiver olhando. Mas, enfim, estou só indo pegar um pouco d'água. Nada de mais.

Desço na ponta dos pés até a cozinha. Pego um copo dentro de um dos armários e o encho na torneira. Encho quase até a borda com água fria. Então bebo tudo até a água acabar.

Bem melhor.

Ponho o copo dentro do lava-louça, então começo a voltar na direção do meu quarto. Passo pela porta do porão e, como aconteceu no outro dia, ouço um barulho vindo lá de dentro. Um barulho de pancadas.

Será que meu pai está lá embaixo trabalhando? Está tão tarde...

Não entendo isso. Ele vive na oficina, mas depois desse tempo todo que passou lá, só fabricou basicamente duas peças de mobília. Então o que ele fica fazendo lá embaixo?

Encosto a orelha na porta e fico escutando, e enquanto isso o cheiro de lavanda invade minhas narinas. Ouço alguma coisa abafada. Quase como se alguém estivesse falando.

Afasto a cabeça da porta bruscamente. Olho para a maçaneta. Ponho a mão ali, esperando encontrá-la trancada, como aconteceu toda vez que tentei abri-la até onde minha memória alcança.

Mas então a maçaneta gira.

DEZESSETE

Dias de hoje

Na maioria dos dias, tenho só de cinco a dez minutos entre cirurgias para comer alguma coisa. Hoje tenho uma hora inteira, um luxo que não conheço há séculos. Alguém deve ter se atrapalhado no agendamento, mas não reclamo. Aproveito a oportunidade para dar um pulo na farmácia.

Atraio alguns olhares ao percorrer os corredores vestida com meu pijama cirúrgico, mas pelo menos dessa vez lembrei de tirar os propés. Em geral, compro tudo de que preciso na internet, mas, depois daquele chilique que dei ontem por causa do sabonete de lavanda, sinto que preciso substituí-lo hoje mesmo. Caso contrário, Philip talvez compre outro de lavanda. E, nesse caso, talvez eu surte de verdade.

O corredor dos sabonetes fica bem nos fundos da loja. São tantas marcas que chego a ficar tonta. Eu nem *vejo* nenhum sabonete de lavanda. Foi mesmo um baita azar Philip escolher justo o cheiro que eu mais detesto. Aquele que ainda me revira o estômago mesmo depois de tantos anos.

Só de pensar no cheiro agora já sinto ânsia de vômito.

Acabo pegando um frasco de algo que diz ter aroma de leite e mel. Parece perfeito. Qualquer coisa estaria bom. Eu preferiria o cheiro de meias sujas ao de lavanda.

Pego meu frasco de sabonete de leite e mel e vou na direção da fila do caixa. Bem quando chego no final do corredor, quase esbarro numa mulher mais velha empurrando um carrinho de compras.

A mulher me parece familiar. Algo no seu corpo frágil e cabelos finos cor de prata, e algo no vestido solto que meio que parece uma camisola. Hesito por alguns segundos, segurando meu sabonete de leite e mel, até seus lábios rachados se abrirem e ela dizer:

– Você é a namorada nova do Brady.

Então me dou conta. Ela é a idosa que estava sentada na varanda quando cheguei. Sra. Chelmsford, ele a chamou. De dia, parece ainda mais velha e frágil do que na varanda ontem à noite.

– Não sou namorada dele – balbucio. – Sou só uma amiga.

A Sra. Chelmsford me olha de cima a baixo com olhos azuis leitosos. Ao longo dos anos, já vi muitos idosos confusos e com demência, e essa mulher parece estar assim. Torço para ela não estar tentando cozinhar nada naquela casa, ou poderia incendiar o imóvel inteiro. Eu deveria alertar Brady. É claro que isso significaria voltar a falar com ele, o que não acho que vá tornar a acontecer.

– Você precisa tomar cuidado com o Brady – sibila ela para mim.

Pisco os olhos para ela, aturdida.

– Como é que é?

– Ele é um perigo. – Ela baixa mais um pouco a voz. – Ouço gritos vindos lá de cima à noite. Gritos de mulher. Pedindo socorro.

Abro a boca, mas nenhuma palavra sai. Antes de conseguir formular o que dizer, uma mulher de meia-idade surge do nada de outro corredor e segura a velha pelo ombro.

– Tia Ruth! – repreende a mulher mais jovem. – Não some desse jeito! Eu não estava conseguindo te encontrar. – Ela me lança um olhar de quem se desculpa. – Espero que ela não tenha te incomodado.

Balanço a cabeça sem dizer nada.

– Ela visitou o Brady ontem à noite – explica a Sra. Chelmsford para a sobrinha. – Eu tinha que avisar.

– O Brady é meu amigo – digo depressa.

– Tia Ruth, para de incomodar essa pobre enfermeira. – A sobrinha sorri para mim. – Desculpa. É que ela às vezes fica muito confusa e encasqueta com umas ideias estranhas.

– Sim, claro. Não se preocupe.

A sobrinha da Sra. Chelmsford a conduz para longe, mas eu fico apenas ali parada, segurando meu frasco de sabonete de leite e mel. É claro que tudo que essa velha falou é ridículo. Ela é uma senhorinha confusa... já vi muitas na minha carreira. Pessoas com demência imaginam coisas o tempo todo.

Mas as palavras dela me tocaram. Principalmente depois de ver aquela porta trancada no apartamento de Brady.

Ouço gritos vindos lá de cima à noite. Gritos de mulher. Pedindo socorro.

Mas não poderia ser. Não posso acreditar. A velha está tendo alucinações. Brady podia gostar de filmes de terror *slasher* e achar bacana se fantasiar de assassinos em série quando jovem, mas não está trancando mulheres no quarto de hóspedes para torturá-las. Isso é impossível. Eu o conheço bem o suficiente para saber que ele não seria capaz disso.

E, de qualquer maneira, nunca mais vou vê-lo de novo. Portanto, não adianta nada pensar nisso.

DEZOITO

Passo todos os dias da semana seguinte monitorando com atenção o noticiário em busca de matérias sobre Amber Swanson. Tudo que quero ouvir é que pegaram o responsável. Talvez tenha sido um cara qualquer que a chamou para sair num encontro e levou um não. Ou algum pervertido que a viu correndo de manhã cedo e começou a segui-la.

Mas, se a polícia prendeu alguém, isso não sai em matéria nenhuma.

Seja como for, o investigador Barber não volta a aparecer no meu consultório. E nenhuma outra carta de Aaron Nierling chega misteriosamente. Tenho certeza de que devo ter deixado a carta cair por acidente no chão da cozinha. É a única coisa que faz sentido.

Algumas vezes, no caminho para casa, fiquei bastante tentada a dar uma passada no Christopher's para tomar um Old Fashioned. Só que não podia fazer isso. Acabaria cruzando com Brady e isso seria constrangedor, uma vez que não tenho intenção nenhuma de voltar a ficar com ele. Vou precisar procurar outro bar para frequentar, embora deteste ter que fazer isso. Adoro o Christopher's. E não sou uma grande fã de mudanças. Gosto da minha rotina.

Uma semana mais tarde, chego no consultório bem cedinho, porque não tenho nenhuma cirurgia marcada para o dia. Só que, quando chego, sinto um peso na barriga ao ver Philip dando em cima de Harper.

Não que ele não faça isso o tempo todo. Philip dá em cima de todo mundo. Ele dá em cima até da Sheila, que deve ser vinte anos mais velha do que ele. Dá em cima de *mim*, mesmo sendo mais provável uma bola de neve se criar no inferno do que eu dar uma chance a ele. Mas por algum motivo aquela interação específica me dá nos nervos. Porque Harper acabou de terminar com o namorado de longa data. Está de coração partido e começando a se recuperar.

Vejo Philip encarapitado na beirada da mesa dela, tagarelando sobre sabe-se lá o quê. Harper tem o rosto erguido para ele e o observa com seus grandes olhos azuis como se ele fosse um deus. O que faz sentido, porque ele meio que se acha um.

– Oi, Dra. Davis – entoa Harper alegremente. – A Sheila está recebendo seu primeiro paciente.

Encaro Philip com uma expressão gélida.

– E *você*? Não tem nenhum paciente pra atender agora?

– Meu primeiro cancelou. – Ele abre um sorrisinho para mim. – Estava pensando em dar uma saída e comprar um café pra gente.

Não posso dizer que isso não me agradaria. Sobretudo porque a minha caneca parece ter desaparecido misteriosamente. Desconfio lá no fundo que Philip a deixou cair, jogou os cacos no lixo e esqueceu de me falar.

– Não precisa mesmo fazer isso, Dr. Corey – diz Harper.

Pelo menos, ela ainda o está chamando de Dr. Corey. Se o tivesse chamado de Philip, eu ficaria realmente preocupada.

– Eu não acho ruim. – Ele pula da mesa dela e se espreguiça o suficiente para exibir o que, tenho que admitir, são dois bíceps bem impressionantes. Quando é que Philip encontra tempo para malhar? Eu com certeza não tenho esse tempo. – Você quer o quê, Nora? Café puro?

– Isso.

Harper estremece.

– Não entendo como a senhora consegue beber café assim, doutora. Café puro é tão amargo...

– Me acostumei durante a residência.

Na sala dos residentes, havia sempre uma cafeteira ligada, mas nunca nenhum leite, creme ou açúcar. No começo, o café era quase intragável, mas eu me forçava a beber de tão cansada que estava. Agora me acostumei, e qualquer outra coisa que não café puro me parece ter um sabor estranho.

– Na residência, eu também tomava puro – diz Philip. – Mas agora que a gente pode tomar com creme e açúcar, por que não?

Lanço um olhar para ele.

– Vai buscar café pra gente ou criticar o que eu gosto de beber?

Philip ri. Não importa o que eu lhe diga, ele nunca se ofende. Às vezes, fico pensando se me leva a sério. Mas deve levar. Fez das tripas coração para me recrutar para trabalhar na clínica dele depois de eu me formar. Não se dispôs a ouvir um não como resposta.

Philip volta à sua sala para pegar o casaco. Vou atrás dele, apesar de ter certeza de que meu paciente vai ficar chateado por deixá-lo esperando. Mas isso é mais importante.

– O que foi, Nora? – pergunta ele.

Faço um gesto para ele entrar na sala e fecho a porta.

– Lembra o que eu te disse quando a Harper começou a trabalhar aqui, sobre não dar em cima dela? Preciso que você faça isso agora. Não dar em cima dela.

Philip revira os olhos.

– Nora...

– Não estou brincando.

Ele afasta o estetoscópio em cima da mesa para poder se sentar na beirada.

– Faz um ano que a Harper trabalha aqui. Por que está surtando com isso agora?

– Porque ela acabou de terminar com o Sonny. E está vulnerável.

– Nora, ela não é sua filha. Não precisa se preocupar tanto assim com ela.

Fico ligeiramente ofendida por ele dar a entender que uma moça apenas dez anos mais nova do que eu seja para mim uma figura filial, embora seja possível ele ter acertado na mosca. Como disse para Brady quando estava na faculdade, não quero ter filhos. Mas de fato sinto uma espécie de impulso materno em relação a Harper. Ela tem um futuro muito brilhante pela frente e não precisa carregar todo o histórico familiar com o qual fui obrigada a lidar.

Se Philip começar a namorar com ela, isso não vai acabar bem. Ela provavelmente vai acabar se demitindo... ou coisa pior.

– Olha, você pode ter a mulher que quiser...

Ele faz cara de quem está achando graça.

– Nossa, valeu.

Dou um grunhido.

– Não foi isso que eu quis dizer. O que eu quis dizer foi: escolhe qualquer outra pessoa. A Harper, não. Tá bom? Por favor, fica longe da nossa recepcionista, só isso. É a única coisa que eu te peço.

– Sabia que quando você fica estressada aparece uma veia saltada bem aqui? – diz ele, e aponta para a própria têmpora com o indicador. – Algum dia esse troço vai estourar, Nora.

– Philip...

– Tá, tá bom! – Ele ergue as mãos em rendição. – Não vou mais chegar perto da Harper. Vou ser um *perfeito cavalheiro*. Tá feliz?

Assinto, embora não tenha total certeza se confio nele. Eu meio que gostaria de ter uma conversa com Harper também, mas receio que, quanto mais eu tentar manter os dois afastados, mais vou criar uma situação de amor impossível tipo Romeu e Julieta e acabar encontrando os dois atracados num beijo no armário de suprimentos. Talvez o melhor seja cruzar os dedos para ela ser esperta o suficiente e não cair na conversinha dele. Quer dizer, acho que ela é. Mas sei como são as coisas logo depois de um término.

Quer dizer, sei como são as coisas para *os outros* depois de um término. Eu mesma nunca tive esse problema.

Agora que Philip saiu para comprar o café, vou atender meu primeiro paciente do dia. O homem se chama Timothy Dudley, e eu operei uma hérnia dele três meses atrás. Eu me considero uma excelente cirurgiã com uma taxa de complicação muito baixa, mas a taxa não é zero. Alguma porcentagem dos meus pacientes vai ter infecções nos cortes. É um fato da vida, simples assim.

O Sr. Dudley teve uma infecção no corte.

Se existe alguma espécie de regra em relação à prática da cirurgia, é que sempre vai haver complicações nos piores pacientes possíveis. Aqueles que já não confiavam cem por cento no cirurgião. E aí, quando algo sai errado, isso apenas reforça a teoria de que todos os cirurgiões são uns açougueiros.

Tentei tratar o Sr. Dudley com antibióticos, mas não deu certo, e acabei precisando fazer uma raspagem no seu corte. Mas agora ele está bem. A infecção sarou e o corte cicatrizou. De modo que estou torcendo para essa ser uma consulta rápida na qual vou olhar o corte, vamos fingir que gostamos um do outro, e então poderei despachá-lo e talvez nunca mais vê-lo na vida.

Só que, no mesmo segundo em que entro na sala, sei que isso não vai acontecer.

Ele está sentado na maca, com o abdômen imenso protuberante por baixo de uma camiseta e o avental que lhe demos largado sem uso ao lado. Os braços gorduchos estão cruzados sobre a barriga e ele me fuzila com o olhar. Não vou nem tentar fazê-lo vestir esse avental.

Incorporo o famoso carisma do meu pai e abro um sorriso que não vem de dentro. Ele não sorri de volta. Nem sequer um pouquinho.

– Como está se sentindo, Sr. Dudley?

– Não muito bem, Dra. Davis – responde ele. – Continua doendo onde a senhora me cortou.

– Lamento muito por isso.

Suas sobrancelhas espessas se erguem depressa.

– Lamenta mesmo?

Assinto solenemente. Às vezes, é muito difícil manter a calma durante esses confrontos. Minha vontade é gritar com a pessoa que, se eu não a tivesse operado, ela teria tido uma oclusão intestinal. E, em vez de reparar a hérnia, eu estaria removendo um grande pedaço de seu intestino. Com certeza, ele não ficaria mais feliz comigo se eu fizesse isso.

– Meu médico de família me falou que eu não precisava dessa operação – diz o Sr. Dudley.

Uno as mãos com toda a paciência.

– Essa não é uma área em que ele seja especialista. Eu lhe garanto que o senhor precisava da cirurgia. Caso contrário, eu não a teria feito.

– Ele me contou que ouviu dizer que a senhora gosta de operar.

De todas as coisas que ele me disse até aqui, essa é a primeira que me afeta. *Ele ouviu dizer que a senhora gosta de operar.* Será que é essa a reputação que ando conquistando? Sim, eu sou agressiva. Mas sou cirurgiã. É esse o nosso *trabalho*.

– Isso não é verdade.

— E uma das enfermeiras me contou que a senhora tem uma competição em curso com outro cirurgião pra ver quem consegue operar mais esse ano — acrescenta ele.

Sinto a boca seca. Tento não perder a compostura, mas é difícil. Qual enfermeira disse isso? Quem diria isso a meu respeito? É totalmente inadequado. Esse tipo de coisa pode destruir a carreira de alguém.

Se eu descobrir quem falou isso, vou me certificar de que a pessoa se arrependa amargamente.

— Prometo ao senhor que eu jamais faria uma coisa dessas — digo baixinho. — Quem foi a enfermeira que lhe disse isso?

— Não me lembro.

Não sei ao certo se ele está mentindo. Os pacientes devem ter contato com vários profissionais de enfermagem. Ele não se lembraria necessariamente dos nomes. Seja como for, vou acabar descobrindo quem foi. Philip também vai querer saber.

É claro que toda essa maldita história é provavelmente culpa dele. Eu nunca contei a ninguém sobre a nossa aposta. Foi ele quem decerto foi se gabar a respeito para a enfermagem. Dizendo como pensa estar ganhando quando na realidade estou muito à frente.

Tudo bem. Eu opero bastante mesmo.

— Tudo isso não passa de um jogo pra senhora. — O Sr. Dudley sorri com sarcasmo para mim. — Eu quase morri de infecção intestinal por sua causa.

— Sr. Dudley...

— Não, Dra. Davis, escute aqui. — Ele põe o dedo na minha cara. — O único motivo para eu ter vindo a esta consulta foi pra dizer que a senhora vai ter notícias do meu advogado. E queria que soubesse por quê.

E com essas palavras, ele desce da maca. Passa por mim me afastando e sai do consultório; as botas batendo com força no chão.

Bom, não foi o melhor começo para o dia. Mas a verdade é que a maioria dos meus pacientes não é igual ao Sr. Dudley. A maioria fica muito grata a mim... como Henry Callahan antes de eu me recusar a sair para jantar com ele. E duvido que qualquer tipo de processo que o Sr. Dudley mova contra mim tenha sucesso. Na verdade, posso apostar que é esse o motivo pelo qual ele veio aqui para começo de conversa. Como ele sabia que na verdade não podia me processar, o melhor que podia fazer era me meter medo.

Boa tentativa.

Começo a ir até a recepção para ver se algum dos meus outros pacientes já apareceu, mas antes de conseguir chegar lá quase trombo com Harper no corredor. Ela está com as faces ligeiramente coradas.

– Dra. Davis, estava justamente indo procurar a senhora – diz ela.

– Chegou outro paciente?

– Não, mas... – Os olhos de Harper se voltam por um instante na direção da área de espera. – Aquele policial veio falar com a senhora outra vez.

As ameaças do Sr. Dudley não me assustaram, mas isso sim. Inspiro com um arquejo.

– O mesmo da outra vez?

Ela aquiesce devagar.

– É. O investigador.

Ai, meu Deus. Será que isso tem a ver com Amber Swanson de novo? Sei que eles não descobriram quem a matou. Não tem como estarem pensando que fui eu, ou tem? Eu mal conhecia a moça a não ser pelo fato de ter removido seu apêndice infeccionado.

A testa de Harper fica franzida.

– Está tudo bem, Dra. Davis?

– Com certeza – digo, com tanta firmeza que quase acredito. – É sobre aquela pobre moça que foi paciente daqui e acabou... morta. Eles só estão tentando entender o que aconteceu com ela, e vou fazer o que puder pra ajudar, claro.

Consigo ver a pergunta estampada no rosto de Harper. *Por que a senhora poderia ajudar a polícia a descobrir quem matou essa garota?* Mas não posso lhe contar a verdade. Não posso contar a ninguém.

Fico esperando na minha sala enquanto Harper diz ao investigador Barber para entrar. Embora em geral não o use ao receber pacientes, pego o jaleco branco no gancho atrás da porta e o visto. Calculo que qualquer coisa que me faça parecer mais profissional vale a pena, embora infelizmente meu jaleco branco tenha ficado amarrotado. O que é meio estranho, visto que estava apenas pendurado na parede. Bom, é isso.

O investigador entra na minha sala com cara de quem passou metade da noite acordado. O queixo está coberto por um pouco de barba por fazer grisalha e a camisa está amarrotada. Não parece nem um pouco mais amigável do que na primeira vez que veio aqui. Na verdade, qualquer indício de sorriso, falso ou não, desapareceu de seu rosto. A expressão dele está seríssima.

– Olá, Dra. Davis.

Engulo um bolo na garganta.

– Investigador, ficarei feliz em responder quaisquer perguntas que o senhor possa ter, mas preferiria que o senhor fosse conversar comigo na minha casa em vez de aparecer aqui na frente de todos os meus pacientes.

A expressão no rosto de Barber não muda.

– Sinto muito, mas infelizmente a senhora é uma pessoa difícil de localizar. E não temos tempo a perder.

Balanço a cabeça.

– Não estou entendendo. Amber foi morta uma semana atrás. Qual a urgência, então?

– Não vim aqui falar sobre Amber.

Meu corpo fica gelado. Não tem a ver com Amber?

– Então o que...

– Dra. Davis – diz Barber. – A senhora tem uma paciente chamada Shelby Gillis?

– Eu... – O nome soa familiar. Já o ouvi antes. – Talvez...

Ele tira uma foto do bolso do paletó preto e a faz deslizar por cima da mesa. Pego a fotografia e olho para o rosto sorridente que me encara de volta. É uma foto de uma moça bonita, de cabelos escuros compridos e olhos azuis brilhantes.

Cabelos escuros e olhos azuis.

– Sim – respondo. – Acho que fiz uma lumpectomia e uma biópsia aberta de mama nela uns dois meses atrás.

Está tudo me voltando à memória agora. Shelby Gillis estava preocupada porque tinha encontrado um caroço no seio direito. Fiz uma lumpectomia e o tecido retirado foi para a biópsia. O caroço era benigno. Quem lhe deu a notícia fui eu, e ela ficou muito feliz. Segurou minha mão e apertou meus dedos. *Minha sensação é de ter tido uma segunda chance, Dra. Davis.*

Dou um pigarro.

– Ela... ela está bem?

Que pergunta mais besta. É claro que não está. Se tem um investigador de polícia sentado em frente à minha mesa me perguntando coisas a respeito dela é porque ela não está nada bem.

– Ela foi encontrada morta ontem à noite, doutora – revela ele. – Por uns motoqueiros. Foi esfaqueada.

Mal consigo encontrar minha voz. No fim das contas, Shelby não teve a tal segunda chance.

– Que… que horror.

– E as duas mãos dela foram decepadas.

Ai, meu Deus. Acho que vou passar mal. Uma paciente minha ser encontrada morta desse jeito… tudo bem, é possível ser uma coincidência. Mas duas? Sem chance. E o investigador sabe disso.

– Dra. Davis? – A voz dele soa distante. – A senhora está bem?

– Estou – consigo dizer. Não posso desabar desse jeito. Não na frente do investigador. Não sei o que está acontecendo, mas entrar em pânico não vai me ajudar. – Estou bem.

O investigador Barber estende a mão e torna a pegar a foto que pôs na mesa. Reparo que ele a segura com cuidado, pelas bordas. Fico pensando se me mostrou a fotografia para eu tocá-la e marcá-la com minhas digitais. Ou talvez eu esteja sendo paranoica. Seja como for, ele que analise as minhas digitais. Nunca cometi crime nenhum. E não vão encontrar minhas digitais em nada que pertença a Amber ou a Shelby.

– O desaparecimento dela foi notificado dois dias atrás – relata ele. – Ela trabalhava numa galeria de arte e apareceu no trabalho segunda-feira de manhã, mas terça, não. Então evidentemente desapareceu em algum momento entre a saída do trabalho na segunda à noite e a terça de manhã.

– Certo – murmuro.

– Pode me dizer onde estava nesse período?

– Posso. Devo ter saído do hospital por volta das oito da noite e fui pra casa.

– E a senhora mora sozinha?

– Moro. – Aperto os joelhos com as mãos suadas. – Meu pai continua preso, não é?

– Acho que a senhora saberia se não fosse o caso. – Ele mantém os olhos nos meus. – A senhora costuma visitá-lo no presídio?

– Não. Nunca.

Ele ergue uma das sobrancelhas.

– Por que não? Ele é seu pai, não é?

– Ele é um monstro, isso sim.

Fico observando a expressão dele. Está esperando eu desabar, cometer algum deslize. Mas não tem nada contra mim.

Parte de mim quer contar ao investigador sobre a tal carta que encontrei na minha cozinha. A do meu pai. Talvez isso tenha algo a ver com essa história toda. Não vou fingir que é tudo uma coincidência maluca.

Só que não confio nesse investigador. Não gosto da maneira como ele está me olhando. Se eu lhe contar sobre a carta, ele vai deturpar a informação para me fazer parecer culpada. Afinal, meu pai está preso. Não é ele quem está pondo cartas por baixo da minha porta.

– Que coisa mais triste – digo, por fim. – Estou me sentindo péssima pela família da Shelby. Que tragédia.

Barber passa um dos dedos pela barba por fazer no maxilar.

– Ainda me lembro do julgamento do seu pai, sabia? – comenta ele. – Depois de se declarar culpado, ele fez aquele discurso sobre o quanto estava arrependido. Sobre como desejava poder dar a própria vida para trazer de volta aquelas meninas. E sabe de uma coisa? Aquilo quase soou como se não fosse uma mentira deslavada. – Ele arqueia as sobrancelhas para mim. – A senhora mente tão bem quanto ele?

Sinto as bochechas esquentarem.

– Investigador, acho que já chega. Vou precisar pedir para o senhor se retirar. E, se quiser falar comigo de novo, vai ser na presença do meu advogado. Estou falando sério dessa vez.

Agora preciso arrumar um advogado. Que ótimo.

Barber se remexe na cadeira. Está me avaliando, tentando entender até onde consegue me pressionar. Se for sensato, vai entender que não pode me pressionar muito. O simples fato de ser um investigador da polícia não quer dizer que ele tenha o direito de me importunar no meu local de trabalho. Por fim, ele se levanta.

– Só queremos descobrir o que aconteceu com Shelby – declara ele. – Se a senhora pensar em qualquer informação que possa ser útil, me ligue.

– Certo – digo entre os dentes cerrados.

O investigador me lança um último olhar demorado, então se vira e sai da minha sala.

Depois de ele sair, fico apenas sentada ali por alguns segundos, encarando a parede. Difícil acreditar que uma hora atrás meu maior problema era o fato de Philip estar dando em cima de Harper. E depois disso meu maior problema era um paciente ameaçando me processar. Isso agora é muitíssimo pior.

Duas de minhas pacientes foram assassinadas no intervalo de uma semana. Não tem como ser coincidência, tem?

Mesmo se fosse, o fato de as mãos terem sido decepadas... É uma ligação evidente comigo. Inegável. E há uma conclusão definitiva que posso tirar.

Quem quer que esteja fazendo isso sabe quem eu sou.

DEZENOVE

26 anos antes

A porta do porão range alto quando a empurro e abro.

O porão está totalmente às escuras. Com todo o barulho, achei que meu pai estivesse trabalhando ali embaixo. Mas é óbvio que não está trabalhando no escuro. Seria estranho.

Estendo a mão e acendo a luz.

Nunca desci ao porão da nossa casa. É um cômodo úmido, quadrado, com paredes de concreto sem pintura. Embora eu tenha acendido a luz, continua muito escuro ali: a iluminação vem de uma única lâmpada nua pendurada no teto. Não é nenhuma surpresa ver uma bancada num dos cantos. Não sei por que eu esperava ver alguma coisa diferente. É uma bancada de madeira comprida, e em cima dela há algo que parece uma serra motorizada, deve ter sido isso que escutei mais cedo. Há também um martelo. Só que também vejo algumas coisas estranhas que eu não imaginaria encontrar numa bancada de oficina.

Como por exemplo uma faca. Uma faca comprida, afiadíssima, que cintila à luz da única lâmpada. E também um frasco grande de água sanitária. Por que ele precisaria disso para fabricar móveis?

E há também um grande frasco em spray de aromatizador de ar com fragrância de lavanda.

Mas a coisa mais estranha de todas são as manchas na bancada. São todas amarronzadas. Deve ser tinta. Vai ver ele está pintando tudo de marrom?

O porão inteiro fede a lavanda. O cheiro impregna todas as superfícies do cômodo. Mas o *outro* cheiro é ainda mais forte, aquele que parece alguma coisa apodrecendo.

É um cheiro *horroroso*. Como se alguma coisa tivesse *morrido* ali embaixo.

A outra coisa estranha é que não há nenhum móvel em que meu pai esteja trabalhando. Apesar de ele ter passado todas as noites dessa semana no porão, não vejo nenhuma cadeira, escrivaninha ou estante sendo fabricada. Então o que exatamente ele anda construindo ali? Enfim, *alguma coisa* ele anda fazendo.

Enquanto estou encarando a bancada do meu pai, ouço um barulho atrás de mim. Dou um pulo de susto e me viro. Mas não tem nada ali.

Então escuto outra vez. Um barulho abafado. Um barulho *humano*.

É então que vejo. Lá, no canto mais escuro do porão, há algum tipo de caixa ou caixote coberto por um lençol. Seja lá o que for esse barulho, está vindo de baixo do lençol.

Atravesso o recinto sem fazer barulho. Meus passos ecoam bem alto, mas isso não deveria ter importância. Estou aqui sozinha. Não estou?

Quando falta menos de meio metro para chegar ao caixote, paro. Fico apenas parada por alguns segundos, olhando para aquilo. Então ouço de novo aquele mesmo barulho abafado. Tem alguma coisa viva ali dentro. Um animal? Mas não, não parecem barulhos de animal.

Inspiro fundo e estendo a mão para o lençol. Puxo-o até a ponta se levantar do chão. Vejo então que no fim das contas não é um caixote. É uma *jaula*. Uma jaula retangular com barras de metal. E então vejo o brilho de um olho azul espiando por baixo do lençol.

– Oi, Nora.

Solto o lençol e dou um pulo para longe da jaula, com o coração disparado. Ergo os olhos para a escada, e a silhueta do meu pai está ocupando o vão da porta. Seus olhos parecem luzir.

– Eu… Desculpa – gaguejo. – Eu… A porta estava…

Os passos do meu pai ecoam com força quando ele desce a escada. Achei que meus próprios passos fossem altos, mas os dele parecem tiros.

– Você ficou curiosa.

– É – respondo com a voz miúda.

Ele desce o último degrau, os olhos escuros grudados nos meus.

– Então, o que acha?

Mesmo depois de ter bebido aquela água na cozinha, sinto a boca seca.

– Eu...

Meu pai passa a mão pela madeira da bancada.

– De todas as pessoas do mundo, achei que *você* fosse entender – diz ele. – Você é igual a mim, Nora. Vejo isso em você.

E então finalmente entendo. Ele não se esqueceu de fechar a porta do porão. Ele *queria* que eu descesse ali. Queria que eu visse aquilo.

Ele continua a me encarar. Somos bem parecidos, meu pai e eu. Mesmos cabelos pretos. Mesmos olhos escuros. As pessoas sempre sabem que somos parentes.

– Tem tanto pra você aprender – murmura ele. – Tanta coisa que quero te ensinar.

Olho na direção da jaula coberta pelo lençol. Ouço mais um ruído abafado vindo lá de dentro. Quase como um grito.

– Você quer aprender, não quer? – pergunta ele.

Faço que sim, devagar.

– Quero – consigo dizer.

– Ótimo. – Ele baixa os olhos para o próprio relógio de pulso. – Volte a dormir, Nora. Agora está muito tarde. Mas em breve nossas aulas vão começar. Eu te prometo.

Ele me acompanha de volta escada acima. Quando chegamos lá no alto, fecha a porta atrás de mim. E a tranca.

VINTE

Dias de hoje

Não quero ir embora do trabalho hoje. A perspectiva de chegar na minha casa vazia me aterroriza. Não consigo parar de imaginar o rosto de Shelby. Ela estava tão cheia de vida em nossa última consulta. E agora...

Queria saber por quê. Por que alguém faria uma coisa dessas? Mas, pensando bem, a resposta para essa pergunta provavelmente não será muito satisfatória. Meu pai nunca teve um motivo. Bom, tecnicamente teve. Ele fez o que fez porque gostava.

Eu me pareço muito com ele. Se fosse homem, seria Aaron Nierling, cuspido e escarrado. Felizmente meu cromossomo X suplementar me poupou dessa sina. Ainda assim, tenho os mesmos cabelos castanhos bem escuros, parecendo pretos, e os mesmos olhos escuros. Uma leve covinha no queixo. O mesmo físico esguio.

Minha avó detestava o fato de eu parecer tanto com ele. Às vezes, ficava me encarando e balançava a cabeça, enojada. *Você tem o demônio dentro de si, Nora.*

Se minha avó ainda fosse viva, provavelmente acharia que sou eu quem anda matando essas moças. Assim como o investigador.

Mas será que ele acha mesmo isso? Talvez não. Assassinas em série são uma coisa raríssima. Mesmo com minha carga genética, sou uma candidata improvável.

Mas não impossível.

Por mais que não queira ir para casa, também não quero ser a última pessoa no escritório. Então, quando ouço Harper se arrumando para sair, pego minha bolsa e meu casaco e me junto a ela. Ela sorri ao me ver, mas arregala um pouco os olhos diante da minha aparência. Devo estar com uma cara tão ruim quanto me sinto.

– Dra. Davis, está tudo bem com a senhora?

– Tudo – respondo depressa. Vejo Harper enfiar o livro de biologia debaixo do braço. – Está de saída?

Ela assente.

– Minha colega de quarto quer me levar pra dançar.

– Ah. – Eu estava torcendo para ela talvez estar livre para beber algo comigo. – Bom, divirta-se.

– A senhora... – Ela franze o cenho, e as covinhas ficam mais fundas. – Quer vir com a gente?

Quase rio alto. Mesmo quando tinha a idade de Harper, esse tipo de coisa nunca me atraiu.

– Não, mas obrigada pelo convite.

– Tá bom...

Ela franze a testa. Nunca lhe contei sobre o que o investigador veio fazer aqui, e ela é educada demais para perguntar. Mas deve estar curiosa.

– Então acho que nos vemos amanhã – digo.

Harper sorri para mim, os olhos azuis piscando. Uma moça bonita de cabelos escuros e olhos azuis. Igualzinha a Amber Swanson e Shelby Gillis.

– Harper, você... você tem alguma proteção?

– Não – responde ela. – Mas a Becky deve ter um milhão de camisinhas no quarto e me empresta uma sem problema se eu precisar.

Faço uma careta.

– Não. Eu não estava falando sobre isso. O que eu quero saber é se você tem alguma coisa com o que se defender se alguém te atacasse na rua.

– Hã... – Harper ajeita a alça da bolsa no ombro. – Acho que não.

– Não sai daí.

Vou correndo até o armário de suprimentos. Não sei quem matou aquelas moças, mas não quero que nada aconteça com Harper. Encontro uma porção de gaze, band-aids e lencinhos antissépticos, kits de sutura, bem como alguns kits de remoção de suturas e grampos. Tem uma pilha inteira de curativos de prata, mas não vejo em que possam ajudar Harper se ela der de cara com alguém num beco escuro. Por fim, chego às seringas.

Não é ideal. Mas é melhor do que nada.

Pego a seringa de 3 mililitros e enrosco nela uma agulha de 1,2 milímetros. Acho que isso basta para causar danos sérios em alguém. É claro que ela vai ter que retirar a tampa da seringa, mas é melhor do que estar totalmente despreparada.

Saio do armário de suprimentos com a agulha pronta. Estendo-a para Harper, que a pega com delicadeza, como se não quisesse tocar naquilo. Ela a coloca dentro da bolsa.

– Hã, obrigada.

– Queria ter alguma coisa melhor – digo. – Você deveria sair e comprar um gás de pimenta ou algo assim.

Harper baixa os olhos para a própria bolsa, então torna a erguê-los para o meu rosto.

– Tem certeza que a senhora está bem, doutora?

Não, não estou bem. Não estou nem perto de estar bem. Mas não quero que Harper saiba a verdade a meu respeito. Ninguém na minha vida pode saber. As pessoas nunca mais me olhariam do mesmo jeito. Iriam me olhar como... bom, como o investigador Barber me olha.

Dois cadáveres. Duas pacientes mortas com as mãos decepadas. Qual é o significado disso?

– Estou bem – afirmo.

– Está com uma cara de... – Ela morde o lábio inferior. – Desculpa. Eu não deveria dizer nada. É que a senhora parece sempre tão controlada, independentemente da situação. Tanto a senhora quanto o Dr. Corey. Mas agora está parecendo... Está mal por causa daquela outra paciente que foi morta?

– Sim, é muito triste – comento. É *mesmo* triste. Mas não é por isso que estou tão abalada com a história toda. – Uma prova do quanto o mundo é perigoso.

– Vou tomar cuidado – promete ela. – A Becky e eu fizemos um curso de defesa pessoal ano passado. Vai ficar tudo bem com a gente.

Como se um curso de defesa pessoal pudesse protegê-la de alguém como meu pai. Mas não posso dizer isso.

– Ótimo. E, se tiverem algum problema, liguem pra emergência.

– Tá – concorda ela, embora eu possa perceber que está me achando ridícula.

Logo depois de Harper sair, também vou embora. Só que a última coisa que quero é ir para casa. Para minha casa vazia, onde venho tendo cada vez mais certeza de que uma carta do meu pai foi posta por baixo da porta.

Preciso arrumar um sistema de alarme. De alarme e de câmeras. Todo mundo diz que o bairro é seguro, mas não estou me sentindo segura neste momento.

No caminho para casa, na via expressa, chego à saída para o Christopher's. Faz uma semana inteira que não vou lá, desde aquela noite espetacular com Brady, que se encerrou comigo fugindo. Parece muito injusto não poder mais ir lá por causa dele. Há anos frequento esse bar, e ele acabou de começar a trabalhar lá. O Christopher's deveria ser meu.

Contrariando meu bom senso, acabo pegando a saída e dirigindo o resto do caminho até o Christopher's. Vou só dar uma olhada e ver se Brady está trabalhando. Se ele estiver, vou embora. Se não, entro e peço um Old Fashioned.

Não quero voltar a ver Brady. Não tem nada a ver com o que aquela senhora idosa disse a respeito dele, que, olhando para trás, parece ainda mais insano do que pareceu naquele dia na farmácia. É que simplesmente não posso me envolver com ninguém nesse momento. E, se eu voltar a ficar com ele, ele vai entender tudo errado. Não tenho lugar para isso na minha vida agora.

Acaba que dou sorte. Quando olho para dentro do bar, tem outro barman lá servindo as bebidas, um cara novo que não reconheço. Brady não está em lugar nenhum por ali. Graças a Deus.

Embora, verdade seja dita, parte de mim fique decepcionada.

Em vez de me sentar no balcão, me acomodo numa mesa reservada nos fundos. Uma garçonete aparece e peço meu Old Fashioned. Mas não acho que isso vá bastar para fazer eu me sentir melhor em relação ao dia de hoje. Não acho que nada vai obter esse efeito.

– Nora?

Viro a cabeça bruscamente ao ouvir meu nome. Respiro fundo ao ver Brady em pé ao lado da minha mesa. Ele parece surpreso, mas não infeliz por me ver.

– Oi – digo. – Eu, hã... não sabia que você estava trabalhando agora, Brady.

Ele olha para o bar, depois de novo para mim.

– Meu turno acabou de acabar.

Uau, meu timing não poderia ter sido pior.

– Imagino que não queira companhia – emenda ele.

Encaro minhas mãos na mesa.

– Na verdade, não. Desculpa.

Nesse momento, a garçonete volta com meu Old Fashioned. Ela coloca o copo em cima da mesa na minha frente sem muito alarde. Não consigo deixar de reparar em como sorri para Brady e chega a tocar no ombro dele ao cumprimentá-lo. Ele é educado com ela, mas claramente não está interessado. Não sei por que está tão focado em ter minha companhia quando obviamente poderia escolher qualquer outra garota do bar.

Pego meu Old Fashioned e tomo um gole, ansiando por aquela sensação gostosa de calor. Mas em vez disso quase cuspo a bebida.

– Eca! – digo bem alto. – Está um horror!

A garçonete me ouve, porque continua por perto tentando falar com Brady. Ela olha para mim e dá de ombros.

– Desculpe. É assim que o cara novo prepara esse drinque.

– Está amargo demais. – Afasto o copo para longe. – Ele preparou *errado*.

Brady dá um sorriso de lado.

– Sem problemas. Eu faço outro pra você.

– Não precisa – diz a garçonete para ele. – Seu turno acabou.

– Não faz mal.

Antes de eu conseguir dizer mais alguma coisa, ele já levou meu copo embora e foi para trás do bar. Vejo-o falar com o outro barman, explicando como preparar o drinque. Como será que aprendeu a ser barman? Ele parece bem bom nisso, considerando que passou a maior parte da carreira trabalhando no Vale do Silício.

Um minuto depois, ele volta com outro copo e o põe na minha frente. Aguarda um instante enquanto dou um gole. Está perfeito, claro. O equilíbrio ideal entre doce e amargo.

Exatamente do jeito que meu pai tomava.

– Obrigada mesmo – digo.

– Foi um prazer.

Ele meneia a cabeça para mim, então se vira e começa a andar na direção da saída. Mordo o lábio inferior com força suficiente para ter certeza de que tirei sangue. Sei que estou cometendo um erro, mas chamo:

– Brady!

Ele congela. E se vira.

– Eu?

Inspiro fundo.

– Na verdade, acho que gostaria *sim* de um pouco de companhia.

Um sorriso se espalha devagar pelo seu rosto. Sem qualquer hesitação, ele volta para a mesa e se senta na minha frente.

– Estava torcendo pra você dizer isso.

Eu me permito sorrir de volta.

– Só pra constar, tenho bastante certeza que você poderia voltar pra casa com aquela garçonete quando quisesses.

– Pode ser. – Ele mantém os olhos em mim, sem olhar para a garçonete. Entendeu o que eu quis dizer. – Só que estou bem mais interessado em você.

– Entendi...

Dou um gole do Old Fashioned. Ele o preparou ainda melhor do que da última vez.

– Quer dizer que você curte um desafio.

– Não. Não é disso que se trata.

– Então do que se trata?

Ele pega o guardanapo na sua frente e começa a brincar com o papel.

– É que nunca parei de pensar pra valer em você desde a faculdade.

Eu rio alto.

– Ah, para com isso.

– É sério! Sempre tive a sensação de que tinha que ser você.

– A gente namorou só três meses.

– É, mas... – Ele dá uma rasgadinha no guardanapo. – Sei que a gente não parecia ter muita coisa em comum. Quer dizer, eu era um bobão da informática e você era a garota certinha do preparatório de medicina. Mas mesmo assim senti que a gente tinha uma *conexão*. Sei que parece bobeira, mas foi assim que me senti.

Certo, e o que ter uma conexão com alguém como eu diz sobre *ele*?

Ele ergue um dos ombros.

– Na verdade, nunca me senti assim com mais ninguém depois que a gente terminou.

– Nunca?

Ele faz que não com a cabeça.

– E a sua ex-mulher?

Ele me dá um sorriso de lado.

– Bom, se eu tivesse me sentido assim, a gente provavelmente continuaria casado, né?

– Talvez. Talvez não.

– Seja como for, até hoje não sei por que você terminou comigo. Achei que estivesse tudo indo superbem, aí *pá*, você me liga e diz que acabou.

– Foi mal.

– Alguma chance de me dizer por quê? – Suas sobrancelhas se unem. – Só pra eu saber, tipo, como referência pro futuro?

– Não teve nada a ver com você. É que achei que as coisas estavam ficando sérias demais e eu não queria isso. *Continuo* não querendo.

– Tá, mas... – Ele parece prestes a dizer alguma outra coisa, mas então muda de ideia. – Tudo bem. Acho que é justo.

Termino de tomar meu Old Fashioned. Antes de conseguir me segurar, disparo:

– Quer ir pra sua casa de novo?

– Quero – responde ele, tão depressa que quase dou risada. – Dois carros outra vez?

– Isso.

– Eu posso te trazer pra cá de volta se...
– Dois carros.
– Tudo bem. – Ele assente. – Vamos lá.

VINTE E UM

Essa vez é ainda melhor do que a última. Se continuarmos por esse caminho, daqui a um mês provavelmente vou desfalecer. Mas vai ter valido a pena.

Enquanto me aninho junto a Brady na sua cama queen size, ele estende a mão para o celular. Digita um número no aparelho.

– Tá ligando pra quem? – pergunto.

– Pedindo uma pizza – responde ele. – Nem vem dizer que não. Se você não quiser comer, eu traço a pizza inteira sozinho. Tô morrendo de fome. Você me abriu o apetite.

– Eu como uma fatia de pizza – retruco, porque essa ideia de fato parece incrivelmente tentadora.

Ele também me abriu o apetite.

– Alô? – diz Brady ao telefone enquanto fico escutando. – Então, queria pedir uma pizza grande de muçarela. Com... pepperoni... cogumelo... cebola... – Dou-lhe uma cotovelada nas costelas. – Não, corrigindo, sem cebola. Uma salada pra acompanhar? – Ele ergue as sobrancelhas para mim e faço que sim. – É, uma salada pra acompanhar. E... fritas? – Faço que não com a cabeça. – Não, sem fritas. Só a pizza e a salada.

Ele encerra a ligação e se vira para mim.

– A gente tem meia hora. Quer um repeteco?

Cutuco-o no ombro.

– Tá com disposição?

Ele sorri.

– Se você estiver, tô.

Considero a possibilidade por alguns segundos, mas então balanço a cabeça. Não acho que tenho força física para um repeteco. Estou impressionada com a resistência dele.

– Que tal um pouco de TV?

– Seu desejo é uma ordem. – Ele pega o controle remoto na mesinha de cabeceira e faz uma pausa antes de ligar a pequena televisão equilibrada em cima da cômoda. – Quer ver um filme?

Tenho um lampejo de um *déjà-vu*. De Brady me dizendo essas exatas palavras. *Quer ver um filme?* E depois escolhendo algo incrivelmente violento e sangrento.

– Você ainda curte filmes de terror *slasher*? – pergunto.

Por um instante, ele fica me olhando como se não fizesse a menor ideia do que estou falando. Mas então ri.

– Meu Deus, não. Faz anos que não vejo um filme desses. Essa fase meio que passou.

Sinto uma onda repentina de alívio. Essa fase passou. Era só uma fase. Vai ver tive uma reação exagerada à história toda.

– Então você agora gosta de ver o quê?

– O que for bom. Sou muito fã do Tarantino.

Quentin Tarantino! Grande diferença em relação a filmes de terror *slasher*! Talvez seja ainda pior. Bom, não tenho certeza se é *pior*, mas não acho que seja melhor. Os filmes dele são incrivelmente violentos. Não teve um em que uma mulher cortava a cabeça de tipo uns duzentos ninjas?

– Mas a gente pode ver qualquer coisa que você quiser – acrescenta ele. – Pode ser um filme levinho, qualquer coisa. Por mim, tanto faz.

Ele deve gostar mesmo de mim. Está me cedendo o controle da televisão.

– Vamos ver o que está passando na TV – digo.

Brady liga o aparelho, que está sintonizado no jornal das dez. Para minha consternação, a repórter está falando sobre Shelby Gillis. Num bloco que deve ter sido gravado hoje mais cedo, as imagens mostram o trecho da trilha em que o corpo de Shelby foi encontrado.

– "Shelby Gillis, de 26 anos, foi encontrada com várias escoriações por corda no corpo e diversos ferimentos a faca no peito", relata a repórter. "As mãos dela também foram decepadas antes da morte."

Olho para Brady para ver sua expressão. Ele não parece particularmente surpreso nem enojado com a história toda.

– Assustador – comenta.

– Pois é – murmuro.

– Meio que parece aquele assassino em série de um tempo atrás, né? – diz ele. – O Aaron Nierling. Chamavam ele de Mãos de Fada, lembra? A gente devia ter uns 11, 12 anos na época.

Recordo a primeira vez que vi Brady no bar e a rapidez com que ele soube a resposta do programa de perguntas na TV, que era o nome do meu pai.

– Não muito – balbucio.

– Lembra, sim. – Ele me empurra de leve. – Ele decepava as mãos de todas as vítimas e guardava dentro de um baú grandão como se fossem lembrancinhas ou alguma maluquice do tipo.

Sinto a bile me subir pela garganta.

– Por favor, não fala disso...

Os olhos de Brady se arregalam.

– Ai, foi mal. Estou fazendo você ficar enjoada. Não queria te chatear. É que eu meio que me lembro que você não se incomodava com esse tipo de coisa. E como você é cirurgiã...

Engulo em seco com força. É claro que já deveria imaginar que essa notícia fosse estar por toda parte. Só que não quero ouvir falar nela neste momento. Por um tempinho, estava tentando fingir que ela não existia. Começo a tatear o chão em busca do meu pijama cirúrgico.

– Ei. – Ele se senta na cama. – Ei, desculpa. Você não vai embora, vai? – Ele começa a estender a mão para a própria calça. – Ei, você não pode ir embora.

Paro no meio do ato de desvirar do avesso a camisa do meu pijama cirúrgico. Encaro os olhos castanhos de Brady.

– Não posso por quê?

– Porque se eu soubesse que você não estaria aqui teria pedido cebola na pizza. Então, sério, não é justo.

Meus ombros relaxam. Não sei por que estou me deixando abalar. Vim aqui para esquecer tudo. Pelo menos, por um tempinho.

– Eu fico pra comer a pizza. Mas não pra ver o jornal.

– Vou achar alguma outra coisa sensacional pra gente assistir junto – promete ele.

Observo enquanto ele se recosta no travesseiro e começar a zapear os canais como se essa fosse sua missão de vida. Apesar de tudo, sou obrigada a sorrir. Ele é mesmo uma graça.

Enquanto Brady fica procurando algo para assistirmos, eu me levanto para ir até o banheiro. O corredor do lado de fora do quarto está totalmente às escuras e quase dou uma topada no batente da porta. O banheiro fica à esquerda e logo ao lado fica aquele tal outro quarto. O escritório dele. A porta continua fechada. Decerto trancada.

Mais uma vez, sou dominada por uma sensação esquisita no peito. Por que ele manteria essa porta trancada? Que coisa mais estranha de se fazer. Afinal, o apartamento está trancado e ele é a única pessoa que mora aqui. Então por que precisa trancar esse quarto também? Não consigo deixar de pensar no que a Sra. Chelmsford falou quando nos encontramos na farmácia.

Ouço gritos vindos do andar de cima à noite. Gritos de mulher. Pedindo socorro.

Olho mais uma vez para dentro do quarto, onde Brady segue zapeando os canais. Em vez de ir para o banheiro, chego um passo mais perto da porta do quarto misterioso.

É só um escritório. Tenho certeza de que ele está dizendo a verdade. Por que iria mentir?

Mas, claro, por que meu pai mentiu sobre o que tinha no porão?

Nem todo homem é um assassino psicopata, Nora.

Brady é legal. Era legal na época da faculdade e continua agora. Esse quarto é só um escritório. Tenho certeza de que é exatamente como ele falou: ele o mantém trancado para guardar seus documentos financeiros em segurança. Até porque o bairro é meio perigoso.

Dou mais uma olhada para me certificar de que Brady continua ocupado com a televisão, então chego um passo mais perto da porta fechada. Coloco a mão na maçaneta, imaginando que vá estar trancada como da última vez. Só que não está. A maçaneta gira sob a minha mão, e empurro a porta para abri-la.

Minha boca se escancara quando vejo o que tem dentro do quarto. Isso aqui não é nenhum escritório. Não é nem de longe. Ai, meu Deus.

E, antes de conseguir dizer qualquer coisa, sinto a sombra da presença de Brady atrás de mim.

VINTE E DOIS

– Nora – diz Brady.

Não consigo desgrudar os olhos daquilo. Balanço a cabeça.

– Me fala o que é isso.

Quando ele me disse que aquele era seu escritório, imaginei ver uma mesa de trabalho. Um computador. Quem sabe alguns arquivos de pastas. Mas o suposto escritório não tem nenhuma dessas coisas.

Em vez disso, tem uma cama. Uma cama de solteiro com uma colcha rosa. E bichos de pelúcia enfileirados na parede. O travesseiro tem a imagem de um personagem de desenho animado que não consigo identificar. E apoiada na outra parede há uma casinha de bonecas também cor-de--rosa.

– Nora. – Brady está esfregando a nuca. – Desculpa, eu…

– O que é isso?

Ele olha para o quarto que chega a ser ofuscante de tão rosa, em seguida torna a olhar para mim com as feições tomadas de culpa.

– O quarto da minha filha.

– Você tem uma *filha*?

– Tenho. – Ele passa o peso do corpo de um pé descalço para o outro. – Desculpa não ter te contado. É que… sei lá. Não parecia certo.

Não sei muito bem como deveria estar me sentindo agora. Ele *mentiu* para mim, embora tenha sido em parte uma mentira por omissão. Bom, não totalmente. Ele me falou que aquele era seu *escritório*, enquanto claramente é o quarto de uma criança pequena.

– Qual é o nome dela? – pergunto.

– Ruby. – Ele consegue abrir um arremedo de sorriso. – Ela tem 5 anos. Mora com a mãe, mas de quinze em quinze dias passa o fim de semana aqui. Quer ver uma foto dela?

Assinto, embora queira ver a foto principalmente para confirmar que essa criança de fato existe. Não tenho interesse algum em me extasiar diante do quanto a filha dele é bonitinha, especialmente depois de ele ter mentido para mim em relação à existência dela.

Ele vai buscar o celular no quarto e logo faz surgir uma foto na tela. A menininha tem o mesmo nariz e o mesmo queixo dele, além de cabelos castanhos presos numa encantadora maria-chiquinha. Está sem os dois dentes da frente, o que também é encantador. Ele me observa ansioso enquanto examino a foto.

– Fofa – digo, sem entonação.

– Hã, valeu.

Estendo-lhe o celular e ele o pega de volta.

– Acho que vou indo – balbucio.

– Como é que é? – Seu semblante se desfaz. – Ah, Nora, sério. Não vai embora. Por favor.

Lanço um olhar para ele.

– Por que você mentiu pra mim sobre ter uma filha?

– Sei lá. – Ele baixa a cabeça. – Olha, eu me divorciei faz um ano, e tudo isso é meio que novidade pra mim... essa situação, sabe? Não quero que ela conheça uma pessoa que só vai estar presente uma semana ou duas. E, pra ser bem sincero, quando te vi naquele dia, achei que fosse ser uma coisa de uma noite só. Eu não quis falar sobre a Ruby.

Levo as mãos aos quadris.

– Então basicamente você não confiou o suficiente em mim pra me contar que tinha uma filha.

– Bom, pra ser bem sincero, você foi embora uns cinco segundos depois de a gente transar.

Bufo.

– E olha só que engraçado: vou fazer a mesma coisa *agora*.

– Nora...

Mas é tarde demais. Passo por ele e vou até a sala, onde recupero a bolsa, o casaco e os sapatos. Brady vem atrás de mim, com o cenho franzido. Ainda está sem camisa, o que me distrai um pouco, mas não me impede de atingir meu objetivo final, que é dar o fora dali.

– Nora, desculpa mesmo – diz ele. – Eu ia te contar hoje, juro.

– Tá. Com certeza ia mesmo.

– Olha, isso não muda *nada*, muda?

Enfio o braço com força na manga do casaco.

– Não muda nada. Só me diz o que você pensa sobre mim. "Tinha que ser você", até parece, né? Aliás, ótima cantada. Muito eficiente.

Os ombros dele afundam.

– Não foi uma cantada. Eu tava falando sério.

Eu me viro para encará-lo. Ele parece arrasado. Tenho certeza de que está arrependido por não ter me contado sobre a filha desde o início, mas, em última instância, isso não tem importância. Ele tinha razão em não me contar. Se eu soubesse antes da primeira vez que transamos, nunca teria ido para a cama com ele, para começo de conversa. Não preciso desse tipo de complicação.

– Adeus, Brady – digo.

– Deixa eu te levar até o carro.

– *Não*.

Por um instante, a tristeza no rosto dele é substituída por um lampejo de raiva.

– Olha, eu pretendia te contar sobre a Ruby... não tem essa importância *toda*. Minha sensação é de que você está usando isso como desculpa pra ir embora. De novo.

– Não é verdade.

Ele arqueia uma sobrancelha.

– Não?

Balanço a cabeça. Ele não está entendendo. Existe um motivo para ele nunca ter me contado sobre a filha. O mesmo motivo pelo qual ele gostou tanto de namorar comigo na faculdade. É porque eu o assusto. Causo nele a mesma emoção que ele sentia ao assistir àqueles filmes de terror *slasher* na época da faculdade. Ele nem sabe sobre o meu pai, mas sabe que existe algo em relação a mim. Pressente isso.

Ele tem medo de mim. Só um pouquinho. E foi por isso que não quis me contar que tinha uma filha.

– Adeus, Brady – repito.

E, quando saio da casa, ele não vem atrás de mim.

Chegando lá fora, o ar frio da noite desanuvia meus pensamentos. Não tinha me dado conta do quanto estava me sentindo sufocada naquele apartamento minúsculo até sair de lá. Torno a olhar para a casa, e a proprietária de Brady está na varanda. Está se balançando devagar, para a frente e para trás. Olhando para mim.

Abraço o peito com os dois braços. Que bom que nunca mais vou voltar aqui.

VINTE E TRÊS

Na manhã seguinte, a notícia dos dois assassinatos já saiu em todos os noticiários.

Todo mundo está comentando o fato de que existe um novo assassino em série na área da baía de São Francisco. E é claro que todo mundo está relembrando o Mãos de Fada por causa de todas as semelhanças evidentes. As notícias informam que o Mãos de Fada está preso há 26 anos e vai continuar assim até o dia de sua morte. Quem quer que tenha matado essas mulheres está copiando o seu método.

Graças a Deus, tenho cirurgias para me manter ocupada a manhã toda. Deixo-me levar pelo ato de operar e por cerca de cinco horas nem penso em Amber Swanson, Shelby Gillis e principalmente Brady Mitchell.

Mas depois, no carro, a caminho da clínica para atender meus pacientes da tarde, o assassinato está em todas as estações de rádio. Estão todos fascinados pela história, da mesma forma que ficaram pelo Mãos de Fada. Acabo sendo obrigada a desligar o rádio e dirigir em silêncio.

Quando chego à clínica, consegui milagrosamente fazer o trajeto com dez minutos de folga antes de começarem as consultas da tarde. Harper e Philip estão sentados lado a lado em frente à mesa dela, com a cabeça juntinha enquanto mastigam um sanduíche. Nem tenho mais energia para protestar por Philip estar dando em cima de Harper, mas pigarreio bem alto.

– Oi, Nora – diz ele, como se não estivesse fazendo absolutamente nada de errado. – Tem um sanduíche a mais pra você, se quiser. Italiano.

– Não, obrigada – balbucio.

Engoli um cheeseburguer antes de vir, e a sensação é de ter dez toneladas de pedra no estômago.

Harper ergue seus olhos azuis.

– Dra. Davis, suas duas pacientes estão em todos os noticiários! A senhora sabia?

– E nem citaram o nome da nossa clínica – resmunga Philip. – Teria sido uma *excelente* propaganda.

Harper revira os olhos para ele, mas de um jeito afetuoso. Não tenho como lidar com isso agora.

– Sabia que a Harper nunca tinha nem ouvido falar no Mãos de Fada? – comenta Philip.

Ela ri.

– Nem nascida eu era!

– Mas você era, né, Nora? – Philip pousa os olhos em mim. – Você se lembra dele, não?

É claro que me lembro dele. Tinha 11 anos quando a polícia descobriu o que havia no porão da nossa casa.

– Um pouco. Faz tempo já.

– O cara matou vinte mulheres – diz ele.

Na verdade, foram dezoito confirmadas. Mas o provável é terem passado de trinta.

– E guardava as mãos como lembrancinhas – acrescenta Philip. – Que maluco.

– Humm – faço.

– Acho que ele era do Oregon. – Philip coça o queixo, pensativo. – Você não é do Oregon, Nora?

– Não.

– Não estudou na estadual do Oregon? Lembro de ter lido isso no seu currículo.

Respiro fundo para me acalmar. Eu quis fazer faculdade fora do estado, mas não tivemos dinheiro. O mais barato foi a estadual. Principalmente porque eu sabia que teria uma dívida descomunal quando fosse cursar Medicina.

– Está lembrando errado – digo.

Ele arqueia as sobrancelhas.

– Se você diz...

É claro que seria bem fácil para Philip descobrir onde fiz faculdade e desmascarar minha mentira. Não sei por que não admito e pronto. Não é crime nenhum ter morado no Oregon.

– Vou checar meus recados – balbucio.

Deixo Harper e Philip à vontade para fazer o que quer que estejam fazendo. Não vou me permitir ficar chateada com isso. Pelo menos, se Harper estiver com Philip, ele pode mantê-la a salvo de qualquer psicopata que esteja perseguindo minhas pacientes.

Na minha sala, acesso a lista de recados no computador. A maioria é de pacientes e consultórios médicos. Sheila marcou alguns deles como já respondidos. Mas dois se destacam entre os demais.

Um deles é de Brady Mitchell.

Ele me procurou no Google para descobrir onde trabalho. E depois ligou para a clínica, tentando entrar em contato comigo.

Tudo que o recado diz é para eu ligar para ele. E ele deixa o número, só para o caso de eu tê-lo apagado do meu celular. Coisa que me senti tentada a fazer, mas não fiz. Se quisesse ligar para Brady, eu poderia. Só que não quero.

O outro recado é bem mais perturbador. É do investigador Barber.

Assim como o recado de Brady, não contém nenhuma informação de verdade. Só diz para eu ligar para ele. *Imediatamente.*

Por que o investigador quer falar comigo? Eu já contei para ele tudo que sei.

Mas não poderia ser nada tão ruim assim. Afinal, se fosse, ele teria vindo à clínica. Ou ido até a minha casa. Foi apenas um telefonema. Vai ver ele precisa de alguma informação médica sobre Amber ou Shelby. Nesse caso, vou precisar pedir para ver um mandado. Não vou simplesmente ceder informações médicas particulares, nem mesmo relacionadas a pacientes falecidas.

Estou com a agenda lotada durante a tarde, a maioria retornos. Tento não pensar em nenhuma das duas moças mortas nem em onde podem ter ido parar as mãos decepadas delas. Será que tem um baú no porão da casa de alguém contendo suas mãos?

Não consigo pensar nisso. É horroroso demais.

Minha paciente das quatro é uma primeira consulta e se chama Gloria Lane. Pelo visto, é uma mulher de 58 anos que veio avaliar a retirada da vesícula. Pego a ficha dela na porta para dar uma olhada nas anotações que Sheila fez. Então sinto um tapinha no ombro.

– Só pra você saber, tem alguma coisa esquisita em relação a essa mulher – diz Sheila.

– Esquisita?

Ela aquiesce.

– Ela deu o nome do médico que a acompanha, mas não só não disse quem recomendou a cirurgia, como o médico listado nunca ouviu falar dela. Meio estranho, não acha?

– É... – Cerro o punho em volta dos papéis que estou segurando. – E do que você acha que se trata?

– Minha opinião sincera? – Sheila olha rapidamente para a porta. – Talvez uma jornalista? Você não vai conseguir abafar por muito mais tempo que essas duas moças que foram mortas frequentavam esta clínica.

Faço uma careta.

– O Philip está quase procurando o canal de notícias por conta própria. Ele acha que é uma boa propaganda.

A expressão de Sheila parece de pedra.

– Nesse caso, ele é um idiota. Isso *não é* bom pra gente. Se for uma jornalista, o melhor é mandar ela ir embora daqui o quanto antes.

Concordo com um meneio de cabeça. Torço para Gloria Lane ser apenas uma paciente normal. Mas meu instinto me diz que Sheila tem razão; ela não é nenhuma tapada.

Quando abro a porta, há uma mulher sentada numa das cadeiras, de calça jeans e suéter. Não fez qualquer tentativa de vestir o avental que providenciamos, o que por si só já é um mau sinal.

O que não é um mau sinal é a aparência dela. Ela não parece uma jornalista atrás de informação. Tem cabelos grisalhos, despenteados. Olheiras roxas debaixo dos olhos. Parece uma década mais velha do que a idade informada.

– Dra. Davis? – chama ela.

– Sim. – Franzo o cenho para ela; quero sorrir, mas é difícil, considerando seu aspecto. – Sra. Lane?

Ela ergue os olhos vermelhos.

– Na verdade, meu sobrenome é Swanson – diz ela. – Sou a mãe de Amber.

– Ah... – Droga. Sheila tinha razão. – Sra. Swanson, sinto muito pela sua filha.

Ela me abre um sorrisinho cruel.

– É, até parece.

Sinto a boca seca, e de repente fica difícil engolir.

– É claro que sinto muito.

– Deixa de teatrinho. – Ela me fuzila com o olhar e sinto um peso enorme na barriga. – Sei quem você é, Nora Nierling.

Ao ouvir meu nome, faço a única coisa que posso: fecho a porta da sala de consulta para ninguém mais conseguir nos escutar.

VINTE E QUATRO

A mãe de Amber sabe quem eu sou. Isso não é bom.

Ela está me fuzilando com os olhos azuis da mesma cor dos de Amber. A Sra. Swanson tem mais ou menos a idade certa para ter sido uma das vítimas do meu pai, anos atrás. Tudo se resume a estar no lugar errado na hora errada.

– Sra. Swanson – digo em voz baixa para ninguém fora da sala ouvir. – Só quero que a senhora saiba que não tive absolutamente nada a ver com a morte da sua filha. Não sei o que a senhora andou escutando, mas...

– Não acha que isso é coincidência demais? – Ela se levanta, com os olhos ainda grudados nos meus. – Seu pai matou aquelas mulheres todas e decepou as mãos delas. Agora de repente duas pacientes suas acabam mortas do mesmo jeito.

– Não sei se foi coincidência ou não – admito. – Mas não fui eu quem fez isso. Sra. Swanson, eu jamais seria capaz de fazer uma coisa dessas.

– Sei.

– Sra. Swanson. – Tento usar minha voz mais gentil e mais branda. – Tenho certeza que a senhora sabe que salvei a vida da sua filha. Se eu não a tivesse operado, o apêndice dela teria rompido. Eu... eu salvo pessoas. Jamais mataria ninguém.

A Sra. Swanson dá um passo na minha direção.

– Mentira. Não acredito numa palavra que você está dizendo.

Mentira? Eu salvei mesmo a vida da filha dela. Isso é um *fato*... quer ela acredite ou não.

– Escuta aqui, *Nora Nierling* – sibila ela para mim. – Você obviamente sabe de alguma coisa que não está contando à polícia.

– Não sei, não – insisto.

Mas hesito por uma fração de segundo ao pensar na carta do meu pai no chão da minha cozinha. E é claro que ela percebe.

– Sabe, sim! – Seus olhos se enchem de lágrimas raivosas. – O que você sabe? O que sabe sobre o que aconteceu com a minha filha?

– Nada. – Até que me saio bem para evitar qualquer tremor na voz. – Juro para a senhora que...

– Sua mentirosa. – Ela pega uma bacia em cima da bancada da sala de exame e a joga no chão. O barulho é alto o suficiente para fazer eu me sobressaltar. – Você matou minha filha?

– Não!

Como ela pode pensar uma coisa dessas? Sim, meu pai era um monstro. E sou filha dele. Nós temos o mesmo sangue, mas isso não significa que eu seja uma assassina igual a ele. Como ela pode me acusar disso? Eu salvei a vida da filha dela, pelo amor de Deus.

– Só quero que você saiba o seguinte – diz ela com a voz tremendo. – Quando eu sair daqui, vou direto falar com os jornalistas. Vou contar a eles sobre você.

Sinto um peso no estômago. É a última coisa que eu queria escutar. Passei os últimos 26 anos evitando ser Nora Nierling. Ninguém tem a menor ideia de quem fui, e queria que continuasse assim. O que vou fazer se o mundo inteiro descobrir quem é Nora Davis? Não posso trocar de nome outra vez. Meu registro de médica está com o sobrenome Davis.

Esse talvez seja o menor dos meus problemas, claro. Fico imaginando o que aquele investigador quer falar comigo...

– Por favor, não faça isso – peço. – Juro para a senhora que não fui eu quem machucou sua filha. Eu nunca faria nada desse tipo. Se procurar a imprensa, a senhora vai arruinar minha vida.

– Bom, ótimo. – Seus olhos azuis chispam. – Porque é isso que você merece, sua... sua monstra.

Ela dá outro passo na minha direção, mas não me retraio. Ela é mais baixa do que eu e tem uns vinte anos a mais. Acho que é possível estar armada, mas também estou. Tenho um bisturi no bolso da frente do meu pijama cirúrgico.

De modo que não tenho medo dela.

Talvez ela sinta isso, porque passa direto por mim, abre a porta da sala de consulta com um puxão e sai pisando firme.

Depois que ela sai, fico simplesmente parada onde estou, sem saber direito o que fazer. Sinto que me resta cerca de um dia antes de o meu mundo inteiro explodir. Philip estava querendo uma propaganda, mas não faz ideia do que vai acontecer quando todo mundo souber a verdade... porque ele não sabe a verdade. Se soubesse quem eu realmente sou, estaria fazendo todo o possível para impedir a informação de vazar.

Mas agora é tarde. A Sra. Swanson vai procurar a imprensa, e não há nada que eu possa fazer para impedi-la.

VINTE E CINCO

26 anos antes

Acordo às seis da manhã no dia seguinte. Todo mundo na casa ainda está dormindo.

Não que eu tenha dormido muito ontem à noite. Fiquei basicamente me revirando na cama. Além disso, precisei fazer xixi depois de beber aquela água toda. Mas essa não foi a única razão pela qual não consegui dormir.

Ao descer, a primeira coisa que faço é tentar abrir a porta do porão. Mas está trancada. Como de costume.

Fico encarando a porta trancada. Talvez eu tenha sonhado tudo aquilo. Sonhado que desci até o porão. Sonhado com a jaula no canto do recinto. Com os gritos abafados vindos de dentro da jaula. Com o cheiro de podre que permeava cada fresta do porão.

Encosto a orelha na porta. Não escuto nada. Até o cheiro de podre parece ter sumido e agora voltou a ser só de lavanda.

Vou até a sala e me deixo cair no sofá. Pego o controle remoto e ligo a televisão. Em geral, quando acordo cedo, fico vendo desenho animado. Mas dessa vez sintonizo o noticiário.

Demora uns vinte minutos para a notícia aparecer. Mandy Johansson, 25 anos, de Seattle, está desaparecida há uma semana e meia. O namorado disse que ela não voltou para casa depois de sair no final do dia para correr. Ninguém sabe dela desde então, mas as buscas continuam.

Então a imagem de Mandy Johansson aparece na tela. É realmente uma moça linda. Tem a pele bem branca, grandes olhos azuis e cabelos escuros compridos. Está sorrindo na foto. Parece uma pessoa legal.

Fecho os olhos. Ainda consigo ver o olho azul me espiando quando ergui o lençol daquela jaula no porão.

Não foi um sonho, foi?

Mandy Johansson está no nosso porão.

– Bom dia, Nora.

A voz do meu pai. Eu me atrapalho toda para pegar o controle remoto com a mão direita e pressiono depressa o botão de desligar com o polegar logo antes de ele entrar na sala, usando o pijama cirúrgico azul que sempre usa para trabalhar.

– Oi, pai.

Ele remexe com a mão meus cabelos ainda bagunçados de sono.

– Acordou cedo.

– É – murmuro.

Estico o pescoço para vê-lo ligar a cafeteira na cozinha. Enquanto espera, ele se aproxima e se senta ao meu lado no sofá.

– Foi legal você ter descido no porão ontem à noite – comenta ele.

As pessoas sempre elogiam meu pai por ter o tom de voz muito controlado. Segundo minha mãe, isso ajuda a acalmar os pacientes prestes a coletar sangue. Alguém certa vez lhe disse que ele poderia gravar fitas para fazer as pessoas dormirem. Ele nunca levanta a voz, nem quando está chateado.

As pessoas dizem o mesmo em relação a mim.

– É – respondo.

– Quem sabe hoje à noite você não queira descer lá outra vez?

– Pode ser.

Ele me dá um tapinha no ombro, então se levanta para pegar café. Vejo-o servir o café numa caneca. Ele parece tão normal fazendo isso. Como se pudesse ser um pai de comercial de margarina ou algo assim.

Só que meu pai não é normal.

Meio igual a mim.

Fico sentada no sofá encarando a tela preta da televisão até meu pai sair para o trabalho. Só depois de ele sair, ligo no canal de notícias de novo. Quero saber mais sobre Mandy Johansson.

Preciso zapear por alguns canais diferentes, mas por fim encontro outro repórter falando sobre Mandy. Esse canal está entrevistando a família dela. A mãe, que tem os mesmos olhos azuis, encara a câmera implorando para a filha voltar sã e salva para casa. *Nós amamos demais a Mandy. Só queremos ver ela outra vez.*

– Tá vendo o quê, Nora?

Minha mãe entrou na sala de roupão, os cabelos castanhos espetados em todas as direções. Eu nem a ouvi chegar. Está estreitando os olhos para a tela.

É tarde demais para desligar a TV e fingir que estava vendo desenho.

– O jornal – respondo. – Uma menina sumiu em Seattle. O nome dela é Mandy Johansson.

Minha mãe passa um minuto assistindo ao programa. Ergo os olhos para o rosto dela, que aos poucos vai ficando pálido.

– Ai, meu Deus – murmura ela entre os dentes.

Ela tapa a boca com uma das mãos e corre até a pia da cozinha.

Posso ouvi-la vomitar.

...

Depois da aula, Marjorie e eu nos encontramos atrás da escola.

Nunca a vi tão feliz. Isso me faz perceber que não tenho a impressão de algum dia ter visto Marjorie com uma cara feliz. Acho que não posso culpá-la. As outras crianças nunca param de encarnar nela. Ninguém nunca a defende e manda os outros pararem. Nem uma única pessoa nunca a defendeu.

Ela está até bonita hoje. Os cabelos estão mais brilhantes, o que me leva a pensar se ela não costuma escová-los. E ela ostenta um pequeno círculo rosado de animação em cada bochecha. Seu rosto inteirinho se ilumina quando me vê.

– Oi, Nora! – exclama ela. – Você veio!

– É claro que vim – respondo. – Por que não viria?

Ela não tem resposta para isso.

– Contou pra alguém que ia me encontrar? – pergunto, séria.

Ela balança a cabeça com tanta força que o queixo chega a tremer.

– Só falei pra minha mãe que ia ficar na escola até mais tarde.

Ótimo.

Decidimos ir para a casa de Marjorie. Quando começamos a andar, a maioria dos alunos já saiu da escola. Duvido que alguém esteja prestando atenção em nós. E em pouco tempo entramos numa rua tranquila.

Enquanto caminhamos, Marjorie não consegue parar de falar o quanto vamos nos divertir na casa dela. Sei que está animada, mas é superchato. Queria que existisse um botão de mudo em Marjorie que eu pudesse apertar.

– Mal posso esperar pra você ver meu quarto – diz ela. – Eu tenho oito Barbies.

Baixo os olhos para meus próprios tênis.

– Eu não gosto de Barbie. Barbie é pra bebê.

– Ah. – O rosto dela fica sério. – Do que você gosta?

Antes de eu conseguir inventar uma resposta para a pergunta dela, passamos pela trilha de caminhada que sai da estrada principal. Cutuco Marjorie com o cotovelo e paro de andar.

– Você pega essa trilha às vezes?

Ela faz que não com a cabeça.

– Minha mãe não deixa.

– Ah. Porque eu estava pensando que poderia ser divertido explorar. Como se fosse um jogo.

Ela olha para a trilha na mata, em seguida torna a olhar para mim.

– Melhor não.

Deixo escapar um suspiro irritado.

– Quer dizer que eu descubro uma coisa divertida que *eu* quero fazer, e aí você não quer.

As sobrancelhas de Marjorie se unem.

– É que... é que eu não posso.

– Não pode *sozinha*. Mas você não vai estar sozinha. Vai estar comigo.

– Eu... mesmo assim não acho que eu deveria.

Cruzo os braços.

– Bom, eu vou pegar a trilha. Se você não quiser, a escolha é sua. E é uma pena, porque eu tinha pensado num jogo superdivertido pra gente brincar.

Quase dá para ouvir as engrenagens girando na cabeça de Marjorie. É a primeira vez em toda a sua vida que ela está fazendo alguma coisa com uma amiga. Ela não quer estragar tudo.

– Tudo bem. – Ela solta um suspiro. – A gente pode pegar a trilha. Só rapidinho.

– Que demais. – Sorrio para ela. – E você vai achar a brincadeira superdivertida.

Ela retribui meu sorriso.

– Como se chama essa brincadeira?

Olho para a área de mata, que até onde meu olhar alcança está completamente deserta.

– Se chama Caça e Caçador. Você vai amar.

VINTE E SEIS

Dias de hoje

Como de costume, sou a última pessoa a sair da clínica.

Como Harper apagou todas as luzes da sala de espera, está um breu quando entro lá. Demoro um tempo tateando para conseguir encontrar o interruptor, caso contrário posso acabar esbarrando em alguma cadeira.

Estou acostumada com o ritmo movimentado da sala de espera, então à noite ela parece estranhamente silenciosa. Harper esqueceu o livro de biologia em cima da mesa. Vou até lá e o folheio, e vejo as observações meticulosas que ela escreveu nas margens. Eu me lembro de quando estudei biologia na faculdade. Tinha a vida inteira pela frente. Era uma chance de deixar meu passado para trás. *Ninguém precisa saber quem você é*, disse minha avó no dia em que saí de casa para fazer faculdade.

E agora, não sei bem como, estraguei tudo. Mas, a bem da verdade, a culpa não foi minha.

Desço a escada de dois em dois degraus até a portaria. Estou ansiosa para chegar em casa. Tenho a sensação de que essa vai ser minha última noite de tranquilidade antes de os jornalistas começarem a bater na minha porta. Talvez eu tome um bom banho de chuveiro bem quente. Ou, melhor ainda, de banheira. Quando foi a última vez que tomei banho de banheira? Talvez tenha sido na década passada.

Só que quando chego à portaria tem alguém à minha espera.
– Nora?
Eu me encolho toda.
– Brady. O que você tá fazendo aqui?
Brady está parado na portaria do prédio, com as mãos enfiadas nos bolsos do casaco aberto. Dá um passo na minha direção, e dou um para trás.
– Posso falar com você? – pergunta ele.
– Não, infelizmente não.
– Nora...
Franzo o cenho para ele.
– Sobre o que você quer falar comigo? Olha, a gente se divertiu. Você foi bem claro em relação aos seus sentimentos. Só... vamos parar por aqui.
– Me dá cinco minutos? – Ele ergue as mãos com os dedos esticados. – Cinco minutos. E, se depois disso você nunca mais quiser ver minha cara, prometo te deixar em paz pra sempre.
Dou um suspiro. Dá para ver que, se eu disser não, ele vai continuar insistindo. Melhor terminar logo com isso.
– Tudo bem. Cinco minutos.
Olho com exagero para o relógio no meu pulso. Para me certificar de que ele saiba que a contagem dos cinco minutos começou oficialmente.
– Então, o negócio é o seguinte. – Ele enfia as mãos nos bolsos do casaco mais uma vez. – Meu divórcio foi uma coisa horrorosa. O único motivo pelo qual a gente se casou foi porque ela engravidou. A gente não fazia outra coisa a não ser brigar o tempo inteiro. E eu só... Depois que acabou, não quis nunca mais ter nenhum outro relacionamento. Foi uma daquelas coisas que traumatizam a pessoa pra sempre. – Ele franze a testa. – Aí vi você sentada no bar e me lembrei de como era ser feliz com outra pessoa. E senti vontade de voltar a namorar. Faz sentido o que estou dizendo?
Bufo.
– Isso não explica por que você mentiu pra mim.
– Fala sério, Nora. Nós dois sabemos que você odeia crianças.

– Só porque não quero ter filhos, não quer dizer que eu odeie crianças.

São as palavras mais verdadeiras que já pronunciei. Gosto de crianças. Mas não posso correr o risco de transmitir meus genes para outra pessoa. Não posso correr o risco de criar um novo Aaron Nierling. Jamais conseguiria me perdoar. Além do mais, minha vida é minha carreira. Ela consome todas as horas que passo acordada. Não existe espaço para filhos.

Mas, meu Deus do céu, isso não quer dizer que eu *odeie* crianças. Se eu fosse outra pessoa, alguém que não fosse *filha dele*, adoraria...

Bom, nem vale a pena pensar nisso. As coisas são como são.

– Tem alguma coisa que eu possa dizer? – pergunta ele. – Alguma coisa que possa fazer pra te convencer do quanto estou arrependido? Porque eu gosto de você de verdade, Nora.

Encaro seus olhos castanhos e percebo o quanto ele está sendo sincero. Não que homens não tenham dado em cima de mim nos últimos dez anos ou coisa assim, desde que resolvi ficar solteira. Mas a maioria não ligava muito se eu dissesse que sim ou que não. Brady liga. Mas ele vai superar isso. Sobretudo quando a notícia de quem eu sou sair na imprensa amanhã.

Que bom que não vou precisar olhar para o rosto dele quando ele vir essa notícia.

– Sinto muito – digo. – Além do mais, seus cinco minutos acabaram.

– Tá bom – lamenta ele, com um suspiro. – É justo.

Fico boquiaberta. Esperava pelo menos mais vinte minutos dele tentando me convencer de que fomos feitos um para o outro.

– É isso? Você vai desistir?

– Hã... – Ele inclina a cabeça. – Você me disse não. Então achei que... quer dizer, é pra eu *não* desistir?

Fico encarando Brady, me sentindo meio confusa de repente. Será que eu quero que ele pare de tentar? Tudo que sei é que, quando ele desistiu, senti uma pontada forte de decepção.

– Eu... eu vou pegar meu carro.

– Posso ir junto? – pergunta ele.

Nossos olhares se cruzam. Desgraça, vou acabar indo para casa com ele outra vez. Queria ter mais autocontrole. Costumo ser melhor nisso de dizer não.

Saímos para o estacionamento logo do lado de fora do prédio. Há algumas luzes ali, mas várias estão queimadas. Vou precisar falar com a manutenção sobre isso. Brady me acompanha até meu carro, e é só quando estamos a poucos metros de distância que vejo o que aconteceu.

– Alguém rasgou meus pneus! – exclamo.

E não foram só alguns furos para fazer os pneus arriarem. Vejo que a borracha está em frangalhos ao redor de todas as quatro rodas. Alguém estragou meus pneus com vontade. Fico me perguntando se foi a Sra. Swanson. Mas não: ela foi embora horas atrás. Não teria feito isso em plena luz do dia. Embora suponho que possa ter voltado.

Sinto lágrimas arderem nos olhos, mas logo pisco para impedir que caiam. Não choro desde... Nem consigo me lembrar da última vez que chorei. Já faz muito, muito tempo.

– Meu Deus do céu – diz Brady baixinho. – Que porcaria é essa?

De repente, fico incrivelmente agradecida por ele estar ali comigo. Se eu tivesse visto isso e estivesse sozinha, teria surtado completamente. Mas a presença dele me acalma.

– Vou ter que mandar rebocar. – Olho para o relógio. É ainda mais tarde do que tinha me dado conta. Só Deus sabe quando vou chegar em casa desse jeito. – Mas que ótimo. Passo quinze horas no trabalho e agora ainda tenho que lidar com isso.

– Deixa eu te levar pra casa – sugere ele depressa. – Não precisa lidar com isso agora. Todas as oficinas vão estar fechadas, mesmo. Você pode ligar de manhã e mandar rebocarem.

Dou um grunhido.

– Não vou ter tempo de lidar com isso de manhã.

– Mas eu vou. – Ele se abaixa para olhar os pneus. – Volto aqui de manhã e recebo o cara do reboque. Eu cuido disso pra você.

– Então devo confiar em você pra mandar rebocar meu carro?

Os cantos da boca dele se abaixam.

– Você não confia em mim pra fazer isso?

Olho para baixo, para os pneus em frangalhos do meu Camry, e em seguida torno a olhar para o rosto franco de Brady. Acho que confio nele, sim. Eu o conheço há mais de quinze anos, e ele nunca me deu nenhum motivo para não confiar. Sim, ele mentiu em relação à filha. Mas acho que foi mais porque em algum nível *ele* não confiou em *mim*.

– Tudo bem. Obrigada. – Vasculho dentro da bolsa em busca das minhas chaves e retiro a do carro do chaveiro. Entrego para ele. – Vai me ajudar à beça.

Ele põe a chave no bolso.

– Vem. Vou te levar pra casa.

Assim como eu, Brady tem um carro sem muita firula, embora mais velho e mais surrado do que o meu. Entro no banco do carona e aprecio o fato de o interior estar limpo e de ele não ter jogado umas vinte embalagens de comida e latinhas vazias de Coca-Cola no banco de trás para eu poder me sentar.

– Legal que seu carro não está coberto de batata frita do McDonald's – comento.

– Eu gosto de lugares limpos. – Ele pisca para mim. – A limpeza é uma coisa divina, né?

Apesar de tudo, o antigo ditado me faz sorrir. Sinto a mesma coisa. Gosto de tudo arrumado e limpo.

Brady prende o celular no painel.

– Qual seu endereço?

Hesito. Ele me lança um olhar.

– Nora, entendo que queira manter sua privacidade, mas não tenho como te levar pra casa se não souber onde você mora. Juro que só vou usar seu endereço desta vez e nunca vou usar pra te fazer nenhum mal. Tá bom?

– Tudo bem – resmungo.

Recito meu endereço, e ele o digita no GPS do celular. Pega a estrada, e gosto do fato de não dirigir acima da velocidade nem fazer qualquer outra coisa que me dê a sensação de estar pondo nossa vida em risco. É claro que, se está acostumado a dirigir com uma criança no carro, imagino que saiba ter cuidado ao volante.

Dou uma olhada rápida para o banco de trás, esperando ver uma cadeirinha ou assento de elevação. Mas não há nada lá atrás.

– Você não deveria ter um assento de elevação pra uma criança pequena? – pergunto.

Ele sorri para mim.

– Com certeza. Da última vez, Ruby me falou que já estava *muito* grande pra uma cadeirinha, e como de costume, ela estava certa... então tirei ontem. O assento de elevação chega amanhã. E tô superanimado por não precisar dar um jeito nas costas toda vez que for prender minha filha nele.

Fico puxando um fio solto no cordão do meu pijama cirúrgico.

– É meio difícil imaginar você *pai*. Acho que na minha cabeça você ainda tem 20 anos.

– Às vezes, na *minha* cabeça, eu ainda tenho 20 anos. – Ele para num sinal vermelho. – Tem dias em que a Ruby fica comigo e se enche de cookies, e eu penso: por que não? Cookies são bons demais. Por que preciso ser a polícia dos cookies?

– Você sempre faz as vontades dela?

– Às vezes. – Ele leva um dedo aos lábios. – Não conta pra minha ex. Estou tentando conseguir a guarda compartilhada e tenho a sensação de que esse é o tipo de coisa que ela iria usar contra mim.

– Por que você já não tem guarda compartilhada?

Essa parte me deixa surpresa. Brady parece ser o tipo de pai responsável.

– É que... – Ele reduz e para num sinal vermelho. – É uma história comprida. Não quero te entediar com esse assunto.

Olho pela janela do lado do carona, tentando ignorar a sensação de aperto no peito. Não sei quem rasgou meus pneus, mas tenho a nítida sensação de que não foi um acontecimento fortuito. A pessoa *quis* rasgar meus pneus. E, quando sair a notícia de quem eu sou de verdade, a coisa só vai piorar.

Olho para Brady, cujos olhos castanhos estão concentrados no caminho. Ele olha para mim por um instante e sorri. O que vai dizer quando descobrir? Não prevejo nenhuma outra carona para casa no futuro.

Bom, e daí? Eu queria me livrar dele.

Quando ele está prestes a fazer a curva para entrar na minha rua, vejo as luzes piscantes vermelhas e azuis lá na outra ponta do quarteirão. Meu coração vem parar na garganta. Aquela é a minha casa?

Ai, Deus, esqueci de retornar a ligação do investigador Barber. Mas, ainda assim, será que ele tem o direito de aparecer na minha porta com as luzes ligadas e tudo?

– O que tá acontecendo ali? – Brady estreita os olhos para a rua. – Aquilo é uma viatura de polícia em frente à sua casa?

Engulo em seco.

– Talvez seja melhor você me deixar aqui...

Brady continua a dirigir como se não tivesse me escutado.

– Acha que tem a ver com os pneus rasgados? Mas como eles sabiam? Você não chamou a polícia, chamou?

– Deixa eu saltar aqui e pronto – digo, dessa vez mais alto.

Mas é claro que ele não para até chegar bem em frente à minha casa. E não há absolutamente nenhuma dúvida de que a viatura de polícia está estacionada bem em frente ao caminho que vai dar na minha porta da frente. Os olhos de Brady parecem dois pires quando ele encara a viatura, em seguida volta a olhar para mim.

Saio do carro no mesmo segundo em que ele para, ou alguns segundos antes até, para ser bem sincera. Mas ele é rápido e vem logo atrás de mim. Cerro os dentes e reprimo o impulso de mandá-lo embora com um grito. É preciso dizer, em sua defesa, que ele provavelmente pensa estar me protegendo.

– Dra. Davis.

O investigador Barber está encostado na viatura, de braços cruzados por cima da barriga saliente. Há quanto tempo será que está ali, esperando? Há quanto tempo será que meus vizinhos estão vendo essa viatura ridícula com as luzes piscantes em frente à minha casa?

– Podemos conversar? – pergunta o investigador.

Fico dividida. Minha vontade é entrar em casa para os vizinhos e Brady não serem testemunhas dessa conversa. Mas ao mesmo tempo não quero esse investigador dentro da minha casa. Esse é o momento em que preciso chamar um advogado. Não posso deixar que ele continue a me pressionar, caso contrário, vou acabar indo parar exatamente onde meu pai está.

– Dra. Davis? – insiste Barber.

Finalmente encontro a voz.

– O que o senhor quer?

– Acho que seria melhor entrarmos na sua casa – diz o investigador. – A senhora não vai querer que a vizinhança inteira escute o que tenho a dizer. – Ele olha para Brady com um ar de curiosidade. – Seu namorado pode ficar se a senhora quiser.

– Eu já disse ao senhor que não quero ter mais nenhuma conversa sem um advogado presente – digo entre os dentes. – Já respondi a todas as suas perguntas.

– Eu estava pensando se poderia dar uma olhadinha rápida na sua casa – sugere ele.

Sinto como se todo o ar tivesse sido sugado do meu corpo.

– Dar uma olhadinha na minha casa?

Ele ergue as mãos.

– Bem rápida. Só eu. Só uma olhadinha.

O que ele acha que vai encontrar? Uma moça qualquer acorrentada no meu porão? Talvez eu devesse deixar ele olhar. Não tenho nada a esconder.

– Ei – diz Brady, antes de eu conseguir responder. A voz é respeitosa, mas firme. – A Nora teve um dia bem difícil. Ficou operando desde as cinco da manhã. E tenho quase certeza de que o senhor precisa de um mandado pra revistar a casa dela. Então quem sabe não seja melhor conversarem de manhã, quando ela estiver acompanhada por um advogado?

O investigador Barber me olha como quem diz: *Esse cara está falando sério?* É claro que, se Brady fizesse alguma ideia da razão de ele ter vindo aqui conversar comigo, talvez não tivesse se metido. Mas a parte mais incrível é que dá certo. Barber dá um passo atrás enquanto meneia a cabeça, concordando.

– Tudo bem. Podemos conversar amanhã com seu advogado presente. Às dez da manhã na delegacia, pode ser?

– Tudo bem – respondo.

Agora só preciso arrumar um advogado até as dez. E entender que diabos vou fazer com minhas cirurgias da manhã. Não tenho tempo para ser suspeita de um crime.

Minha sensação é de não conseguir respirar até o investigador Barber entrar de novo na viatura e partir. Mesmo depois que ele vai embora, meus dedos tremem tanto que tenho dificuldade de encaixar a chave na fechadura da porta. É algo incomum para mim. Sou cirurgiã, pelo amor de Deus. Minhas mãos nunca tremem.

Por fim, Brady pega a chave da minha mão, encaixa-a na fechadura, então me conduz para dentro de casa. Leva a mão às minhas costas e me guia até o sofá, onde me sento, obediente. Ele pousa a mão por cima da minha e a aperta de leve.

– Vou pegar uma água pra você, Nora.

Assinto sem dizer nada.

Eu o ouço fazer barulho na cozinha por tempo suficiente para quase me dar vontade de ir lá e perguntar se preciso ajudá-lo a encontrar a pia. Mas então ele reaparece com um copo d'água. Aceito agradecida e bebo metade de uma vez só. Não ajuda. Preciso de alguma coisa bem mais forte do que água.

Brady se acomoda ao meu lado no sofá.

– Não vou perguntar nada. Mas, a menos que esteja procurando um advogado de família, não tenho como te ajudar nesse departamento.

– Certo. – Encaro as pequenas bolhas dentro da água. – Não é nada de mais.

– Não precisa me contar. Não é da minha conta.

Mas de repente *quero* contar para ele. Quero contar a *alguém* o que está acontecendo. Tenho sofrido sozinha por causa disso já faz um bom tempo. E a situação não está com cara de que vai simplesmente desaparecer.

– Aquelas duas mulheres que foram assassinadas. – Tomo outro gole do copo d'água. – Sabe? Aquelas que estão saindo em todos os jornais? As que... tiveram as mãos decepadas.

– Sei...

– Elas eram minhas pacientes.

Ele arregala os olhos.

– As duas?

– É.

– Ah. – Ele passa a mão nos cabelos castanhos. – Bom, que coincidência mais estranha, eu acho. Mas, sério, por que a polícia acharia que *você* tem alguma coisa a ver com isso? É a coisa mais ridícula que já escutei na vida.

– Porque... – Esfrego meus joelhos. Há uma mancha de sujeira no direito. Deve ser alguma comida. Ou talvez sangue. – Porque, como eu disse, as mãos delas foram decepadas. A mesma coisa que o Mãos de Fada fazia com as vítimas dele.

Brady inclina a cabeça de lado.

– Não estou entendendo.

Eu poderia simplesmente deixar pra lá. Estou guardando esse segredo há 26 anos. Há 26 anos, sou Nora Davis, cujos pais morreram tragicamente num acidente de carro. Minha avó queria que eu nunca contasse para ninguém; chegou a se mudar comigo para me afastar das pessoas que sabiam quem eu era. Mas é como se eu estivesse vivendo uma mentira. Como se fosse uma atriz interpretando o papel de protagonista na minha própria vida.

Ergo os olhos para Brady. Se existe alguém capaz de ser gentil comigo, essa pessoa é ele. Preciso contar para *alguém*.

– Porque Aaron Nierling é meu pai – digo, por fim.

Não sei como achava que Brady fosse reagir, mas não esperava que ele começasse a rir. Ele passa vários segundos rindo antes de ver a expressão no meu rosto e entender que estou falando sério; absolutamente, cem por cento, sério. Consigo até ver a risada se esvair de seu corpo.

– Você é filha de Aaron Nierling? – confirma ele.

– Sou.

– E... – É quase encantador o quanto ele parece confuso, se não fosse tão horrível. – Então você mudou de nome depois de...

– Você não mudaria?

– Acho que sim... – Ele esfrega a nuca. – Quer dizer que essas duas moças com as mãos decepadas... As duas eram pacientes suas. E o Mãos de Fada era... seu pai?

– É.

– E como é que você nunca me contou?

Dou uma tossida.

– Tá falando sério? Acha que eu queria que todo mundo soubesse?

– Tá, mas eu não era qualquer um. Era seu namorado.

– Brady, a gente namorou três meses. Não fomos *casados* nem nada assim.

Ele passa no mínimo um minuto calado, olhando para as próprias mãos. O único ruído no recinto é meu coração batendo forte.

– Meu Deus do céu – diz ele por fim.

– Pois é.

– Então... – Ele ergue os olhos e encara os meus. – Foi você que...

Inspiro fundo.

– Que o quê?

O pomo de adão dele sobe e desce.

– Que matou? Aquelas moças?

Nesse instante, percebo que seja lá o que eu tenha tido com Brady Mitchell acabou para sempre. Estava esperando que contar para ele fosse a coisa certa a fazer, para isso ser de alguma forma uma catarse. Ele gostava tanto de mim que pensei que talvez fosse ficar do meu lado. Mas me enganei. Nunca deveria ter dito nada. É claro que isso não faz diferença se a notícia sair amanhã, porque ele teria descoberto de qualquer forma. Mas pelo menos eu não teria precisado passar pela experiência de ver ele me olhando *desse jeito*.

Não posso nem ficar zangada por causa disso. Não é nada menos do que eu teria esperado. Mas tinha esperança de...

– Eu não matei ninguém – digo baixinho. – Não sou igual a ele.

– Mas você é *cirurgiã*... seu trabalho é cortar pessoas.

Meu Deus, é como se ele estivesse dizendo todas as coisas que vão dizer sobre mim amanhã. Todos os motivos pelos quais devo ser uma assassina psicopata igual a meu pai. Pelo menos, ele tem a decência de parecer constrangido e acrescenta:

– Desculpa.

Um músculo se move no meu maxilar.

– Acho melhor você ir embora.

Pela primeira vez, minha vontade é de que ele argumente comigo e me implore para ficar como costuma fazer. Mas, em vez disso, ele assente.

– Também acho.

E é isso. Brady se levanta e sai da minha casa; mal consegue me encarar enquanto vai embora. E, quando sai pela porta da frente, ele traça uma reta até o carro. Nem sequer olha para trás antes de entrar e sair dirigindo.

VINTE E SETE

Bom, isso foi um delicioso gostinho de como vai ser minha vida daqui para a frente. Se o cara que pelo visto continuou apaixonado por mim na última década e meia não consegue aceitar meu passado, como o restante do mundo vai reagir?

Fico um tempão sentada no sofá depois que ele vai embora. Não consigo me obrigar a me mexer. Mas então ouço um barulho de pancada na porta dos fundos. É a gata outra vez. Provavelmente desesperada de fome.

Embora da última vez que tentei lhe dar comida ela não estivesse lá.

Finalmente me levanto do sofá e vou até a porta dos fundos. Prendo a respiração enquanto encosto a orelha na porta. E então escuto. Um leve miado.

É a maldita gata. Graças a Deus.

Vou até o armário e pego uma lata de comida para gato. Abro a porta dos fundos, e a gata preta está ali à minha espera, me olhando toda esperançosa do chão. Bom, pelo menos *ela* não vai me julgar. A gata não faz ideia de quem seja Aaron Nierling. E não se importa nem um pouco com isso.

Maravilha. Uma gata de rua é minha única amiga.

Retiro a tampa da lata e dèspejo a comida na tigela. Ela começa a comer com vontade. Gatos têm uma vida bem boa. Tudo com o que precisam se preocupar é de onde virá a próxima refeição. Não se preocupam com coisas bestas como carreira ou com o fato de agora causarem medo no único cara de quem gostaram na última década.

Estendo a mão e a passo pela pelagem preta da gata. É reconfortante.

Ela levanta a cabeça da tigela e a esfrega na minha mão, como faz de vez em quando. Coço debaixo do queixo dela, e a gata ronrona. Então, para minha total surpresa, passa por mim e corre para dentro de casa.

– Ei! – grito. – Você não pode entrar!

Só que essa gata não está nem aí se pode entrar ou não. Ela atravessa a cozinha correndo, em seguida entra na sala e pula no sofá. Então se enrodilha até formar uma bolinha feliz em cima da almofada.

– Ei! – torno a gritar. – Gata!

Que ótimo. Essa gata besta deve estar toda pulguenta, e agora o meu sofá vai ficar cheio de pulgas. Será que a situação teria como piorar?

Atravesso a sala até onde a gata se enrodilhou. Juro por Deus, é melhor ela não fazer xixi no meu sofá. Eu a fuzilo com o olhar, e ela parece totalmente à vontade, como se não tivesse planos de ir a lugar nenhum no futuro próximo. Tá, vamos ver.

Estendo as mãos para pegá-la, com a intenção de segurá-la e levá-la para fora. Assim que envolvo seu tronco com as mãos, porém, sinto os ossos da caixa torácica entre as palmas. São tão frágeis comparados com costelas humanas.

Eles se partiriam com tanta facilidade.

Sinto a barriga doer. Largo a gata e me afasto dela, com a cabeça girando. Fico encarando-a e pedindo a Deus para ela sair da minha casa. Não posso ter uma gata. Não é seguro eu ter uma gata. Essa gata precisa ir embora *agora mesmo*.

O que devo fazer? Não posso pegá-la e jogá-la na rua. Toda vez que penso nisso, tenho de novo a mesma sensação de náusea. Será que eu deveria ligar para o controle de animais? Será que eles vão simplesmente rir da minha cara por eu não conseguir me livrar de uma minúscula gata de rua?

Pego o celular no bolso do pijama cirúrgico. Percorro minha lista de contatos, quase todos colegas de trabalho. Hospital, clínica, todos os médicos com os quais me comunico. Como minha vida chegou ao ponto de eu ter zero amigo? Antes não era assim.

Ou talvez fosse. Talvez eu sempre tenha sido assim.

Meu polegar se detém acima do nome Philip Corey. Sim, ele é um amigo de trabalho, mas é um amigo. Mais ou menos. O suficiente. Eu com certeza o conheço há tempo o bastante.

Antes de conseguir pensar melhor, clico no contato de Philip. Há uma chance de no mínimo oitenta por cento de ele ter saído com alguma mulher. Tomara que não seja Harper.

Após alguns toques, ouço a voz familiar do outro lado da linha:

– Nora? O que houve? Você tá bem?

– Estou, sim. – Franzo o cenho para o aparelho. – Parece que você acha que eu tô à beira da morte.

– Você precisa admitir que nunca me telefona a menos que esteja com algum tipo de emergência grave – justifica Philip.

– Não é verdade.

É absolutamente verdade.

– Mas o que houve?

– É que… – Pigarreio. – Você tá ocupado?

– Já estive mais. Por quê?

– Então… – Olho para o corpinho preto peludo em cima do meu sofá. – Estou precisando da sua ajuda com uma coisa.

– Que coisa?

– Tem… Uma gata entrou na minha casa e eu não consigo tirar.

Há uma longa pausa do outro lado da linha.

– *Como é que é?*

– Ela acabou de entrar pela porta dos fundos! – disparo. Ele deve estar pensando que eu enlouqueci de vez. Esse não é meu comportamento normal. – E agora não consigo fazer ela sair. Pode vir aqui me ajudar?

Ele dá uma risadinha.

– Nora, se você quiser que eu passe aí pra gente se pegar, é só falar. Não precisa inventar uma história ridícula sobre uma gata.

Eu me retraio. Foi um erro ter ligado para ele.

– Esquece.

– Eu tava brincando! Olha, daqui a pouco eu chego. Só preciso terminar uma coisa aqui, aí vou direto ajudar você a se livrar da gata.

Seguro o celular com força.

– Obrigada, Philip.

– Ora, pra que servem os sócios?

Não acho que alguém iria defender que o propósito de um sócio numa clínica de cirurgia seja se livrar de uma gata de rua que entrou em casa, mas ele está sendo legal e não sou eu quem vai começar com sarcasmo.

Philip mora a pelo menos vinte minutos de carro de mim, mas dez minutos depois ouço alguém bater na minha porta. No início, fico convencida de que deve ser a polícia outra vez, e uma partezinha minúscula e ridícula de mim tem esperança de que seja Brady. Mas não: é Philip.

– Veio a 150 por hora até aqui? – pergunto a ele.

– Ué, você parecia estar com uma emergência de verdade. – Philip entra no hall e olha em volta para minha casa. – Sua casa está bonita. Meio vazia, mas nada mal.

Recuo para lhe dar espaço para entrar. Ele está de sobretudo e por baixo usa um suéter e uma calça jeans. Em geral, só vejo Philip de pijama cirúrgico (na maior parte do tempo) ou de camisa social e gravata. Ele fica bonito de roupa casual. Na verdade, ele é extremamente atraente seja qual for o traje que decidir usar. Já ouvi enfermeiras do andar o chamarem de Dr. McGato. Ele está com 40 e poucos anos agora, e até onde dá para ver está no auge da beleza.

E ele sabe disso. Quando não está por perto, Sheila o chama de "presente de Deus para o mundo", o que sempre me faz dar uma risadinha.

Fiquei surpresa quando Philip resolveu se casar, mas na época ele parecia muito dedicado à esposa. E disse que finalmente estava pronto para sossegar o facho e ter filhos. Mas pelo visto não estava tão pronto assim para sossegar o facho, porque uns poucos anos depois já estava pegando enfermeiras do hospital outra vez. Enfermeiras, no plural. Todo mundo sabia, e aí a mulher dele descobriu. Foi um divórcio bem ruim mesmo.

Para resumir, Philip é um horror para se relacionar. Parece não conseguir manter o pinto dentro da calça. Mas, ao mesmo tempo, eu o respeito demais como cirurgião. Ele é bom no que faz e sempre me ajudou quando precisei.

– Então, cadê essa gata traiçoeira? – indaga ele.

Sinto o rosto esquentar. Dou um passo para trás e aponto para o sofá.

– Ali.

– Que bom que você me ligou. Ela parece aterrorizante.

Eu o encaro com raiva.

– Vai me ajudar ou não?

Ele me abre um sorriso que exibe todos os dentes.

– Relaxa. Observe o encantador de gatos em ação.

Ele se encaminha a passos largos até onde a desgraçada da gata continua relaxando no sofá. Estende a mão para pegá-la, só que dessa vez ela solta um miado bem alto, então pula do sofá e sai correndo.

– Ela escapuliu – diz ele.

Philip olha para a sala em volta. A gata desapareceu. Só me resta torcer para ela ter saído pela porta dos fundos e não estar em cima da minha cama, deitada no travesseiro.

– Humm – faz ele. – Tem certeza que não quer ter uma gata? Acho que ela gostaria de ser seu bichinho de estimação.

– Eu não posso ter um bichinho de estimação! – exclamo. – Que parte da minha vida faz você pensar que eu posso cuidar de uma *gata*?

Philip olha para mim, piscando surpreso.

– Nora...

Mas é tarde demais. Tudo por que venho passando nas últimas semanas de repente me atinge como se fosse uma tonelada de tijolos. As duas moças mortas. As mãos decepadas. O investigador. *Brady*.

E de repente estou chorando de soluçar. Acho que eu não chorava desde o ensino fundamental, no dia em que descobri que meu pai tinha sido preso. Não chorei nem quando descobri que minha mãe tinha se matado. Lembro de quando minha avó me deu a notícia e de ter ficado apenas sentada na minha cama, sem sentir nada. Sabia que minha avó estava me observando, esperando eu derramar umas poucas lágrimas, e, como não chorei, só confirmou o que ela sempre havia pensado a meu respeito.

– Nora. – Philip está com o braço ao redor dos meus ombros. – Nora, tá tudo bem. Eu vou atrás da gata se você quiser. Ela deve estar em algum lugar aqui por perto.

– Não se preocupa. – Essa gata é o menor dos meus problemas. – É que... meu dia foi longo.

Ele me dá um leve apertão.

– Quer falar sobre isso?

Não. Não quero, de verdade. Já falei com Brady, e olha só o que aconteceu. Não vou aguentar Philip me olhar daquele jeito também.

– Não. Mas obrigada.

– Posso fazer alguma coisa? – Ele me dá um sorriso. – Te dar um abraço? Pegar um copo d'água? Uma bebida forte?

Não quero um abraço de Philip. Não sou muito chegada a abraços, apesar de ter gostado de estar envolvida nos braços de Brady. *Isso* nunca mais vai acontecer.

– Na verdade, tem uma coisa.

– Claro, qualquer coisa.

– Você tem o nome de um bom advogado?

As sobrancelhas dele se erguem até quase saltarem do rosto.

– Alguém tá te processando?

– Não, um advogado criminalista.

Eu o ouço puxar o ar entre os dentes.

– Nora, o que tá acontecendo? Tem a ver com aquelas duas moças que foram mortas?

Apenas balanço a cabeça.

– Não posso falar sobre isso. Você conhece alguém ou não?

– Conheço, sim. – Ele morde o lábio. – Mas, se você estiver com algum problema sério, precisa me contar. Afinal, a gente é sócio.

– Tá tudo bem. Eu tô bem.

Ele franze os lábios. Não parece estar acreditando em mim, mas problema dele.

– Além disso, vou ficar com o bipe do trauma amanhã a partir das seis, mas preciso me ausentar do hospital entre nove e meia e onze e pouco. Pode me cobrir?

Ele passa um minuto pensando.

– Posso, sim.

Graças a Deus. Eu não sabia como iria conseguir me livrar disso para ir à delegacia. É claro, tenho a complicação a mais de agora não ter carro porque os pneus do meu foram rasgados. E imagino que Brady não vá mais estar disposto a cuidar disso para mim. Amaldiçoo a mim mesma por ter esquecido de pegar de volta a chave do carro com ele.

– O movimento não costuma ser muito grande de manhã. O mais provável é o bipe nem tocar.

– Pois é... – O maxilar dele se retesa. – Estou falando sério, Nora. Pode, por favor, me dizer o que está acontecendo?

Inspiro fundo, mas solto o ar trêmula. Ainda não consigo tirar da cabeça a expressão no rosto de Brady. Não posso contar a mais ninguém sobre meu pai. Vai ser minha ruína.

– Não é nada de mais – insisto. – Só um mal-entendido bobo. Prometo.

Ele suspira, mas deixa para lá. Porque a verdade é que Philip e eu não somos amigos. Somos sócios, só isso. E ele preferiria não se envolver com o que quer que esteja acontecendo comigo.

– E a gata? – Ele olha em volta. – Sumiu de vez. Quer que eu procure?

Agora que a gata está fora do meu campo de visão, não me sinto tão ansiosa em relação a lidar com ela. Além do mais, ela provavelmente vai sair em algum momento. Uma gata assim não vai querer ficar presa dentro dessa casa. Seja como for, ela provavelmente vai sentir minha maldade e querer ir embora. Os animais são bons nisso.

– Não precisa – digo. – Eu... eu só queria que ela saísse do meu sofá.

Philip estreita os olhos para mim.

– Nora, esse é o seu jeito de ter um colapso nervoso? Devo ficar preocupado?

– Estou bem. – Ergo o queixo, tentando sentir a autoconfiança nas minhas palavras. Só preciso arrumar um advogado e vai ficar tudo bem. Não fiz nada de errado, preciso me lembrar disso. – Obrigada por ter vindo, mas...

– Você quer que eu vá embora. – Ele abre um sorriso de lado. – Já entendi.

– Mas obrigada por ter vindo.

Ele suspira e se levanta do sofá.

– Se quiser conversar, pode me ligar a hora que for. Estou falando sério.

Philip pode até ser meio babaca e provavelmente se considera o presente de Deus para o mundo, mas ele também sabe ser legal. Foi por isso que o escolhi para ser meu sócio. E, quando eu precisar, ele vai me ajudar o quanto for humanamente possível. Sei que vai.

Vou até a porta, e ele bate uma pequena continência ao ir embora que me faz sorrir só um pouquinho. Fico olhando ele entrar no seu Tesla e desaparecer em questão de segundos. Ele adora esse carro, quanto a isso não há dúvida.

Agora que ele se foi, eu me viro e encaro minha casa vazia. Onde é que aquela gata foi se meter? Meus olhos se movem até a escada que leva ao segundo andar. Será que ela subiu? Será que está dentro do meu armário nesse momento, fazendo xixi dentro de todos os meus sapatos? Porque isso seria o final perfeito para esse dia.

Mas então vejo que a porta do porão está levemente entreaberta. Arrá.

Vou até a porta e a empurro para abri-la até o fim. O interruptor fica logo ao lado dela, e acendo a luz. Nada. Que ótimo: a lâmpada deve ter queimado. Levo a mão ao bolso, pego o celular e aciono a função lanterna. Como em qualquer masmorra, meu celular não pega ali embaixo, mas pelo menos a lanterna funciona.

A luz é forte o suficiente para iluminar os degraus e me impedir de rolar pela escada e quebrar o quadril. Quando estou na metade da descida, ouço um arrastar de patinhas minúsculas e um leve miado. Eu tinha razão. A gata desceu até aqui.

Aponto a lanterna para o outro lado do recinto, em busca de uma pelagem preta. Finalmente a localizo do outro lado do porão, no canto, lambendo uma poça d'água.

– Vem cá, gata – falo baixinho. – Você não quer morar aqui comigo.

A gata me olha com um ar pensativo, então volta a lamber a poça.

– Não sou muito divertida – digo a ela. – Só vivo trabalhando. E não sou muito legal. Eu fazia umas coisas horríveis quando era mais nova. Mas não faço mais. Pelo menos, acho que não. Mas nunca se sabe. Você provavelmente vai ficar mais segura em outro lugar... qualquer outro lugar.

A gata me ignora por completo. O que não é nenhuma surpresa, uma vez que ela é a porcaria de uma *gata*, incapaz de entender uma palavra sequer do que estou dizendo.

Chego um pouco mais perto dela, fazendo barulhos de gato. Seguro a lanterna com firmeza, pensando que ela talvez a siga. Os gatos não seguem luz?

É só quando estou a poucos metros de distância que reparo.

Quando desci, imaginei que ela estivesse lambendo uma poça d'água.

Agora que estou mais perto, vejo que não é água. A poça é vermelho-escura.

Relanceio os olhos para a lâmpada acima de mim. Meu Deus, queria que estivesse mais claro ali embaixo; como fui deixar queimar desse jeito? Miro a lanterna diretamente na poça. Com certeza é vermelha. Não é terra nem nada do tipo.

Eu me agacho para olhar mais de perto. Com as mãos tremendo, passo o indicador pelo líquido vermelho. Aproximo o dedo do rosto para ver melhor.

Ai, meu Deus, acho que é sangue.

Por alguns segundos, tenho certeza de que vou vomitar. Dobro o corpo e engulo a bile que me sobe à garganta. Se tivesse comido alguma coisa no jantar, tenho quase certeza de que estaria vendo a comida voltar agora.

Depois de um minuto ou dois de tontura, consigo me recompor. Baixo os olhos para meus dedos ainda tingidos de escarlate. Sangue. Tenho certeza absoluta agora. Já vi sangue o suficiente para saber.

Mas o que esse sangue está fazendo no meu porão?

Um pensamento horrível me vem à cabeça. Se eu tivesse cedido e permitido ao investigador Barber revistar minha casa, ele teria encontrado esse sangue. E eu agora decerto estaria presa. Graças a Deus, Brady teve presença de espírito para detê-lo.

Será que é por isso que esse sangue está aqui? Será que alguém o colocou no meu porão para me incriminar? Será que esse é o sangue de Amber Swanson ou de Shelby Gillis?

Ou será que aconteceu alguma coisa horrível nesse porão desde a última vez que desci aqui?

Se alguma coisa aconteceu aqui, foi recente. O sangue nem chegou a secar.

Ergo os olhos para a gata, que continua lambendo a poça de sangue. Enxoto-a.

– Sai daí!

Dessa vez, ela me ouve. A gata se afasta correndo da poça, e ouço seus passos subindo a escada. Que ótimo... ela agora provavelmente vai sujar meu piso inteiro de sangue.

Não sei o que fazer. Não, eu *sei* o que fazer. Deveria ligar para o investigador e contar tudo. Ainda estou com seu cartão de visita e tenho certeza de que ele me atenderia. Mas sei também o quanto essa situação é terrível para mim. Por acaso posso dizer a ele que uma poça de sangue surgiu como por magia no porão da minha casa? Existe alguma chance de ele acreditar nisso sabendo quem é meu pai?

Não. Se eu contar para ele, vou passar a ser sua suspeita número um. Isso se já não for. Provavelmente vou acabar saindo de casa algemada.

Minha melhor alternativa é limpar tudo antes que alguém veja. E assim que tiver ajeitado meu carro e terminado de falar com o investigador amanhã, vou arrumar um sistema de alarme para a casa. Ninguém nunca mais vai entrar aqui sem minha permissão. Nem mesmo uma gata.

VINTE E OITO

26 anos atrás

– Caça e Caçador? – Marjorie me encara com ar cético. – Nunca ouvi falar. Como é essa brincadeira?

Dou um suspiro.

– Meu Deus do céu, Marjorie, você não sabe nada?

Ela franze o cenho.

– Acho que nunca ouvi falar...

Baixo os olhos para a trilha mal iluminada na mata e torno a encarar Marjorie.

– Então, pra brincar é assim: um dos participantes é o caçador, e o outro é a caça. Como você nunca brincou antes, você vai ser a caça e eu vou te caçar. Basicamente, você precisa me impedir de te pegar.

– Tá...

– É bem divertido – garanto.

Marjorie não parece estar achando que vai ser divertido. E, para ser bem sincera, ela provavelmente tem razão. Não vai ser divertido. Para *ela*.

– Além disso, você tem que tirar o sapato – acrescento.

Ela olha para os tênis surrados e arregala os olhos.

– Tirar o sapato?

Dou outro suspiro.

– Você acha que animais selvagens na floresta andam de sapato? *Claro* que você tem que tirar o sapato. É só deixar aqui mesmo.

Fico observando a expressão de Marjorie, pensando se ela vai topar. Seu lábio inferior treme.

– Nora, a gente pode brincar de outra coisa?

– Tipo de quê? De *Barbie*? – Reviro os olhos. – Marjorie, eu não vou brincar de uma brincadeira de bebê. É disso que todo mundo brinca. – Eu a encaro bem nos olhos. – Mas, se não quiser, tudo bem. Eu vou pra casa sozinha e pronto.

Hora da verdade. O quanto Marjorie quer uma amiga?

– Tudo bem – diz ela. – Acho que a gente pode tentar uma vez.

Abro um sorriso para ela.

– Ótimo. Você não vai se arrepender.

Fico observando Marjorie se abaixar e tirar os tênis. As meias estão cheirando muito mal, e tem um furo no dedão da meia esquerda.

– A meia também – digo.

Por um instante, ela parece prestes a protestar. Mas não.

Por fim, Marjorie fica sem sapatos e sem meias, parada na minha frente, meio bamba. Não parece feliz. Parece que queria poder cancelar tudo, mas agora é tarde para isso.

– Vou te dar uma dianteira de sessenta segundos, aí começo a te caçar.

– Nora...

Ignoro seus protestos e consulto meu relógio.

– Seus sessenta segundos começam... agora! Vai!

Minha voz sai de um jeito estranho, porque os olhos de Marjorie ficam grandes feito dois pires. E ela começa a correr.

Só que é patético. Como a Tiffany falou, ela corre *se balançando*. E sem sapatos ou meias, vai ter dificuldade para pisar com firmeza no chão. A trilha é cheia de gravetos e pedras que vão machucar as solas macias e fofas de seus pés. Estou dando sessenta segundos de vantagem para ela, mas, desse jeito, vou levar menos de quinze segundos para pegá-la.

Nossa, isso nem é um *desafio*. Talvez eu dê a ela mais sessenta segundos. Assim vai ser mais divertido.

Enquanto espero o tempo se esgotar, vasculho dentro da mochila. Afasto todas as canetas e lápis até meus dedos tocarem seu destino.

O canivete que meu pai me deu.

Tiro-o da mochila e examino a lâmina. Encosto a ponta no indicador e uma gota de sangue escorre: está afiadíssima. Ponho a mochila de volta nas costas, mas fico com o canivete na mão.

Afinal, estou caçando. Preciso ter uma arma.

VINTE E NOVE

Dias de hoje

Estou me sentindo estranhamente alerta hoje de manhã.

Não deveria estar, considerando o quão pouco dormi. Passei quase uma hora limpando o sangue do chão, mas ficou uma mancha vermelha bem visível. Se alguém revistar meu porão, estou perdida: preciso comprar produtos de limpeza específicos para tirar manchas de sangue.

Também tentei trocar a lâmpada, mas acabou que ela não estava queimada. Só precisava ser enroscada até o fim. Aí, depois de terminar lá embaixo, achei a chave do porão no meu chaveiro. E tranquei a porta.

Tive muita dificuldade para dormir ontem à noite. Não parava de pensar em Barber conseguindo um mandado de busca para minha casa e vendo a poça de sangue no chão. Se isso acontecer, bom, não quero nem pensar.

Depois de chegar no hospital às cinco e meia, porém, logo tomei duas xícaras de café, e agora estou com uma espécie de energia meio eufórica. Após terminar minha primeira cirurgia da manhã, liguei para a advogada que Philip me recomendou, Patricia Holstein. Ela pareceu bem ocupada, mas, quando lhe contei a verdade sobre quem sou, ela por milagre conseguiu cancelar alguns compromissos da agenda. Vamos nos encontrar em frente à delegacia dez minutos antes do horário em que tenho que estar lá.

Tomara que eu não precise de uma advogada. Mas estou com medo de que, depois do que vi no meu porão, isso seja apenas uma questão de tempo.

Ando checando o noticiário obsessivamente no celular, mas não vi nada a meu respeito. Imaginei que a esta altura todo mundo já fosse saber quem sou. Mas, embora Aaron Nierling tenha saído na imprensa, Nora Nierling não. Meu segredo continua a salvo.

Por ora.

Enquanto estou sentada na sala de descanso dos cirurgiões tomando meu terceiro café matinal, recebo um bipe de emergência do pronto-socorro. Pego o telefone mais próximo e retorno a ligação.

– Dra. Davis, cirurgia de trauma.

– Dra. Davis. – A voz do outro lado da linha está ofegante. – Aqui é a Dra. Danfield, do pronto-socorro. Estamos com uma mulher de 27 anos, Kayla Ramirez, que sofreu um acidente de carro com trauma na cabeça. Estávamos fazendo uma tomografia, e ela desmaiou. A pressão caiu a zero. Estamos com dois cateteres e acabamos de entubar. Pela tomografia, ela parece estar com uma laceração no baço.

Antes mesmo de a médica concluir a descrição da paciente, já estou de pé.

– Preparem a paciente e a levem para a sala de cirurgia agora mesmo. Estou a caminho. E peçam uma testagem para duas bolsas de sangue.

Que bom que tomei aquele terceiro café, porque agora estou a mil. Vou direto para a sala de cirurgia, porque, se eu não achar depressa por onde essa mulher está sangrando, ela vai morrer.

A paciente está saindo do elevador no mesmo instante em que entro na sala de cirurgia. Dou instruções para colocarem-na na primeira sala disponível e prepará-la, e vou lavar as mãos. Lavo as mãos muito rápido. Ainda me lembro que, quando era estudante, Philip ficava me provocando porque eu demorava muito. Na faculdade de Medicina, eles te ensinam a esfregar cada lado de cada dedo individualmente dez vezes. Devem fazer isso para nos torturar. Nunca vi nenhum profissional lavar as mãos desse jeito.

Quando chego na Sala de Cirurgia Seis, Kayla Ramirez está deitada na mesa com o abdômen coberto e pronto. Tirando os murmúrios fracos das conversas nervosas sobre a instabilidade da paciente, a sala está em silêncio. Alguns cirurgiões ouvem música enquanto operam, mas eu prefiro o silêncio, a não ser que o anestesiologista queira uma música. Gosto de trabalhar assim. Quero me concentrar inteiramente no que está na minha frente.

A instrumentadora está a postos para vestir meu capote e calçar minhas luvas, e quando aquelas luvas azuis deslizam para cobrir minhas mãos sinto o choque familiar da expectativa. Mesmo depois de todos esses anos, ainda sinto a mesma onda de adrenalina toda vez que estou prestes a abrir alguém.

Deve ser isso que meu pai sentia. Só que o meu caso é totalmente diferente. Ele tirava a vida daquelas meninas. Eu vou *salvar* a dessa moça.

Ou, pelo menos, espero que sim.

– Bisturi – digo, estendendo a mão direita.

A instrumentadora me passa o bisturi. Olho para o abdômen de Kayla Ramirez, todo amarelo por causa do iodopovidona. Ela tem a pele lisa e perfeita; não consigo ver nenhuma incisão cirúrgica, nem mesmo de uma apendicectomia. Vou fazer o primeiro corte no seu abdômen. É o melhor tipo. Cortar um tecido que já cicatrizou dá bem menos satisfação.

Passo o bisturi na vertical por toda a extensão do abdômen, e o fio penetra a carne como se fosse manteiga. No começo, o sangue só brota timidamente do corte, mas, quando ultrapasso a linha alba, me vejo diante de uma poça de sangue que preenche todo o interior da cavidade abdominal. A instrumentadora logo aspira o sangue, mas a cavidade torna a se encher quase no mesmo instante.

– Merda – digo entre os dentes.

A tomografia abdominal estava correta. Ela está com uma laceração no baço, e agora está tendo uma hemorragia por um dos vasos sanguíneos desse órgão. E, se eu não encontrar e estancar o sangramento, ela não vai sobreviver a essa operação.

– Pinça – digo.

Tateio dentro do abdômen, sem enxergar o que estou fazendo. Conheço muito bem a anatomia abdominal. Sempre disse que a conhecia de olhos fechados, e eis minha chance de provar que estou dizendo a verdade. Preciso interromper o fluxo sanguíneo que irriga o baço e preciso fazer isso com uma barriga cheia de sangue bloqueando minha visão.

– Quer que eu aspire de novo? – pergunta a instrumentadora.

Faço que não com a cabeça. A pressão do sangue na cavidade abdominal é provavelmente a única coisa impedindo que mais sangue esguiche. Se aspirarmos, essa pressão será removida. Não tenho escolha senão trabalhar sem enxergar.

Prendo a respiração ao tatear a região; reconheço o contorno do baço e vou me orientando a partir da anatomia. Todo mundo na sala de operação me observa, prendendo coletivamente a respiração. Cadê aquelas duas bolsas de sangue que eu pedi, droga? Essa moça vai precisar.

Então encontro o vaso sanguíneo que estou procurando. Pinço-o e cruzo os dedos mentalmente. Ergo os olhos e encaro a instrumentadora.

– Aspiração – digo.

A instrumentadora aspira a cavidade abdominal. Mordo o lábio com força suficiente para fazer brotar um pouco do meu próprio sangue, só que ninguém vê por causa da máscara. Vejo o vermelho ser aspirado do abdômen de Kayla Ramirez e...

Eu consegui. Parei a hemorragia.

A sala irrompe em aplausos. Eu consegui: salvei a vida dessa moça.

Concluo a esplenectomia, que depois disso corre relativamente bem. Fecho a barriga de Kayla deixando um rastro de grampos que maculam sua pele antes perfeita. Todo mundo me dá tapinhas nas costas depois da operação. *Excelente trabalho, Dra. Davis.*

Fico imaginando o que as pessoas diriam se soubessem sobre as duas mulheres mortas.

TRINTA

Passo o bipe do trauma para Philip às nove, e então preciso pegar um Uber para ir até a delegacia, já que meu carro continua no estacionamento do consultório com os pneus rasgados. Recordo a noite em que dirigi até essa mesma delegacia para me livrar de Henry Callahan. Foi antes de eu ir longe demais e...

Bom, eu não fiz nada com ele. Ele sofreu um acidente causado pela própria estupidez.

Fico me perguntando como ele deve estar...

Conforme o prometido, Patricia Holstein está à minha espera no estacionamento da delegacia. Eu a reconheço na mesma hora com base na foto do site: cabelos loiros platinados curtos e olhos sagazes com uma teia de linhas finas logo abaixo. Ela é cerca de uma década mais velha do que eu, mas parece estar fazendo esse trabalho há cem anos. Fico imaginando como Philip a conhece.

– Dra. Davis? – pergunta ela enquanto observa meu pijama cirúrgico azul.

Não deu tempo mesmo de trocar de roupa ao terminar de operar Kayla Ramirez. Tenho sorte pelo simples fato de ter conseguido chegar.

– Sou eu. – Fico inquieta no assento. – Patricia Holstein?

Ela assente depressa.

— Pode me chamar só de Patricia. Vamos conversar dentro do meu carro antes de entrar.

Patricia Holstein dirige um BMW que parece condizente com seu nível de sucesso. Ao me acomodar no banco de couro creme do carona, começo a me sentir cada vez menos à vontade com meu pijama cirúrgico, que empalidece diante do terninho caro que ela está vestindo. É o tipo de terninho que dá vontade de estender a mão para sentir a textura.

Quando estamos as duas dentro do carro, Patricia se vira para mim. Está observando algo na perna da minha calça, e acompanho seu olhar. É uma mancha de sangue. Presente de Kayla Ramirez, que se encontrava estável quando saí do hospital. Ela vai sair dessa.

— Acabei de sair de uma cirurgia — explico.

— Não é o melhor traje para alguém que está sendo interrogado em relação a um assassinato.

Dou de ombros, impotente.

— Foi uma cirurgia bem tensa.

— Tudo bem. Não tem muita coisa que possamos fazer em relação a isso agora. — Ela olha rapidamente para a delegacia, depois de novo para mim. — Então, estou achando bem difícil de entender por que estão insistindo em vir atrás da senhora. A senhora é uma cirurgiã respeitada, não tinha nenhuma relação pessoal com essas moças, e não existe motivo algum para pensar que poderia ser uma suspeita. Tirando, é claro, seu histórico familiar. Mas uma coisa dessas seria motivo de chacota no tribunal.

— Certo. — Sinto uma centelha de esperança. — Parece loucura.

— A menos que exista alguma coisa que não saibamos. — Seus olhos sagazes percorrem meu rosto. — Ou alguma coisa que *eu* não saiba.

— Hã... acho que não.

Não posso contar a ela sobre o sangue no meu porão. Toda vez que as palavras me sobem aos lábios, ouço dentro da minha cabeça como elas vão soar no mundo real. Como se eu fosse culpada. Sangue não aparece por magia. E, além do mais, Barber não sabe disso. E, no que depender de mim, *jamais* vai saber.

— Escute aqui, Dra. Davis. — Não há vestígio algum de sorriso nos lábios dela. — Seja lá o que a senhora tiver feito ou não, meu trabalho é defendê-la.

Mas, se não me contar tudo de que preciso saber, não tenho como fazer meu trabalho. Então me diga. Existe alguma coisa que eu deva saber?

Engulo em seco.

– Não. Nada.

Ela me encara por vários instantes. Não consigo dizer se acredita em mim ou não, mas por fim destrava as portas do carro.

– Vamos lá.

A delegacia é um prédio de tijolos de dois andares com cerca de meia dúzia de viaturas de polícia estacionadas na frente. Patricia se encaminha a passos decididos para a entrada como se já houvesse estado ali dezenas de vezes, algo que imagino ser possível. Mas não me sinto à vontade ali. Fico confiante quando estou na sala de cirurgia... não ali.

Há uma mesa na entrada, e Patricia assume o comando dizendo ao recepcionista que eu cheguei e que o investigador Barber está à nossa espera. O recepcionista nos instrui a nos sentar, e imediatamente começo a olhar para o relógio. Não tenho tempo para isso. Será que não entendem que sou *cirurgiã*? Eu salvei a vida de uma mulher hoje de manhã, e essa gente...

Bom, imagino que eles também salvem vidas de vez em quando. Mas ainda assim...

Depois de vinte minutos de angústia, o investigador Barber vem nos receber. Minhas pernas tremem tanto que preciso tentar me levantar da cadeira duas vezes antes de conseguir. Mas Patricia se ergue com um pulo na mesma hora e estende a mão para apertar a do investigador. Preciso agradecer a Philip por ter me indicado Patricia. Sinto que estou em mãos muito capazes.

– Obrigado por ter vindo, Dra. Davis. – O tom de Barber é educado, mas seus olhos escuros estão me examinando como se fossem um microscópio. O olhar dele faz com que eu me retraia. – Me acompanhem por aqui, senhoras.

Barber nos conduz por um corredor comprido até uma sala mal iluminada onde estão arrumadas uma mesa dobrável e cadeiras. Deve ser uma sala de interrogatório. Estou em uma *sala de interrogatório*. Isso não é bom.

Fico pensando se meu pai já esteve numa sala assim. Ou se foi jogado diretamente numa cela. Qual é o protocolo quando se encontra um cadáver e um baú cheio de ossos no porão da casa de um sujeito? Talvez eu não queira saber.

– A senhora deve estar se perguntando por que a chamei aqui – diz Barber para mim.

– Sim – responde Patricia. – Estamos *mesmo*.

O investigador foca a atenção em mim enquanto o vinco entre suas sobrancelhas grisalhas e espessas se aprofunda.

– Eu só queria entender melhor sua relação com Shelby Gillis.

Engulo em seco.

– Ela foi minha paciente. O que mais o senhor quer saber?

– A senhora a conhecia fora do contexto hospitalar?

Olho para Patricia, que assente de maneira quase imperceptível.

– Eu a atendi na minha clínica. Numa consulta pós-operatória.

– Algo mais?

Franzo a testa.

– Não...

– Tem certeza?

Patricia se inclina para a frente e diz, ríspida:

– Ela já disse que não.

– Certo. – Barber esfrega as mãos uma na outra. – Mas tem o seguinte: nós encontramos uma caneca na bancada da cozinha da casa de Shelby Gillis com as suas digitais. E um dos vizinhos dela disse ter visto um Camry verde parado em frente à casa na noite em que ela sumiu. É esse o seu carro, não é, Nora?

Não deixo de notar que ele me chamou de Nora em vez de Dra. Davis. Em circunstâncias normais, eu o corrigiria, mas fui reduzida a um estado de mudez. Um Camry verde em frente à casa da mulher não quer dizer nada. Existe um milhão de carros por aí iguais ao meu. Mas as minhas digitais *na casa dela*? Como isso pode ter acontecido?

– Então vou lhe perguntar de novo – diz ele. – Qual é sua relação com Shelby Gillis?

Olho para Patricia em busca de ajuda.

– Mesmo que a Dra. Davis tenha estado dentro do apartamento da vítima, isso não faz dela uma suspeita de assassinato – argumenta a advogada. – Isso é absolutamente ridículo. O único motivo pelo qual vocês estão mirando nela é por causa de quem ela é filha.

Quero concordar com ela, mas estou com medo de abrir a boca. Torço para ser só isso que eles têm contra mim. Uma ou duas digitais numa caneca e um carro verde nas proximidades da casa de Shelby Gillis.

– Então pode nos dizer se vocês têm alguma coisa mais sólida, ou se estão só desperdiçando o tempo da minha cliente? – insiste Patricia.

Fico encarando o rosto de Barber. Não faço ideia do que eles têm contra mim. Penso mais uma vez no jeito como a mãe de Amber Swanson me fuzilou com os olhos. Ela parecia ter muita certeza de que eu tinha algo a ver com a morte da filha. Será que foi só por causa do meu pai? Ou será que tem alguma outra coisa? Será que ele tem um vídeo de mim, no qual estou entrando na casa de Shelby? Uma testemunha ocular que me viu decepando as mãos dela?

O que ele tem contra mim?

– É só isso – diz ele por fim.

Patricia balança a cabeça, contrariada.

– Nesse caso, nós vamos indo agora. Dra. Davis, espero que não tenha sido um incômodo grande demais para a senhora.

Sigo a deixa da minha advogada e me levanto da cadeira dobrável. Ainda estou de pernas bambas, mas estão melhores do que quando entrei. A polícia não tem nada contra mim. Estão só jogando verde, tentando me intimidar. Não tenho nada com o que me preocupar.

Mas então me viro e encaro o investigador Barber. Ele pode não ter nenhum indício real, mas dá para ver nos olhos dele que acha que matei aquelas moças. E, enquanto ele acreditar nisso, vai seguir cavando até o verdadeiro assassino aparecer.

TRINTA E UM

Passo o resto do dia no hospital. Tenho cirurgias marcadas a tarde inteira, embora o bipe do trauma felizmente permaneça em silêncio. Mesmo depois de terminadas as cirurgias, preciso encontrar um lugar tranquilo para ditar os relatórios cirúrgicos. Tive um dia cheio; estou abrindo vantagem na minha competição com Philip.

Quando finalmente acabo de trabalhar, começo a me encaminhar para a garagem do hospital quando me toco de que meu carro continua no estacionamento da clínica, sem condições de rodar. Como é que fui me esquecer? Deveria ter pedido para Harper cuidar disso. Amanhã mando rebocar o carro. Não tenho como lidar com isso agora.

Acabo chamando outro Uber para voltar para casa, então pego no sono no banco de trás. O motorista precisa me chamar (provavelmente, várias vezes) para me acordar. Foi um dia longo.

Quando finalmente entro pela porta de casa, a sensação que tenho é de que faz cinco dias que acordei pela manhã. Mal posso esperar para ter um jantar tranquilo e me enfiar na cama. Acendo a luz, e a sala entra em foco.

– Amor, cheguei!

Mas, em vez do silêncio de costume, minha chegada é saudada por um miado alto.

Ah, certo. A gata.

A gata preta está de pé, junto a meus pés, olhando para mim. Olha só, nenhuma boa ação sai impune. Estava só tentando ser uma pessoa legal e alimentar uma gata faminta, e agora tenho uma hóspede indesejada. Preciso dessa gata fora da minha casa. *Agora*.

Mas pelo menos essas coisas parecem administráveis. Primeiro, preciso lidar com a gata. Depois, com o carro. Em seguida, preciso ligar para uma empresa e mandar instalar alarmes em todas as portas. E câmeras. Na verdade, talvez isso deva vir em primeiro lugar. Mas me livrar da gata parece algo que posso fazer agora mesmo, em vez de esperar o horário comercial.

– Tá bom – digo para a gata. – Hora de ir lá pra fora.

Ela só me encara. Que porcaria.

Estou tentando entender como convencer a gata a sair da minha casa quando ouço a campainha tocar. Consulto meu relógio de pulso: são quase nove da noite. Quem poderia estar tocando a campainha assim tão tarde?

Ai, meu Deus, será a polícia outra vez? Será que encontraram algum outro indício me vinculando aos assassinatos? Preciso colocar o número de Patricia nos favoritos.

Vou depressa até a porta da frente e espio pelo olho mágico. Dou um passo para trás ao ver quem está ali parado. É *Brady*. Que diabos está acontecendo? Eu tinha certeza de que nunca mais o veria. Puxo o trinco e abro uma fresta da porta.

– Nora, oi. – Seus olhos castanhos suaves encontram os meus por um instante, e ele então os desvia. – Tudo bem com você?

– Já estive melhor. – Puxo a gola do meu pijama cirúrgico, desejando estar com alguma coisa mais atraente. – Está fazendo o que aqui?

Ele suspende uma chave.

– Mandei consertar seu carro.

– Mandou? – Olho por cima do ombro dele, e dito e feito: ali está meu Camry estacionado na rua. Minha vontade é beijar os pés dele. – *Muito* obrigada. Não precisava ter...

Ele dá de ombros.

– Não foi nada. Tive tempo hoje pra fazer isso, então...

Espero ele sorrir para mim e me pedir para entrar, mas ele se mostra surpreendentemente neutro.

– Quanto te devo?

Ele não hesita.

– Ficou 750 dólares.

– Deixa eu ir pegar meu talão. – Paro com a mão na porta. – Você quer entrar ou...?

Ele arrasta os pés calçados com tênis no chão.

– Hã... acho que vou ficar aqui fora.

– Certo. Claro.

Embora isso seja um tapa na cara depois do jeito como ele estava se comportando comigo antes, tento não demonstrar. Entendo como ele deve estar se sentindo. É por isso que sempre tive medo de contar para qualquer um quem eu realmente sou. Se ficasse tempo suficiente num relacionamento, teria que contar a verdade para a outra pessoa. E aí ela começaria a me olhar do jeito que ele está me olhando agora.

Pego meu talão de cheques e preencho um para ele. Então, quando estou fazendo minha assinatura, me ocorre que essa pode muito bem ser a última vez que o vejo. Nunca mais vou voltar ao Christopher's. E tenho a sensação de que ele tampouco vai voltar aqui. E pensar nisso... me deixa mais triste do que eu poderia ter imaginado. Queria que...

Bom, não tem nada que eu pudesse ter feito de outra forma. Minha vida é o que é. Mas às vezes eu gostaria de ter uma vida diferente. Pais diferentes. De ser um tipo diferente de pessoa. Alguém que poderia ter passado anos aconchegada num sofá com Brady, assistindo a filmes de terror porque é *divertido* e não porque sou uma sociopata que precisa fazer terapia. Queria ser o tipo de pessoa que poderia ter passado a noite na casa dele só uma mísera vez.

Volto para a porta com o cheque e o estendo para ele.

– Aqui está. Obrigada mais uma vez.

Ele pega o papel da minha mão, e seus dedos roçam de leve os meus, que formigam com o contato. Ficamos ali por alguns segundos, nos encarando. Brady e eu temos uma conexão. Ele sabe disso tão bem quanto eu. Não quero que essa seja a última vez que o vejo. Não quero mesmo.

– Nora. – A voz dele falha de leve. – Olha, pra mim não dá. Não posso me envolver com... quer dizer, a minha filha...

– Não, tudo bem.

– Sinto muito...

– Já falei que *tudo bem*.

Só que não está tudo bem. Que droga, não sei por que essa rejeição está doendo tanto. Fui eu quem o rejeitou primeiro. Fui eu quem saiu correndo duas vezes da casa dele.

Dou um pigarro.

– Você precisa de uma carona? Quer dizer, imagino que tenha vindo até aqui dirigindo o meu carro.

– Já chamei um carro. – Ele meneia a cabeça para um SUV que acabou de encostar no meio-fio. – Então vou indo.

– Tá bom. – Cerro os dois punhos. – Boa noite, Brady.

– Boa noite, Nora.

Mas o que ele quer dizer é: adeus.

Fecho a porta antes mesmo de ele chegar à calçada. Sorvo uma inspiração entrecortada e expulso da minha mente qualquer pensamento relacionado a Brady Mitchell. É melhor assim. Tá, ele era um cara legal e realmente ótimo de cama, mas não preciso dessa complicação. Não mesmo.

De verdade.

Agora que Brady foi embora, a gata parece querer reafirmar seu domínio. Ela se esfrega na minha perna e mia bem alto. Está com fome. Felizmente, tenho um monte de comida para gato. Pelo menos eu posso fazer alguém feliz.

Quando estou pegando a lata de comida, me ocorre que essa é a oportunidade perfeita para me livrar da gata. Tudo que preciso fazer é pôr a tigela do lado de fora e fechar a porta depressa. Não tem a menor chance de essa gata conseguir resistir à comida na tigela, por mais que ela (por algum motivo) queira ficar dentro desta casa. Não entendo por que ela quer tanto ficar aqui. Ninguém mais parece querer ficar perto de mim.

Vou até a porta dos fundos com a lata na mão e a abro. Ponho a tigela lá fora ao lado da porta e esvazio a lata dentro. A gata fica parada na soleira da porta, me observando com seus olhos amarelos.

– Vai, gata!

Ela não se mexe. Que gata burra.

Eu me agacho ao lado dela, perto o suficiente para sentir o cheiro de comida de gato no seu hálito.

– Escuta, eu vou continuar a te dar comida. Prometo que vou. Mas você não pode ficar aqui.

Ela mia para mim. O que é mais ou menos o que eu mereço por tentar argumentar com uma gata.

Da posição em que estou, agachada, reparo num envelope branco no chão. Está um pouco imprensado contra a parede, motivo pelo qual não o vi antes. Estendo a mão para pegá-lo e sinto um aperto no peito ao ver o nome no endereço do remetente:

Aaron Nierling.

Mais uma vez, não há carimbo do correio. Não posso enganar a mim mesma dizendo que essa carta é o resultado de mais uma série de falhas. A única forma de isso conseguir ter entrado na minha casa é alguém a ter colocado por baixo da porta dos fundos. Ou pior: ter deixado no chão depois de ter acabado de plantar aquele sangue no meu porão.

Queria que as empresas de segurança estivessem abertas agora. Preciso de alarmes em todas as portas e janelas desta casa. Amanhã de manhã. Antes de qualquer outra coisa.

Fico de pé, cambaleando. Rasguei absolutamente todas as cartas que meu pai me mandou, mas foram as que ele me mandou pelo correio. Nenhuma delas chegou pela minha porta dos fundos.

Preciso ver o que essa carta diz.

Sento numa das cadeiras da mesa da cozinha. Fico encarando a caligrafia no envelope. Passei a conhecer a letra do meu pai ao longo dos anos, com base nas tais cartas semanais. Essa letra é dele. Ou então, se for falsificada, está excelente. Mas acho mesmo que isso veio do meu pai.

É com as mãos trêmulas que rasgo o envelope para abri-lo.

É uma única folha de papel. Dobrada em três. Desdobro-a com cuidado e encaro a única frase escrita no papel:

Venha me visitar, Nora.

E mais abaixo está assinado: "Seu pai".

Minha vontade é fazer a mesma coisa que fiz com todas as outras cartas que ele já me mandou: rasgá-la em pedacinhos. Mas não sei se posso continuar a ignorá-lo. Se eu quiser descobrir quem matou aquelas mulheres, só existe um jeito de fazer isso.

Pela primeira vez em 26 anos, vou fazer uma visita ao meu pai.

TRINTA E DOIS

Quando eu era criança, depois de meu pai ser preso e posteriormente condenado, eu quis visitá-lo na prisão. Minha mãe a essa altura já tinha se matado, e ele era o único que me restava. Eu queria muito vê-lo.

– Não tem a menor chance – dizia minha avó toda vez que eu tocava no assunto.

– Mas por que não? – reclamava eu. – Ele não tem como me fazer mal.

– Porque ele é um homem mau, e não quero você perto dele.

– Mas ele é meu *pai*.

– Ele não é pai de ninguém – dizia ela. – Aquele homem é o demônio encarnado. E nada de bom poderia vir de uma conversa com ele.

– Mas, vovó...

– Não adianta.

E ela me dava as costas para indicar que o assunto estava encerrado. Em especial se comparada à minha mãe, minha avó não era uma pessoa calorosa. Embora às vezes eu fique pensando se ela seria mais calorosa com outro neto ou neta, alguém que não fosse filho do mais notório assassino em série do Oregon.

– Quando fizer 18 anos, você pode ir lá e virar a melhor amiga dele, Nora – dizia ela. – Mas, enquanto estiver vivendo debaixo do meu teto, não vai visitar aquele homem.

Só que, quando fiz 18 anos, já era bem mais esperta. Sabia o que significava ser filha de Aaron Nierling. Entendia todo o impacto do que ele tinha feito. E, para meu próprio bem, sabia que era melhor manter distância. Minha avó tinha razão. Nada de bom poderia vir de uma conversa com *aquele homem*.

E agora, todos esses anos depois, ele encontrou um jeito de me convencer a ir lá.

Compro uma passagem num voo do aeroporto de São Francisco para Portland de manhã bem cedo. Em Portland, vou precisar alugar um carro e ir dirigindo até Salem, onde fica o presídio. O voo dura cerca de uma hora e meia, e o caminho de carro vai levar mais uma hora. No total, a viagem inteira deve durar umas três horas.

E então vou ver meu pai.

Ligo antes para me certificar de não estar me deslocando por nada. Parte de mim torce para haver alguma barreira impenetrável à minha visita, mas os funcionários da Penitenciária Estadual do Oregon me informam de que meu nome está na lista de visitantes aprovados para Aaron Nierling. No entanto, a mulher com quem falo ao telefone não parece nem um pouco impressionada com minha intenção de ir visitá-lo.

– Aaron Nierling? – A voz dela está tomada por um nojo maldisfarçado. – Tem certeza de que quer visitá-lo, meu bem?

As palavras fazem um arrepio percorrer meu corpo. Imagino algum momento no futuro em que alguém esteja fazendo essa exata pergunta em relação a mim. Brady com certeza deu o fora daqui bem rápido. Se eu fosse presa, não consigo pensar numa única pessoa que pudesse me visitar.

– Só tenho algumas perguntas para ele – digo à funcionária. – Ele, hã... ele recebe muitas visitas?

Ela solta o ar pelo nariz.

– Ouvi dizer que, assim que ele chegou aqui, tinha um monte de gente esquisita que tentava vir vê-lo. E jornalistas, claro. Mas ele não recebia nenhum. E agora... bom, imagino que a empolgação tenha diminuído. – Ela faz uma pausa pensativa. – Mas tem um assassino copiando os crimes dele agora, né?

Depois disso, encerro a ligação o mais depressa possível.

A próxima coisa que faço é algo que nunca, nunca fui de fazer. Em todos os meus anos de cirurgiã, nunca pedi uma folga por motivo de saúde. Prefiro me arrastar até o trabalho semimorta do que faltar por estar doente. Philip pensa da mesma forma. Mas hoje vou pedir folga por motivo de saúde. Graças a Deus, não tenho nenhuma cirurgia agendada. Harper pode remarcar algumas das minhas consultas, mas vai ser preciso dar uma ligada para Philip.

Envio uma mensagem de texto para ele, pedindo para me ligar assim que possível. Nem cinco minutos depois, meu telefone está vibrando.

– Nora – diz ele. – Tudo bem com você? O que tá acontecendo?

Já pedi a ele para me cobrir hoje de manhã. Detesto pedir outra vez. Mas preciso fazer isso. Alguém vem tentando me incriminar por assassinato, e preciso saber por quê.

– Não estou me sentindo muito bem hoje. Passei a manhã inteira vomitando. Você acha que conseguiria atender alguns dos meus pacientes pra mim? Vou pedir pra Harper remarcar a maioria.

Há uma pausa longa do outro lado da linha.

– Você tá doente mesmo ou tem alguma outra coisa acontecendo?

– Tô doente – respondo entre os dentes.

– Porque outro dia você me perguntou sobre uma advogada criminal...

– Vai me cobrir ou não?

– É claro que vou. – Ele faz uma pausa. – Eu deveria estar preocupado com você, Nora?

– Eu estou bem. Deve ser só uma virose passageira. Amanhã estou de volta.

– Tá – resmunga ele. – Você é quem manda.

Ele não parece estar acreditando em mim, mas não importa. O que vou fazer hoje não é da conta de Philip. É melhor ele não saber.

Não levo nada comigo na viagem a não ser a bolsa de mão, porque não vou passar a noite. Estou indo visitar meu pai, para conversar com ele sobre o que vem acontecendo comigo, e depois vou voltar direto para casa. Não tem a menor possibilidade de eu passar mais uma noite no Oregon. Já reservei meu voo de volta.

Três horas depois do voo decolar, estou no carro a caminho da Penitenciária Estadual do Oregon. Nunca estive num presídio antes, muito menos num de segurança máxima. O prédio tem um tom claro de amarelo que parece mais adequado a uma escola do que a uma prisão. Uma placa de "pare" intimidadora antes da entrada me alerta para não prosseguir sem instruções.

Fico ali sentada dentro do carro alugado, segurando o volante com tanta força que os nós dos dedos ficam brancos. Estava nervosa demais até para botar uma música enquanto dirigia. Vim dirigindo em silêncio, interrompido apenas pela voz britânica das instruções do meu GPS. Pela centésima vez nesse dia, fico pensando se isso é um erro.

Nada de bom poderia vir de uma conversa com ele.

Queria que minha avó ainda fosse viva. Depois de ela alterar meu nome e de nos mudarmos, ela era a única pessoa a conhecer meu segredo. A única que poderia ter me aconselhado.

Só que tenho a sensação de saber o que minha avó teria dito. Ela teria dito para eu não vir. É isso mesmo que ele quer, e estou fazendo exatamente o jogo dele.

– Posso ajudar, senhora?

Arranco os olhos do volante ao ouvir essas palavras. Quando olho para cima, um homem está parado junto ao meu carro com um uniforme de agente penitenciário, uma camisa social cinza de manga curta com as palavras "Penitenciária Estadual do Oregon" bordadas no peito. As mangas são curtas o suficiente para deixar à mostra dois bíceps um tanto aterrorizantes.

– Olá. – Tento impedir a voz de tremer. – Vim visitar um dos detentos.

O agente estreita os olhos para mim. Por fim, assente e me dá instruções sobre como estacionar. À medida que me aproximo mais do presídio, a sensação de náusea se intensifica.

Foi um erro ter vindo.

Dê meia-volta enquanto ainda pode.

Fico aliviada ao ver que eles levam a segurança muito a sério no presídio. Preciso passar por um detector de metais, mas além disso passo também por uma revista corporal. Eles me pedem inclusive para tirar os sapatos. Quando ficam inteiramente convencidos de que não estou portando uma arma, o agente penitenciário me dá o sinal verde para prosseguir.

– A senhora vai vê-lo através do vidro – instrui ele. – Vai pegar o telefone do seu lado, e ele vai pegar o do lado dele e conseguir escutar a senhora.

– Está bem – respondo.

O agente me encara com um olhar demorado.

– Por que a senhora quer ver esse merda?

Não posso contar a verdade. O que ele pensaria de mim se eu dissesse que sou filha desse monstro? Pensava que minha identidade a essa altura já fosse estar estampada por toda a internet, mas por algum motivo meu segredo continuou guardado.

– Só tenho algumas perguntas para ele. É... uma coisa pessoal.

O agente grunhe, mas não me pergunta mais nada.

Ele me conduz até um quartinho minúsculo no qual há uma fileira de banquetas posicionadas diante de divisórias de vidro numeradas. Cada uma tem um telefone acoplado. Um agente penitenciário a postos no recinto observa todas as interações. Fico pouco à vontade com o fato de que esse agente decerto vai escutar tudo que tenho a dizer. Vou precisar tomar cuidado.

Sou direcionada para a quarta divisória. Eu me sento e começo a tamborilar os dedos na mesa à frente. Não consigo acreditar que estou prestes a ver meu pai. Depois de 26 anos. Parece surreal.

Ainda posso virar as costas e ir embora. Isso não precisa acontecer.

Mas sei que vou ficar.

Antes de iniciar a viagem, pesquisei na internet fotos recentes do meu pai. Infelizmente, não consegui encontrar nada com menos de vinte anos. De modo que não faço ideia de como ele vai estar. Na última vez que o vi, ele era um homem grande com os cabelos pretos como os meus, um rosto de uma beleza um pouco insossa e olhos penetrantes.

Suponho que essa não seja mais a aparência dele. Mesmo que não tivesse passado todos esses anos trancado na prisão, ele ainda teria uma aparência 26 anos mais velha do que tinha quando eu era criança. Imagino que ainda fosse ter os mesmos traços bonitos, apesar das rugas mais numerosas no rosto. Talvez cabelos um pouco grisalhos. O mesmo porte largo e as mesmas mãos potentes. É assim que ele aparece na minha mente, toda vez que imaginei como ele deve estar agora.

E então um agente penitenciário o conduz recinto adentro.

Passo um segundo encarando boquiaberta o homem em que meu pai se transformou. Ele agora está na casa dos 60, mas mesmo assim é uma certa surpresa para mim seus cabelos antes pretos e fartos terem se tornado inteiramente grisalhos e bem ralos. Também parece ter encolhido. Sempre me lembrava de ele ser muito alto, mas agora ele tem as costas vergadas e caminha arrastando os pés, embora isso provavelmente se deva às correntes que lhe prendem os tornozelos. Não parece alguém capaz de assassinar trinta mulheres. Parece um velho decrépito. Poderia facilmente ter 80 anos.

O agente ao lado dele aponta para mim, mas ele não precisa disso. No mesmo instante, seus olhos se cravam nos meus. É a única coisa nele que não mudou nem um pouco: os olhos escuros, da mesma cor dos meus. Esses não envelheceram nadinha.

Os olhos dele não se desgrudam dos meus enquanto ele se senta na banqueta à minha frente. A pele está profundamente enrugada; uma velha cicatriz contorna o maxilar direito e outra divide ao meio uma sobrancelha. Já ouvi dizer que as pessoas que cometem crimes hediondos apanham muito na prisão e fico pensando pelo que será que ele passou ao longo dos anos. Seja como for, as cicatrizes já sararam faz tempo. Ninguém está espancando esse velho.

Meu pai pega o fone do lado dele ao mesmo tempo que pego o meu. Um esboço de sorriso surge em seus lábios quando ele se inclina para a frente.

– Olá, Nora.

A voz soa diferente, mais rascante do que nunca, mas ainda assim é dolorosamente familiar. Ele ainda tem o mesmo tom calmo e regular. Nunca perdia a paciência comigo. Minha mãe às vezes ficava histérica quando eu fazia alguma coisa errada, mas ele nunca. Nunca parecia se abalar. Eu gostava disso nele.

– Oi – digo, tossindo.

Ele respira bem fundo enquanto passa os olhos por mim, como se estivesse me absorvendo.

– Há quanto tempo, né?

– É...

– Você está linda, Nora.

Não sei como responder a isso.

– Obrigada – balbucio.

– E ouvi dizer que se tornou cirurgiã – acrescenta ele. – Bastante impressionante. Sempre soube que você tinha essa capacidade.

Apesar de tudo que aconteceu nos últimos dias, sinto uma onda de orgulho. *Meu pai tem orgulho de mim.* Sei que ele é um monstro e sei que deveria estar cagando para o que ele pensa, mas todo mundo quer ser motivo de orgulho para os pais. Mesmo se um desses pais por acaso tiver assassinado trinta pessoas.

E ele sabe disso. Está me manipulando, da mesma forma que manipulou todas aquelas meninas que matou. Não posso permitir que faça isso comigo. Senão vou acabar indo parar junto dele na prisão.

– Que bom que você finalmente resolveu me visitar – diz ele. – Fiquei esperando pra te ver. Achei que tivesse esquecido seu velho pai.

– Eu nunca poderia esquecer. – Meus lábios estão quase tocando o fone. Não quero que o agente penitenciário me ouça. – Eu li sua carta.

– Leu? – Pela sua expressão, ele parece estar achando graça. – Só precisou de umas quinhentas.

Respiro fundo.

– Quem pôs aquela carta debaixo da minha porta, Aaron?

– Aaron? – Ele ri. Tinha esquecido o som da risada do meu pai. Nunca pensei muito nisso quando criança, mas agora o som me parece particularmente oco e desalmado. – É assim que vai me chamar? Você antes me chamava de papai.

Sinto uma veia latejar na têmpora direita.

– Quem pôs aquela carta debaixo da minha porta?

– O carteiro, claro. Quem mais?

– Estava debaixo da minha porta *dos fundos*. E não tinha carimbo nenhum.

– Por favor, não me culpe pelas estripulias do seu carteiro, Nora.

Sorvo uma inspiração trêmula e tento me controlar. Aaron Nierling virou um velho, mas continua sendo a mesma pessoa de sempre. Se algum dia o deixassem sair daqui, ele faria a mesmíssima coisa. Continua pura maldade... um monstro.

Encaro seus olhos escuros, recusando-me a piscar.

– Quem matou aquelas moças, Aaron?

– Sabe de uma coisa, Nora? – Ele brinca com o fone na mão. – Fiquei muito triste por você nunca ter vindo me visitar em todos esses anos. Afinal, eu sou seu *pai*. É por minha causa que você está viva pra começo de conversa. E que agradecimento eu recebo?

– Quem matou aquelas moças?

– Dava pra entender quando você era criança e a bruxa da minha sogra não te deixava vir. – O olho esquerdo dele treme. – Mas depois você poderia ter vindo. Só uma vez. Por *respeito* pelo homem que te deu a vida.

Minha mão direita, a que não está segurando o fone, se fecha. Minha sensação é de que eu poderia dar um soco que iria atravessar o vidro e acertar o rosto dele.

– Quem matou aquelas moças? *Me fala.*

Meu pai pisca os olhos escuros para mim.

– Você. Quem matou elas foi você. – Ele ergue as sobrancelhas. – Não foi?

TRINTA E TRÊS

26 anos atrás

Olho mais uma vez para meu relógio de pulso. Dois minutos. O tempo dela se esgotou.

Pronta ou não, Marjorie, lá vou eu.

Seguro com força o canivete na mão direita enquanto sigo pelo mesmo caminho que Marjorie percorreu. Ainda posso ouvir os passos na minha frente. *Tum tum tum.* Parecem seguir o mesmo compasso das batidas do meu coração.

Seria mais divertido fazer isso à noite, com uma lanterna. Ou com visão infravermelha. Quem me dera ter um par daqueles óculos infravermelhos. Mas preciso trabalhar com o que tenho. Isso vai ter que bastar.

Vou seguindo o som dos passos por mais uns dois minutos. Mas então eles cessam de repente com um *tum* bem alto.

Humm.

Caminho mais rápido na direção do barulho alto, e meus tênis fazem galhos e folhas estalarem. Meu coração está disparado. Depois de mais uns poucos segundos, eu a encontro.

Marjorie está no chão, segurando o tornozelo. Há terra nas pernas da calça e na palma das mãos dela, provavelmente devido à queda. O rosto redondo está vermelho, e há lágrimas em seus olhos que se derramam pelas bochechas.

– Eu torci o tornozelo! – exclama ela, soluçando.

A caça está ferida. Uau, ela tornou isso quase fácil demais.

Aperto o canivete com mais força na mão direita. Dou um passo mais para perto de Marjorie, até meu corpo lançar uma sombra sobre ela. Ela está chorando, mas então, ao ver o canivete na minha mão, os soluços cessam de repente. Ela ergue os olhos para mim, com o maxilar tremendo.

– Nora? – chama ela. – Por que você tá segurando uma faca?

Quando me aproximo mais um passo, a dor na expressão de Marjorie se transforma em medo. Consigo vê-lo em seus olhos. Ela sabe o que está prestes a acontecer.

Eu me lembro do olho azul espiando por baixo do lençol na oficina do meu pai no porão. O olho tinha essa mesmíssima expressão.

– Nora? – A voz dela está trêmula. – O que você tá fazendo?

Seguro o cabo do canivete com tanta força que meus dedos começam a formigar. Marjorie não consegue nem se mexer. Se tentasse fugir, não conseguiria. Isso vai ser tão fácil. Tão fácil. Fácil *demais*.

– Nora – sussurra ela.

Encaro Marjorie no chão, e meu coração bate tão depressa que chego a ficar tonta. Foi esse o momento que fiquei imaginando ontem à noite quando não estava conseguindo dormir. A expressão no rosto dela. O peso do canivete na minha mão. Ela está muito assustada. Mas, agora que estou aqui, observando o medo nos olhos dela, eu...

Eu não consigo...

Deixo o canivete pender junto ao corpo.

– Você perdeu – digo.

– Ah. – Marjorie deixa escapar uma risada trêmula. – Por um minuto, você me assustou. Achei que talvez fosse...

– Deixa de ser boba – resmungo. Olho para seu tornozelo inchado. – Consegue andar?

Ela tenta se levantar e apoiar o peso no tornozelo esquerdo, mas solta um uivo.

– Tá doendo demais!

Enfio o canivete bem fundo no bolso.

– Vem cá, se apoia em mim pra andar.

Voltamos pela trilha seguindo o mesmo caminho pelo qual viemos, com

Marjorie se apoiando com força em mim. Assim que chegamos de volta na estrada principal, sinto uma onda de alívio. Eu a ajudo a percorrer o restante do caminho até a casa dela e a subir os degraus até a porta da frente. Assim que ela entra, vou embora o mais rápido que consigo.

Não falamos em algum dia tornar a nos encontrar.

Volto para casa, arrastando os pés a cada passo. Passo o caminho inteiro sentindo um mal-estar na barriga. Tem uma coisa que preciso fazer, mas estou com medo. Só que está na hora de parar de sentir medo.

Só espero que não seja tarde demais.

TRINTA E QUATRO

Dias de hoje

As palavras do meu pai me atingem feito um tapa na cara. E não é só o que ele está dizendo. É *como* ele diz. Parece estar falando sério.

Você. Quem matou elas foi você.

Olho depressa para o guarda atrás de mim. Ele não tem como ter escutado o que meu pai falou. Mas mesmo assim fico com uma sensação esquisita na boca do estômago.

– Não fui eu – digo baixinho. – Eu nunca...

– Não mesmo? – O sorriso ressurgiu em seus lábios. – Você é minha filha, e sempre me lembrou muito eu mesmo. Lembra o que costumava fazer quando era pequena? Todos aqueles bichos que sua mãe vivia achando mortos. – Ele ri mais uma vez. – Ela ficava me falando o tempo todo pra arrumar ajuda psicológica pra você. Sabia disso?

Meu maxilar se retesa. Eu tinha bloqueado todas essas conversas que meus pais costumavam ter sobre mim no quarto quando achavam que eu não estava escutando. Minha mãe de fato acreditava que eu fosse uma menina bastante perturbada.

– Sabia – respondo baixinho.

– E olha só com quem ela ficou casada aquele tempo todo! – Ele ri. – Mais avoada, impossível. Não é de se espantar que tenha se matado.

Meu rosto arde. Sempre tive mágoa da minha mãe por ter tirado a própria vida. Ela poderia ter sido julgada, e se fosse inocente e ficasse em liberdade, poderia ter estado ao meu lado. Mas, em vez disso, ela se enforcou na cela da prisão. Isso me leva a pensar que não era tão inocente quanto fingia ser. Ou talvez apenas não gostasse o suficiente de mim. Eu *precisava* dela, e ela me deixou sozinha no mundo.

– Não sou como você.

– Ah, é mesmo? – Ele mostra os dentes para mim. Antes brancos e perfeitos, estão agora amarelados e um dos da frente está apodrecendo. – Então por que virou cirurgiã? Não é porque adora abrir pessoas? Não sente nenhuma satisfação quando arranca as entranhas delas? Nunca tem fantasias sobre...

Antes de ele poder dizer mais qualquer palavra, bato o telefone com força. Não consigo ficar ouvindo isso. Ele está errado. Eu não sou como ele. *Não* sou.

Quer dizer, sou sim. Há elementos da personalidade dele na minha. E somos parecidos fisicamente, claro. Mas é só isso. Eu sou *diferente*. Não sou um monstro como ele. Eu jamais...

Meu pai bate no vidro com o punho fechado. Aponta para o telefone. Faço que não com a cabeça. Não vou mais participar desse jogo. Nunca deveria ter vindo. Meu instinto inicial estava certo.

Nora. Vejo-o articular meu nome. O nome que escolheu para mim. A única coisa que mantive da minha antiga vida.

Torno a balançar a cabeça. *Não.*

Vou embora daqui. E nunca mais vou voltar.

...

Cerca de quatro horas mais tarde, estou de volta ao aeroporto de São Francisco. Nunca me senti tão feliz por estar em casa. Poderia beijar o chão se não fosse tão nojento e pegajoso.

Apesar de serem quase onze da noite e de eu estar acordada desde as cinco da manhã, não estou nem um pouco cansada. Estou ligada de tanta adrenalina; poderia seguir acordada pelas próximas 24 horas. Mas, sendo realista, sei que preciso ir para casa e dormir um pouco.

Vou buscar meu carro no estacionamento do aeroporto. É só quando me sento ao volante que uma onda de exaustão me atinge. Começo a fantasiar sobre minha cama agradável e macia. E sobre a delícia que seria me enfiar entre os lençóis. Mas logo vou chegar em casa. Bom, daqui a uma hora, talvez menos. Em breve.

Ao pegar a pista expressa, começo a imaginar outra vida, uma na qual não tivesse nascido filha de Aaron Nierling. Uma vida na qual pudesse ter um relacionamento que durasse mais de três meses. Quem sabe até me casar. Nesse momento, eu poderia estar dirigindo ao encontro de um marido à minha espera na cama.

Estranhamente, quando imagino esse universo paralelo, o homem à minha espera na cama é Brady. Embora na realidade o provável é que ele nunca mais fale comigo. E tudo bem. Não é nem um pouco surpreendente, considerando as circunstâncias.

É só quando já estou dirigindo há vários minutos que reparo no cheiro. Não consigo identificar exatamente o que é. Uma mistura de ovo podre com repolho passado. Fico pensando se esqueci alguma coisa no carro da última vez que fui fazer compras. Talvez um ovo tenha rolado da minha sacola e agora esteja empesteando o porta-malas. Vou precisar me livrar dele assim que chegar em casa. E deixar os vidros abertos por um tempo para arejar o carro.

Dez minutos mais tarde, preciso abrir todos os vidros, de trás e da frente. O cheiro saiu do controle. Tanto que, dali a outros dez minutos, não consigo suportá-lo nem por mais um minuto. Sou obrigada a sair da pista expressa.

Há um posto de gasolina logo depois da saída. Está vazio, mas tem uma luz na loja de conveniência. É um daqueles mercadinhos 24 horas. Encosto em frente a uma das bombas. Aproveitando que estou aqui, melhor encher logo o tanque.

Um atendente sai da loja, limpando as mãos na calça jeans. É um rapaz de 20 e poucos anos com os cabelos tingidos de verde. Ele acena para mim.

– Precisa de ajuda, dona?

Como se esse dia não pudesse ficar ainda pior, agora estou sendo chamada de *dona*.

– Sim. Poderia encher o tanque, por favor?

Entrego meu cartão de crédito para o rapaz e abro a tampa do tanque de gasolina. Ele começa a abastecer, e saio do carro o mais depressa que consigo. Do lado de fora, o cheiro não está tão ruim, mas como as janelas estão abertas, ainda está bastante desagradável. Dentro do carro está muito quente. O tal ovo deve ter apodrecido em algum momento do dia e se transformado em algo mutante.

– Precisa de mais alguma coisa? – pergunta o atendente.

– Na verdade, meu carro está com um cheiro estranho. Acho que talvez eu tenha esquecido alguma coisa nele da última vez que fui ao mercado. Um ovo, ou talvez uns frios.

O atendente se inclina em direção à janela. Dá uma fungada e franze o nariz.

– É, caramba. Com esse cheiro, parece que alguém morreu aí atrás.

– Pois é! Devo ter... – Minha voz morre no meio da frase quando o que ele falou me atinge.

Com esse cheiro, parece que alguém morreu aí atrás.

Não. Ai, meu Deus, não.

Olho depressa para o atendente para me certificar de que ele está ocupado com o tanque de gasolina. Abro o porta-malas do carro rezando a Deus para que tudo que eu vá encontrar seja um ovo podre. Assim que o porta-malas se abre, o cheiro aumenta exponencialmente. O que quer que esteja apodrecendo está no porta-malas do meu carro.

E sinto cheiro de mais uma coisa.

Lavanda.

– Nossa! – O atendente abana uma das mãos em frente ao rosto. – O que a senhora tem aí atrás?

Deixo escapar uma risada estrangulada.

– Exatamente o que eu pensava. Esqueci umas compras aqui dentro. Que bobeira a minha.

Ele meneia a cabeça para a caçamba de lixo na lateral da loja.

– Tem uma caçamba de lixo ali se a senhora quiser jogar fora.

Fecho o porta-malas com força. De jeito nenhum vou revirar meu porta-malas em busca da origem do cheiro com esse cara cafungando no meu cangote.

– Tudo bem. Cuido disso quando chegar em casa.

As sobrancelhas dele se erguem.

– Tem certeza? Tá cheirando bem mal. Eu não iria querer voltar para casa dirigindo com isso.

Forço um sorriso.

– Não tá tão ruim assim. E eu não moro muito longe daqui.

Só uma meia hora. Vou ter que manter todas as janelas abertas e respirar só pela boca.

TRINTA E CINCO

O cheiro é mais do que nauseante, mas não me atrevo a parar o carro no caminho até em casa. Ainda que pense estar num lugar seguro e tranquilo, não posso arriscar. Se alguém me vir, estou perdida. É só quando entro na minha garagem e a porta se fecha com um baque atrás de mim que ouso sair do carro e abrir o porta-malas.

O fedor se multiplicou na última meia hora. É tão nauseabundo que cubro a boca e sinto ânsia de vômito. Já li que os cheiros estão fortemente ligados ao centro de memória do cérebro, e esse fedor horroroso misturado com lavanda me lembra outro cheiro muito conhecido. Um que nunca, jamais vou conseguir esquecer.

Embora Deus saiba que tentei.

Infelizmente, meu porta-malas está um caos. Tenho no mínimo meia dúzia de conjuntos de pijama cirúrgico lá dentro, dois suéteres de lã, uma penca de anotações impressas sobre pacientes que na verdade deveriam ser passadas no triturador de papel e diversos óleos para carro e fluidos para limpador de para-brisa. Tenho tendência a jogar no porta-malas qualquer coisa com que eu não consiga lidar ou que queira guardar para depois.

Já consigo ver manchas de sangue no tecido dos meus pijamas cirúrgicos. Tenho uma vaga consciência do fato de que deveria calçar um par de luvas para vasculhar meu porta-malas, mas luvas são a única coisa que não tenho ali dentro, e isso não pode esperar. De modo que sigo revirando meus pertences em busca da origem do fedor.

Um minuto depois, já encontrei.

Eu me afasto do porta-malas, quase dominada por uma sensação de tontura. Viro a cabeça para o lado e fico com ânsia de vômito até meus olhos lacrimejarem. Não. *Não*. Não pode ser. *Não pode ser*.

É uma mão decepada.

Se é a mão de Shelby Gillis ou de Amber Swanson, não está claro, mas tenho certeza de que uma perícia da polícia conseguiria me dizer. Tudo que preciso fazer é ligar, e eles vão me dizer exatamente a quem essa mão pertencia, logo depois de me algemarem e me arrastarem para a prisão para cumprir duas penas perpétuas.

Ninguém pode saber disso.

É claro que a questão de como aquilo veio parar no meu porta-malas é a mais perturbadora de todas. É óbvio que isso aconteceu hoje, enquanto meu carro estava parado no estacionamento do aeroporto de São Francisco. Alguém entrou nele e deixou isso para mim. Do mesmo jeito que entrou na minha casa e deixou o sangue no meu porão.

Chega de marcar bobeira. A partir de amanhã, vou mandar trancar minha casa como se fosse uma fortaleza.

Enquanto isso, preciso resolver o que fazer com essa prova específica. Deixá-la no porta-malas do meu carro não é uma alternativa. Respirando pela boca, recolho a mão usando um dos pijamas cirúrgicos sujos de sangue e sem salvação. Então entro em casa.

A primeira coisa que faço é acender as luzes. A casa parece tranquila... quase tranquila demais.

– Amor, cheguei – sussurro.

Fico parada por alguns instantes, à escuta. Se entraram no meu carro, seria possível estarem dentro da minha casa neste exato momento. Então escuto alguma coisa. Serão passos? Com certeza é alguma coisa.

Em seguida, ouço o miado queixoso.

Graças a Deus, é só a gata.

Um segundo depois, a gata adentra o hall, pisando macio. Arrumei uma caixa de areia improvisada para ela hoje de manhã, feita com caixas de cereal e fita adesiva, então torço para ela não ter feito xixi e cocô pela casa toda. Fazê-la ir embora parece fora de cogitação: ganhei uma hóspede permanente. Tudo bem. Não estou com tempo para lidar com isso.

Ela se esfrega na minha perna enquanto ronrona baixinho. Então ergue os olhos para mim e tenta farejar o pijama cirúrgico sujo de sangue que estou segurando na mão direita. Bate nele com a pata.

– Por favor, gata, para com isso – murmuro. – Não é pra você.

Entro na cozinha e pego um saco plástico debaixo da pia. Jogo o pijama cirúrgico dentro do saco, amarro, depois ponho dentro de outro saco. E ponho esse saco dentro de outro. Agora são três camadas de saco. E uma camada de pijama cirúrgico. Mas, se a polícia revistar minha casa, vai demorar no máximo dois segundos para atravessar todas elas.

Mas o que posso fazer?

Não posso jogar isso na minha lixeira. Amanhã é sexta, e o dia do lixo é só na segunda. Não quero uma mão podre no meu lixo o fim de semana inteiro, especialmente com aquele investigador fuçando por aí. Especialmente já que minhas digitais estão nos pijamas cirúrgicos. E se Barber der um jeito de arrumar um mandado para revistar minha casa? Seria o meu fim.

Imagino que eu pudesse acender a lareira e me livrar da mão ali, mas na verdade nunca usei a lareira no tempo todo desde que moro aqui. Se eu fizer alguma coisa que de alguma forma atraia os bombeiros, vou estar muito encrencada. E sabe-se lá por quanto tempo ainda haveria vestígios de ossos na lareira.

Fico encarando o saco plástico sobre a bancada da cozinha. Estou começando a sentir que deveria ter ligado para o investigador desde o início. Poderia ter lhe contado tudo. Poderia ter lhe falado sobre as cartas do meu pai e das minhas suspeitas de que alguém esteja tentando me incriminar. Se o investigador encontrar sozinho os indícios na minha casa, vai ser bem mais difícil de explicar do que se eu mesma os entregar.

Só que não confio em Barber. Toda vez que ele olha pra mim, vejo sua desconfiança. Sou a filha de um homem que assassinou um número incontável de mulheres. Sou uma cirurgiã, que abre pessoas todos os dias. A conexão entre mim e as duas moças mortas só fortalece ainda mais as suspeitas. Não quero lhe dar uma desculpa para me prender. E, se eu lhe contar sobre o sangue que limpei no chão do porão da minha casa, ele quase certamente vai me levar para a delegacia. Mesmo que não consiga fazer as acusações se sustentarem, o estrago para minha reputação profissional pode ser irreparável.

Não, tomei a decisão certa. Preciso me livrar dessa mão. *Agora*.

Torno a vestir meu casaco e vou até a garagem com o saco plástico. O carro continua com um cheiro horrível, e tenho que manter todas as janelas entreabertas enquanto saio para a rua, embora o vento fustigue meu rosto. Sigo na direção sul pelo El Camino Real, sem saber muito bem para onde estou indo. Preciso encontrar uma caçamba. Algo sem qualquer relação comigo.

Depois de passar uns vinte minutos dirigindo, passo por um restaurante de fast food Carl's Jr. na beira da pista. Não me lembro da última coisa que comi, mas pensar num daqueles hambúrgueres gordurosos com molho cremoso escorrendo me deixa enjoada. Estico o pescoço e vejo que as luzes estão apagadas dentro do restaurante: está fechado.

Entro no estacionamento; vazio. Pelo visto, os funcionários já foram embora faz tempo. Os clientes também. Tenho certeza de que tem uma caçamba atrás do restaurante, e não vai haver ninguém lá exceto eu.

Passo vários minutos sentada dentro do carro, reunindo coragem para sair. Fico imaginando se era assim que meu pai se sentia quando precisava se livrar do corpo de uma de suas vítimas. Será que ele alguma vez ficou com medo? Será que sentia medo de ser pego? Ou será que só ficava empolgado com a emoção da situação toda?

Isso não é emocionante. Nem um pouquinho.

Aperto o volante com as mãos, tentando reunir coragem. Vai ficar tudo bem. Ninguém vai me ver. Não tem ninguém aqui. Sou só eu.

É seguro.

Saio do carro segurando o saco plástico com firmeza. Minha vontade é enfiá-lo dentro do casaco, mas a perspectiva de ter *aquela coisa* junto ao meu corpo é simplesmente nauseante demais. Vejo a caçamba logo atrás do restaurante: o latão de metal verde já está cheio quase até a borda com sacos de lixo. Provavelmente, vai ser esvaziado amanhã. E então a mão vai parar num monte de lixo no lixão, onde ninguém nunca vai encontrá-la ou ligá-la a mim.

Ando depressa na direção da caçamba. Os cheiros de gordura e lixo se misturam conforme me aproximo. Pelo menos, é melhor do que lavanda.

A tampa está levantada e há vários sacos enfiados lá dentro, mas ainda sobra espaço para o meu. Encaixo-o num pequeno espaço entre dois sacos maiores.

Dou um passo para trás, examinando a caçamba. À primeira vista, não dá para ver o saco plástico. Ele foi engolido pelo restante do lixo malcheiroso. E amanhã irá embora rumo ao lixão local. Deixo escapar um suspiro e estou prestes a me afastar quando ouço uma voz incisiva vinda de trás de mim:

– O que você está fazendo?

TRINTA E SEIS

Meus joelhos quase cedem sob o peso do meu corpo.

Pensei que estivesse sozinha. Pensei que todo mundo já tivesse ido embora para casa. Eu me enganei. E agora...

Ai, meu Deus.

Eu me viro na direção da voz. É um homem, um menino, na verdade, embora seja mais alto do que eu; está usando uma camiseta vermelho-viva estampada com uma estrela amarela. Os braços quase sem pelos estão cruzados, e ele é tão magro que eu seria capaz de abarcar seus bíceps totalmente entre o polegar e o indicador. É um funcionário, decerto fechando a casa antes de sair. Não sei por que o carro dele não está no estacionamento anexo ao restaurante, mas pouco importa. Ele está aqui.

A questão é: o que será que ele viu? Será que me viu jogando fora o saco, ou será que só reparou em mim ali parada?

Ergo os olhos para seu rosto sem rugas, coalhado de espinhas nas bochechas e na testa. Ele não parece desconfiado. Parece mais curioso.

Endireito os ombros. Aaron Nierling era um mentiroso incrível: conseguiu esconder seus crimes de todo mundo que o conhecia, inclusive das pessoas que moravam com ele. E eu sou a filha dele. Sendo assim, se não conseguisse enganar um adolescente magrelo que trabalha num restaurante de fast food, seria uma desgraça.

– Eu comi aqui mais cedo – explico. – Perdi meus óculos escuros. Então achei melhor voltar e procurar.

As sobrancelhas do menino se erguem até a linha dos cabelos.

– Na *caçamba de lixo*?

– Acho que fiquei esperançosa demais. Alguém achou uns óculos escuros por aí?

Ele balança a cabeça, pensativo.

– Não. Estive aqui a noite inteira e não vi nada.

– Ai, bom. – Suspiro com tristeza. – Acho que já era.

Prendo a respiração enquanto observo o rosto dele, as engrenagens em movimento dentro de seu cérebro. Será que ele vai acreditar em mim? Está pensando no assunto. Posso ver pela maneira como seus olhos se viram para cima e para o lado.

– Sabe o que eu acho? – diz ele.

Engulo a saliva.

– O quê?

Ele chega perto o suficiente para eu conseguir ver os poros oleosos da pele dele, mesmo à luz da lua.

– Aposto que alguém roubou.

Enfio as mãos nos bolsos para ele não vê-las tremendo.

– Você acha?

Ele assente.

– Acho. Uns óculos escuros legais... aposto que alguém simplesmente os enfiaria no bolso e iria embora com eles.

– Deve... deve ter sido isso mesmo que aconteceu.

Ele me lança um olhar de empatia.

– Quer que eu anote seu telefone para o caso de eles aparecerem?

Cogito lhe dar um número falso, mas fico preocupada de ele tentar ligar e perceber que menti.

– Não precisa. Deve ter caído do meu bolso quando fui pôr gasolina no carro mais cedo. Vou dar uma olhada no posto.

O rapaz me deseja boa sorte, e volto depressa para o carro. Ao entrar, ligo o motor o mais rápido que consigo e dou o fora dali. Não quero que o rapaz comece a pensar que deveria procurar meus óculos. Ou anotar minha placa para o caso de eles aparecerem.

Minha cabeça zune durante todo o trajeto até em casa. Poderia ter sido pior, mas poderia ter sido muito, muito melhor. O rapaz pareceu acreditar na minha história, mas vai saber? E se ele começar a revirar o lixo depois de eu sair para tentar ser o herói que vai achar meus óculos perdidos? E se então encontrar o saco plástico e...

Não, isso não vai acontecer. Esse menino ganha um salário mínimo. Ele não vai revirar o lixo para ajudar uma cliente.

Estou quase com medo de voltar para casa. Só Deus sabe que outro horror vai estar à minha espera lá. Um cadáver no meu quarto? Sangue pingando das paredes? A essa altura, nada mais me espantaria. Mas, quando entro pela porta, nada parece fora do lugar. E o único ruído é o da gata implorando por comida.

Pelo menos a gata eu posso fazer feliz.

Enquanto vou pegar uma lata de comida de gato no armário, me ocorre que provavelmente preciso me alimentar também. Acho que não como há pelo menos dez horas. Sem qualquer surpresa, meu estômago solta um ronco baixo. Não estou com a menor vontade de comer, mas talvez precise fazer isso para manter meu corpo funcionando.

Vasculho a geladeira e encontro a metade de um sanduíche de frango que peguei no hospital. Não tenho muita certeza de quando foi, mas dou uma cheirada nele e não me parece passado. Coloco o sanduíche no micro-ondas e fico observando a massa pouco apetitosa de comida girar à medida que aquece.

Ponho o sanduíche num prato, mas estou sem vontade de comer. O cheiro da mão em decomposição continua impregnado nas minhas roupas. Não consigo sentir cheiro de mais nada. Não consigo pensar em mais nada.

E isso não é o pior. O pior de tudo é o leve fundo de lavanda. Toda vez que o farejo, sinto ânsia de vômito.

Afasto o sanduíche e pego o celular. Preciso comer, mas outra coisa que preciso fazer é começar a pesquisar sistemas de segurança para a casa. Existem alguns alarmes contra ladrões do tipo "faça você mesmo", mas a triste verdade é que não acho que eu seria capaz de instalar um nem que minha vida dependesse disso. Quero que um profissional venha aqui e torne minha casa segura. E quero que faça isso o quanto antes. Amanhã.

Fico mordiscando o sanduíche enquanto ligo para umas poucas empresas.

É claro que já estão todas fechadas. Deixo recados em três, calculando que uma delas vá conseguir me atender amanhã. Não quero esperar nem mais um dia.

Bem quando estou deixando um último recado, ouço a campainha tocar.

Olho para o relógio: quem poderia ser assim tão tarde? Será que poderia ser Brady?

Meu coração se infla ao pensar nisso. Ontem à noite, ele parecia nunca mais querer me ver. Eu estava tentando aceitar isso, mas a verdade é que daria tudo para vê-lo agora. Hoje foi um dos piores dias da minha vida, e tudo que mais quero é deitar nos braços dele e esquecer tudo. Talvez ele seja a única pessoa capaz de fazer eu me sentir melhor neste momento.

Espero mesmo que seja ele.

Largo o celular na mesa da cozinha e vou até a sala. Quando estou andando em direção à porta da frente, sou tomada por uma sensação de náusea. Não é Brady quem está na minha porta; poderia apostar minha vida que não. Olho pelo olho mágico e confirmo meus piores temores. É o investigador Barber.

Congelo, sem saber ao certo como agir. Patricia me garantiu que ele não tem nada contra mim. Mas, se for assim, o que está fazendo aqui?

Ai, meu Deus, será que ele me viu no Carl's Jr.? Será possível? Se tiver visto, não teria me interpelado lá mesmo?

A menos que...

Talvez ele estivesse me observando de um lugar que eu não podia ver. Talvez, depois de eu ir embora, tenha ido até a caçamba. Talvez tenha vasculhado a caçamba e encontrado o que joguei fora. E agora veio aqui para me levar embora algemada.

Não quero abrir a porta.

O punho dele bate na minha porta, com mais firmeza dessa vez.

– Dra. Davis?

Inspiro fundo e destranco a porta. Não posso fingir que não estou em casa. Ele provavelmente consegue me ver pelas janelas. Escancaro a porta e incorporo o incrível carisma do meu pai.

Por favor, faça com que ele não tenha encontrado a tal mão...

– Olá, investigador.

– Dra. Davis. – Ele me inclina um chapéu invisível. – Desculpe incomodar a senhora tão tarde...

– Em que posso ajudar?

Fico encarando-o, esperando que ele saque um par de algemas. *Nora Davis, a senhora está presa.* Mas, em vez disso, ele sorri para mim, fazendo a pele ao redor dos olhos se vincar.

– Na verdade, agora que a sua advogada não está por perto, eu só queria me desculpar.

Sinto a respiração entalar na garganta.

– Se desculpar?

Será que é um truque? Mas não: se ele tivesse me visto no Carl's Jr., não precisaria me enganar. Teria tudo de que precisa para me prender.

Ele coça os cabelos grisalhos bem curtos.

– É. Eu tenho paixão pelo que faço, sabe? Imagino que como cirurgiã a senhora entenda isso, Dra. Davis. E só quero encontrar o desgraçado que matou aquelas moças. Entende o que estou dizendo?

Faço que sim com a cabeça.

– Enfim – diz ele. – Errei ao pressupor coisas a seu respeito com base no seu pai. A senhora não merece isso. Então queria pedir desculpas. Não deveria ter feito isso, mas no fundo minha intenção é boa.

– É, bom... – Meus joelhos quase fraquejam de tanto alívio. – Desculpas aceitas. E também estou torcendo para o senhor encontrar quem quer que tenha feito essa coisa horrível.

Ele não faz ideia do quanto torço por isso.

– Pois é... – Ele sorri de novo para mim. – Mais uma vez, me desculpe por incomodá-la assim tão tarde. Passei no seu consultório, mas disseram que a senhora tinha tirado o dia porque estava doente. Mas aí vim aqui e a senhora também não estava.

– Devia estar dormindo lá em cima – digo.

– Sim, mas seu carro não estava na garagem. Pude ver que a garagem estava vazia pela janela lateral.

Franzo o cenho. Esse investigador é um mentiroso da pior espécie. Ele não veio aqui se desculpar. Veio descobrir onde diabos eu passei o dia. E não posso lhe dizer que fui visitar meu pai. Embora, em caso de necessidade, fosse bem simples para ele descobrir sobre o meu voo. Mas não vou lhe servir isso de bandeja.

Pelo menos ele não me viu perto da caçamba de lixo.

– Eu saí pra comprar uma canja – digo por fim.

Mentir fica cada vez mais fácil.

– Ah. – Ele assente. – Faz sentido. Está se sentindo melhor, doutora?

– Bem melhor. Obrigada.

E então ficamos apenas nos encarando. Mais um desafio para ver quem pisca primeiro. A essa altura, ele já deveria saber que não vai ganhar.

– Enfim. – Barber bate com o punho fechado no batente da porta. – Eu já disse o que tinha pra dizer. Então vou deixar a senhora descansar. Melhoras.

– Obrigada.

Eu o observo descer os degraus em frente à minha porta e caminhar até seu carro sem identificação. Vejo Barber entrar e ir embora. Mas, mesmo depois de ele partir, meus joelhos continuam tremendo. Ele pode ter ido embora por enquanto, mas vai voltar. É melhor eu estar preparada.

Não sei quem está matando essas mulheres, nem por que essa pessoa decidiu tentar arruinar minha vida. Mas não vou mais deixar que consiga.

TRINTA E SETE

Felizmente, no dia seguinte tenho a manhã lotada de cirurgias para me distrair. Estava torcendo para passar a tarde visitando com toda a calma os pacientes no hospital e terminando de ditar meus relatórios, mas em vez disso preciso voltar correndo para a clínica e atender alguns dos pacientes que Harper remarcou para hoje. Vai ser um dia bem comprido, mas acho isso bom.

Depois da primeira cirurgia da manhã, enquanto estou ditando meu relatório da operação na sala de repouso dos cirurgiões, recebo a ligação de uma das empresas de segurança. Uma mulher de voz jovial está do outro lado da linha:

– Oi, Nora! Será um prazer lhe passar as opções de segurança para a sua casa!

– Ótimo – digo entre os dentes. Olho para a sala em volta, felizmente vazia. – Eu gostaria de mandar instalar um sistema de segurança o quanto antes.

– Claro!

A mulher me pergunta quantas portas e janelas existem no térreo da minha casa, além da metragem quadrada aproximada.

– Nosso sistema é bem fácil de usar – garante ela. – A senhora vai ter um painel simples para digitar o código e desativar o alarme, e pode monitorá-lo do celular de onde estiver.

– Quando vocês podem instalar?
– Que tal segunda-feira de manhã?

É tarde. A perspectiva de passar o fim de semana inteiro sem um sistema de alarme faz meu coração descompassar.

– Que tal hoje?
– Sinto muito. Hoje estamos sem agenda.

Seguro o celular com mais força.

– Teria como alguém ir lá hoje depois do expediente?
– Sinto muito, mas nós não…
– Eu pago mais. O quanto for.

Há uma longa pausa do outro lado.

– Um instante. Vou verificar.

A mulher me deixa em espera enquanto fico escutando uma musiquinha enlouquecedora de elevador. Enquanto aguardo, Philip entra na sala, ainda com a touca do pijama cirúrgico. Sorri ao me ver e arranca a touca, que deixou uma marca horizontal na testa dele.

– A virose passou? – pergunta ele. A voz tem um leve tom de sarcasmo.
– Ficamos todos torcendo pela sua melhora. Acho que a Harper fez uma sopa pra você.

Aceno com o celular.

– Estou em espera.
– Ah, é? Com *quem*?

Lanço um olhar zangado para Philip e não respondo.

– Sua advogada? – insiste ele.

Antes de eu ter a chance de lhe dizer que isso não é da conta dele, a mulher reaparece na linha.

– Temos um técnico que poderia ir hoje às oito da noite – diz ela. – Vai haver um acréscimo de 200 dólares. Tudo bem para a senhora?

A essa altura eu pagaria 1 milhão de dólares para alguém ir à minha casa hoje à noite, então 200 me parece uma pechincha.

– Parece ótimo. E ele pode instalar o alarme, o painel e tudo o mais hoje?
– Isso mesmo.

Deixo escapar um suspiro.

– Muito obrigada.

Philip se senta ao meu lado e fica me observando com ar curioso enquanto a mulher anota o restante dos meus dados. Não consigo nem imaginar no que ele está pensando. Embora, a essa altura, eu nem tenha certeza de que me importo.

– Que é que tá acontecendo com você, Nora? – pergunta ele quando finalmente encerro a ligação. – Espero que não se importe de eu dizer isso, mas você anda se comportando de um jeito muito estranho ultimamente.

– Faltar porque fiquei doente é um comportamento estranho?

– Pra você? É, sim. Com certeza. – Ele meneia a cabeça para o meu celular. – E que história foi *essa* aí? Por que vai mandar instalar um milhão de alarmes e câmeras na sua casa? Você mora num bairro ridículo de tão seguro e chato.

– Melhor prevenir do que remediar.

Ele franze o cenho.

– Pode, por favor, me dizer o que tá acontecendo? Olha, sei que você às vezes me acha um babaca, mas pode confiar em mim. A gente se conhece desde sempre.

Olho para os belos traços de Philip. Assim que o conheci, pensei que ele fosse mais um cirurgião arrogante, mas nos últimos vários anos passei a respeitá-lo. Ele é mesmo um bom cirurgião. Talvez até melhor do que eu, para ser sincera, embora Philip tenha mais anos de atuação. Mas acho também que ele é um ser humano decente. Mesmo que a ex-mulher dele discorde veementemente.

Só que isso não tem a ver com confiança. Se eu lhe contar quem é meu pai, ele vai passar a me olhar de um jeito diferente. Do mesmo jeito que Brady olhou. E se eu contar sobre o sangue no porão da minha casa ou a mão putrefata no meu porta-malas... Bem, há uma chance considerável de ele chamar a polícia. Não posso correr esse risco.

– Eu tô bem – digo por fim. – Juro.

– Então não vai me contar.

Dou de ombros.

Ele deixa escapar um longo suspiro e cruza os antebraços musculosos.

– Tá certo, não vou te *forçar*. Mas, se quiser conversar, estou aqui. Ou alguma baboseira sensível do gênero.

Com essas palavras, ele se levanta e se retira da sala, decerto rumo à próxima cirurgia. Mordo o lábio e fico pensando se deveria ter dito a verdade a ele. Mas não. Há 26 anos venho guardando esse segredo, e não é agora que vou começar a contá-lo.

TRINTA E OITO

Tudo que consegui pôr para dentro hoje foram duas xícaras de café, então, quando tenho um intervalo entre cirurgias às dez, tomo o rumo do carrinho de comida em frente ao pronto-socorro para comprar um doce. Em um dia comum, poderia me preocupar com as calorias, mas, no ritmo que venho comendo, até o final do mês vou estar subnutrida. Um doce vai cair bem agora.

Felizmente, o carrinho de comida não tem nada de carne pela manhã. Não acho que seria capaz de suportar cheiro de salsicha ou bacon no momento. Talvez precise virar vegetariana num futuro próximo.

O dia está lindo. O sol da Califórnia brilha, e faz calor suficiente para eu me sentir totalmente à vontade com a camisa de manga curta do meu pijama cirúrgico. Uma pena ter que passar a manhã operando e a tarde no consultório. É claro que na verdade eu não teria com quem passar o dia se não tivesse esses compromissos. Enfim, pelo menos estou conseguindo pegar um pouco de ar puro agora.

Enquanto espero pacientemente a pessoa na minha frente resolver que tipo de doce vai querer de café da manhã, tenho a sensação familiar de que alguém está me observando. Uma sensação de formigamento na nuca que me faz desejar que a mulher na minha frente resolva logo o que vai comer.

E então ouço a voz conhecida atrás de mim. Uma voz que faz meu estômago se contrair.

– Dra. Davis?

Eu me viro devagar. Inspiro num arquejo ao ver quem está parado atrás de mim.

É Henry Callahan. O homem que tentou me cantar no bar. Que me seguiu no seu Dodge azul duas noites consecutivas. Que conduzi até a curva perigosa que o fez meter o carro em cheio numa árvore.

Pensei que ele ainda fosse estar no hospital. Ainda no CTI. Mas, de alguma forma, ele está de pé na minha frente agora, com um aspecto absolutamente saudável.

– Sr. Callahan – consigo dizer.

Dou um passo para trás, com os punhos cerrados. Nada pode acontecer: há testemunhas em volta.

Mas talvez isso seja uma coisa ruim.

– O que está fazendo aqui? – indago, ríspida.

– Eu... vim buscar um amigo no pronto-socorro e vi a senhora na fila. – Ele fica piscando, aturdido. Não há em seu rosto nenhum sinal da raiva daquela noite no bar. Ele parece quase encabulado. – Só queria lhe dizer...

Pigarreio.

– Eu não acho que...

– Queria me desculpar.

– Como é que é?

– Queria me desculpar pela outra noite naquele bar. – Ele baixa a cabeça. – Entendo por que a senhora mandou sua assistente me ligar e dizer que eu não podia mais voltar na sua clínica. Fui um babaca com a senhora. Tinha bebido um pouco além da conta e não consigo acreditar no quanto fui grosseiro. A senhora é uma ótima cirurgiã, uma profissional de verdade, e não merecia aquilo. Me sinto péssimo com o que aconteceu.

Quer dizer que o senhor não me seguiu em duas noites consecutivas?

– Ah – murmuro.

– Enfim, como eu disse, só queria me desculpar. – Ele enfia as mãos rechonchudas nos bolsos da calça jeans gasta. – Prometo não incomodar mais a senhora... vou encontrar meu amigo.

Ao contrário de quando o investigador Barber pediu desculpas, as dele parecem genuínas. Só que ainda não consigo acreditar que não se trata de uma encenação; ele deve estar uma fera comigo. Por minha causa, teve perda total no carro. Como poderia não estar bravo por causa disso?

– Sinto muito pelo seu acidente – digo, por fim.

Ele franze o cenho.

– Acidente?

– O seu acidente de carro. – Fico estudando seu rosto para observar a reação dele. – O senhor parece bem.

– Hã, é. – O rosto de Callahan é tomado pela incompreensão. – Estou bem, *sim*, mas há anos não sofro um acidente de carro. Nem sequer um para-choque amassado – acrescenta ele, com orgulho. – Sou um ótimo motorista.

Meu pai pode ter sido um excelente mentiroso, mas aposto que Henry Callahan não é. Ele parece estar dizendo a verdade. E é difícil negar que não tenha o aspecto de alguém que estava em estado grave apenas uma semana atrás: o sujeito parece estar com a saúde perfeita, sem um arranhão sequer.

– Eu… pensei que tivesse lido sobre isso no jornal. Seu carro é um Dodge azul, não?

Ele arqueia uma das sobrancelhas.

– Meu carro é um *Ford* azul. Vai ver a senhora leu sobre outro Henry Callahan?

Só que a matéria não citava nenhum nome. Imaginei que fosse ele porque pensei tê-lo visto entrar no Dodge azul e porque esse era o carro que estava me seguindo. Mas eu estava dentro do bar, de modo que não tive uma visão perfeita do carro. Talvez o Dodge pertencesse a outra pessoa.

– Doutora, está tudo bem com a senhora? – Ele estreita os olhos para mim. – Parece estar passando meio mal. – Ele ri consigo mesmo. – Mas a senhora saberia disso melhor do que eu, né?

– Com licença – consigo dizer.

Abro caminho entre as outras pessoas na fila dos doces de café da manhã e deixo Callahan para trás com uma expressão perplexa no rosto. Meu apetite, que já era pouco, evaporou.

Vou direto até a sala de descanso da cirurgia e acesso um dos computadores. Enquanto espero a máquina carregar meu perfil, não consigo parar de pensar no que Henry Callahan acabou de me dizer. Ele não estava dirigindo o Dodge azul. Não foi ele quem me seguiu. Foi outra pessoa.

E essa pessoa bateu o carro e foi trazida para este mesmo hospital em estado grave.

Uma vez logada no sistema de prontuários eletrônicos, a primeira coisa que faço é pesquisar Henry Callahan. Não fico surpresa ao ver que a história dele bate. Sua última internação no hospital foi ao ser submetido à cirurgia bem-sucedida de hérnia, cortesia da Dra. Nora Davis.

Fico encarando a tela do computador enquanto roo a unha do polegar. *Alguém* estava no carro que me seguiu. *Alguém* foi trazido para este hospital depois daquele acidente. Estava escrito no jornal.

Clico no registro do CTI de cirurgia. Se alguém tiver ficado em estado grave após um acidente de carro, o mais provável é ter ido parar ali. Carrego a lista de nomes na tela e a leio para ver se algum parece conhecido. Nenhum parece.

Então verifico mais uma coisa. Quem deu entrada no hospital na noite do acidente.

Só tem um nome.

William Bennett Jr., de 35 anos. Internado com politraumatismo na mesma noite em que o Dodge azul colidiu com aquela árvore. Está internado no leito doze do CTI de cirurgia.

O nome não me soa nem de longe familiar. Embora seja altamente antiético fazer isso, clico no prontuário dele. Leio o histórico e o exame clínico; meus olhos disparam pela página. Ele sofreu um acidente com veículo automotor, um carro em colisão com uma árvore. Sem envolvimento de bebida alcoólica. Fratura no úmero direito, na clavícula direita, no fêmur esquerdo, na tíbia e na fíbula esquerdas. Fratura de crânio com pequeno hematoma subdural. Várias costelas quebradas e um pneumotórax que exigiu entubação e causou falência respiratória, agora acrescida de uma pneumonia associada ao uso de ventilação mecânica. O cara está péssimo. Segue entubado. Pode não sobreviver.

Consulto meu relógio de pulso. Ainda tenho dez minutos antes de precisar voltar para a sala de cirurgia.

Preciso ver esse homem.

TRINTA E NOVE

O CTI cirúrgico do nosso hospital é uma unidade com vinte leitos, mas em geral apenas metade fica ocupada. Há alguns quartos privativos, mas a maior parte são leitos individuais separados apenas por cortinas abertas quase o tempo todo. Quando entro, tudo está em silêncio a não ser pelo som dos monitores bipando e dos ventiladores mecânicos deslocando ar.

Quando me detenho na porta, uma enfermeira de 20 e poucos anos usando pijama cirúrgico, touca cirúrgica verde e uma quantidade excessiva de rímel se aproxima de mim depressa. Eu a reconheço, mas como de costume o nome dela não me vem à cabeça na hora. Baixo os olhos para o crachá, que por sorte está virado do lado certo. *Meagan*.

– Oi, Dra. Davis! – entoa ela. – Veio visitar quem hoje?

Já tive pacientes no CTI de cirurgia em diversas ocasiões, mas no momento não tenho nenhum. O que me deixa com poucas desculpas para estar ali. E não posso contar a verdade para Meagan, afinal.

Quero dar uma olhada em William Bennett e ver se o reconheço.

Não, isso não vai colar. Felizmente, bolei uma desculpa quando estava subindo até aqui. E Meagan não tem motivo algum para duvidar dela.

– O Dr. Corey me pediu para olhar os pacientes dele que estão aqui – explico; ela sabe que Philip é meu sócio e que cobrimos os pacientes um do outro. – Mas é claro que se esqueceu de me dizer quem são.

Lanço um olhar cúmplice para ela. *Não é a cara do Dr. Corey? Pedir para alguém olhar seus pacientes e não fazer uma descrição adequada?* Ela abre um sorriso de empatia; tenho certeza de que já teve muitas interações com Philip.

– Enfim, será que você poderia olhar o registro no computador e me dizer quais pacientes são dele? – peço.

Meagan assente, ansiosa para ajudar. Como é uma jovem enfermeira, está disposta a fazer o que eu disser sem questionar o fato de eu poder com igual facilidade acessar um computador e descobrir eu mesma a informação.

Enquanto ela está acessando sua estação, olho para os números dos leitos pendurados no pé das camas. Nove, dez, onze...

Doze.

Consigo ver o leito doze de onde estou. Olho na direção de Meagan, ainda diante do computador. Ela não está prestando atenção em mim, e mesmo que estivesse não tem o menor motivo para ficar desconfiada. Eu me afasto do posto de enfermagem em direção ao leito doze.

O homem deitado ali está em mau estado. Tem hematomas ao redor de ambos os olhos e o tubo endotraqueal preso à boca, soprando ar para dentro de seus pulmões para mantê-lo vivo. O tornozelo esquerdo está envolto num gesso branco e o braço direito preso numa tipoia. Os olhos estão levemente entreabertos, mas é evidente que ele está sob forte sedação. Baixo os olhos para os cabelos pretos sebentos e para a curva do maxilar, coberta por uma barba por fazer escura.

Ele parece conhecido. Já vi esse homem antes.

Só não faço ideia de onde foi.

– Dra. Davis?

Dou um passo para longe do leito doze e olho para o outro lado de repente para Meagan não ver o que estou fazendo. Ela está de pé atrás de mim, me encarando com ar curioso.

– Ah – digo depressa. – Achei... achei que fosse esse o paciente do Dr. Corey. Ele me pareceu familiar.

Meagan me encara com um olhar estranho.

– Acabei de checar no computador, e o Dr. Corey no momento não está com nenhum paciente aqui na unidade.

Engulo em seco.

– Não?

Ela balança a cabeça.

– Não. Ele também não teve nenhum paciente aqui nas últimas semanas.

– É a cara dele. – Solto o que torço para soar como um suspiro exasperado e consulto meu relógio de pulso. Estou atrasada para minha cirurgia. – Melhor assim. Eu tinha que estar no centro cirúrgico cinco minutos atrás.

Sorrio para Meagan, que não retribui o sorriso. Mas não me importo com o que ela pensa. Meagan é o menor dos meus problemas. O homem deitado no leito doze me seguiu por duas noites consecutivas, e não faço ideia do porquê.

Ele não pode mais me machucar; sua vida está por um triz.

Mas ele não estava agindo sozinho.

QUARENTA

O fedor de carne putrefata ainda permeia meu carro enquanto dirijo do hospital para a clínica. Preciso fazer o caminho com todos os vidros abaixados, mas não faz diferença. Continua insuportável. Passo a maior parte do trajeto tentando não golfar. Com certeza, não vou comer um burrito dentro do carro tão cedo.

Tive o restante da manhã caótica após sair do CTI de cirurgia. Cheguei dez minutos atrasada no centro cirúrgico para minha operação, que acabou se prolongando mais do que o previsto. Passei o resto da manhã tentando correr atrás do tempo perdido. Mas foi impossível me concentrar como de costume.

Alguém estava me seguindo. Alguém plantou sangue no porão da minha casa. Alguém colocou a mão decepada de uma pessoa no porta-malas do meu carro.

E não faço ideia do porquê.

Quando paro no estacionamento anexo ao prédio, cogito deixar os vidros do carro abertos. Mas então me lembro de que, da última vez que estacionei ali, meus pneus foram rasgados. Não quero facilitar mais ainda as coisas para alguém ter acesso ao meu carro. Então os vidros precisam ser fechados. Hoje à noite volto a arejar o carro.

Quando subo até a sala de espera, antes mesmo de conseguir chegar ao balcão de recepção, uma mulher se levanta com um pulo para falar comigo. Parece familiar, mas levo alguns segundos para reconhecê-la.

– Sra. Kellogg – digo. – Como vai?

A mulher mais velha sorri para mim. O hematoma debaixo do olho esquerdo clareou desde a última vez que a vi, quando lhe passei o recado perguntando se ela estava bem. Ela parece ter tirado um peso das costas.

– Estou bem, Dra. Davis – responde ela. – Vim porque queria que a senhora soubesse que... bom, Arnold faleceu.

Sinto a boca seca de repente. Não é o tipo de notícia de que preciso agora.

– Foi mesmo?

– No começo da semana. – A voz dela é suave. – Morreu dormindo, em paz. Infartou.

Meus ombros desabam. Infarto. Um infarto tranquilo, dormindo. Ele não foi assassinado nem teve as mãos amputadas. Morreu o mais tranquilamente que se poderia esperar.

– Sinto muito.

– Pois é – diz ela com um suspiro. – Enfim, só queria lhe agradecer pelo atendimento excelente que a senhora deu a ele. É claro que o infarto não teve nada a ver com a cirurgia que ele fez. Foi só uma daquelas coincidências, sabe?

– Certo – murmuro.

Mas não consigo deixar de pensar que, com tudo o mais que vem acontecendo comigo, mesmo o fato de perder um paciente por algo sem absolutamente qualquer relação comigo ou com a cirurgia que ele fez não é uma coisa boa.

A Sra. Kellogg aperta minha mão, e então, no último segundo, me puxa para um abraço. Embora ela tenha dito não quando lhe perguntei, nunca acreditei que não fosse o marido que a tivesse deixado com aquele olho roxo. Aposto que ela está feliz com a morte dele.

Chego perto do balcão da clínica, onde Harper está entretida numa ligação. Os olhos dela se erguem depressa quando me vê, e ela me encara com preocupação. Assim que desliga, Harper fica de pé.

– Tudo bem, Dra. Davis?

Forço um sorriso.

– Tudo. Estou bem agora. Foi só uma virose passageira.

Suas sobrancelhas se unem, e ela pega um pote cheio de um líquido cor de âmbar e de macarrão pegajoso.

– Fiz uma canja de galinha com macarrão pra senhora...

– Obrigada, mas estou bem. Mesmo. – Hesito, querendo lhe perguntar algo, mas sem ter certeza se deveria. – Harper, você consegue fazer uma pesquisa na lista de pacientes?

– É claro que consigo.

– Mas com quais informações de referência?

Ela empunha o mouse e clica na tela.

– Os que a senhora quiser. Nome, número de prontuário...

– Consegue pesquisar por idade?

Ela franze os lábios.

– Idade?

– Tipo... – Esfrego as mãos subitamente suadas na calça do meu pijama cirúrgico. – Consegue pesquisar, digamos, todas as pacientes mulheres abaixo dos 30 anos?

– Consigo. – Harper me encara com uma expressão curiosa. – Acho que sim. Por quê?

Porque duas das minhas pacientes mulheres com menos de 30 anos foram assassinadas nas últimas semanas. E estou com medo de ainda vir mais coisa por aí.

A maioria dos meus pacientes é mais velha. Minha lista de pacientes jovens do sexo feminino não tem como ser muito comprida. Se eu ligasse para todas elas e de alguma forma conseguisse... sei lá. Imagino que fosse parecer que perdi o juízo caso avisasse a elas que suas vidas talvez estejam em perigo. Esse é o tipo de comportamento que poderia acabar custando meu registro. Poderia tentar entregar a lista para o investigador Barber, mas isso seria violação de privacidade. Então realmente não há muita coisa que eu possa fazer com essa lista.

– Deixa pra lá – balbucio.

– Dra. Davis, tem certeza que está tudo bem com a senhora?

– Tudo ótimo. Perfeito.

Eu me afasto depressa, aceitando com relutância a canja de Harper e a guardando na geladeira só para deixá-la feliz. Antes de conseguir chegar na sala de consulta, Sheila me intercepta no corredor. Ela me dá o braço e me encara com ar severo.

– Nora – diz ela. – Tudo bem com você?

– Ai, meu Deus do céu – reclamo com um grunhido. – Foi só uma virose. Eu tô bem.

Ela me encara bem nos olhos.

– Philip disse que você está com problemas jurídicos.

Minha mão direita se fecha.

– Ele te contou isso?

Ela assente.

– Ele só tá preocupado com você.

– Mas não cabia a ele contar pra todo mundo. – Sinto as bochechas arderem. – Além do mais, não é verdade.

Ela arqueia uma sobrancelha.

– Sério! – Ou, pelo menos, não vou ter problemas jurídicos a menos que alguém encontre resquícios de sangue no chão do porão da minha casa. Nesse caso, eu poderia ter alguns problemas. – Acredita em mim. Tá tudo bem. É que a semana está sendo puxada, só isso.

– Tá bem, então – diz Sheila. – Mas tem outra coisa sobre a qual é melhor eu te avisar. Desde que o Sonny saiu de cena, a Harper e o Philip estão ficando bem íntimos.

Faço uma careta.

– Que beleza.

– Conversei com ele sobre isso, e ele se fez de inocente, mas não acreditei. Com certeza, está dando em cima dela.

Não consigo nem lidar com isso agora. Se Philip quiser ser o tiozão tarado que fica dando em cima da recepcionista de 25 anos, eu simplesmente vou precisar deixar a coisa acontecer.

QUARENTA E UM

Harper deu o melhor de si para tentar remarcar todo mundo para semana que vem, mas mesmo assim fico com a impressão de ter um milhão de pacientes para atender hoje. Quando o último deles vai embora da sala de consulta, já são quase sete da noite.

Fico me sentindo culpada por isso, mas Harper insiste em ficar para me ajudar. Só que, depois de liberar o último paciente, eu saio para lhe dizer que vá para casa imediatamente. Até onde sei, ela tem uma prova importante nesse fim de semana e precisa estudar. Não quero que o meu drama seja o motivo para ela não entrar na faculdade de Medicina.

Quando chego na mesa de Harper, ela está arrumando suas coisas. Sorri para mim ao me ver.

– Já estava de saída, a menos que a senhora precise de mais alguma coisa.

– Meu Deus, não. Por favor, vá pra casa.

– Obrigada.

Fico observando Harper por um instante, e pela primeira vez me dou conta do quanto ela é bonita. Aqueles cabelos escuros compridos... E quando ela me olha, seus olhos são tão azuis...

Iguais aos de Shelby Gillis e Amber Swanson.

E Mandy Johansson.

Engulo em seco e olho para o relógio.

– Tá bem escuro lá fora. Quer que eu chame a segurança pra te acompanhar até seu carro?

– Não, não precisa.

– Sério, você não deveria sair sozinha. Não é seguro.

Harper morde a unha do polegar.

– Na verdade, eu não vou sair sozinha.

– Ah, não?

– O Philip está me esperando.

Sinto um peso na barriga. Ela o chamou de *Philip*. Que maravilha.

Como quem segue uma deixa, Philip surge dos fundos da clínica. Trocou o pijama cirúrgico por uma bela camisa e uma calça social, e está bonito de doer. Harper volta os olhos na direção dele, e posso ver que as pernas dela ficaram um pouquinho bambas.

Perfeito.

– Harper e eu vamos só sair pra tomar alguma coisinha rápida. – Philip sorri para mim. – Se quiser, pode vir conosco, Nora, se já estiver boa da virose.

Fico tentada a acompanhá-los, só para garantir que não haja nenhum rala e rola. Mas tenho trabalho demais para pôr em dia e vou receber o sujeito da empresa de segurança daqui a apenas uma hora. De modo que faço que não com a cabeça.

– Divirtam-se – balbucio.

Philip me dá uma piscadela.

– Pode deixar.

Por mais que me contrarie o fato de Philip estar saindo com Harper apesar de eu ter lhe dito *várias vezes* para não fazê-lo, pelo menos sei que ela está segura. Philip às vezes pode ser um babaca, mas não vai deixar nada acontecer com ela. Se estiver com ele, Harper não vai ficar zanzando pelas ruas à noite, totalmente sozinha. Ele vai fazer questão de acompanhá-la até a porta de casa.

Volto à minha sala para fazer a parte do meu trabalho de que menos gosto: preencher papelada. Há pilhas de papéis à minha espera. Aposto que cinquenta anos atrás os cirurgiões não precisavam dessa bobagem toda. Era só abrir as pessoas, resolver o problema, rabiscar uma anotação rápida dizendo algo como "apêndice extraído" e pronto. Agora se espera que documentemos *tudo*. É como se fosse um segundo emprego.

Conforme avanço pela documentação, eu me pego devaneando. Na maior parte do tempo, fico pensando na casa vazia para a qual vou voltar. Mesmo com o sistema de segurança instalado, isso me amedronta. Pela primeira vez na vida, não quero ficar sozinha.

E talvez não seja só por estar com medo.

Pego meu celular e fico encarando o contato de Brady. Nunca liguei para ele, pois, se fizesse isso, ele teria meu número. E isso abriria toda uma caixa de pandora. Mas, pensando bem, ele vem se mostrando mais cauteloso desde que fiz minha revelação. Talvez eu possa mandar uma mensagem de texto curta. Não que seja provável ele responder algum dia. Mas nunca se sabe.

Abro a caixa de texto. E escrevo: **Oi.**

Hesito por uma fração de segundo, então clico em enviar.

Por que estou fazendo isso? Por que estou incomodando Brady numa sexta-feira à noite quando ele basicamente me disse que não quer nada comigo? Por que é que, toda vez que me sinto péssima, meu primeiro instinto é procurá-lo?

E ele não está respondendo, o que não deveria ser nenhuma surpresa. Então pronto.

Só que nesse instante uma mensagem de texto surge na minha tela: **Nora?**

Ah, tá, ele não sabia quem era porque não tinha o meu número. Mas ele adivinhou rapidinho.

É, sou eu.

Meio que imagino que ele mais uma vez não vá responder, mas depois de três pontinhos ficarem piscando na tela pelo que parece um intervalo de tempo interminável, ele escreve de volta: **Está tudo bem?**

Está. É claro que não é verdade. Com certeza, nada está bem. Mas sinto que preciso me explicar. **Só queria que você soubesse que não sou igual ao meu pai. Espero que não pense isso. Ele é um monstro.**

Ontem, quando encarei os olhos do meu pai, da mesma cor que os meus, pude sentir a diferença entre nós. Ele é um assassino a sangue-frio. Mesmo depois de todos esses anos preso, não mudou. Eu não sou assim. Apesar do que ele me disse.

Há uma longa espera enquanto Brady digita. Prendo a respiração, imaginando o que ele vai dizer. Por fim, sua resposta surge na tela:

Eu sei.

Consulto meu relógio: preciso ir pra casa receber o cara da segurança; não deveria estar batendo papo com Brady. Deveria estar terminando o trabalho que tenho para fazer, mas agora é tarde para isso. Preciso ir para casa. Vou ter que concluir minha documentação hoje mais tarde, provavelmente na mesa da cozinha enquanto janto uma comida pronta.

Chego em casa poucos minutos depois das oito. Imagino que vou encontrar a van do cara da segurança à minha espera, mas não: a rua da minha casa está deserta.

Fico dentro do carro. Não quero nem entrar em casa antes de estar com o sistema de segurança instalado. Só Deus sabe o que vou encontrar lá dentro hoje.

Só que mais quinze minutos se passam sem qualquer sinal do homem que deveria vir instalar meu sistema de segurança. Recebi um e-mail de confirmação hoje mais cedo, então abro minha caixa de entrada para ver se me confundi em relação ao horário. Mas ao abri-lo encontro outra mensagem da empresa de segurança:

Lamentamos que a senhora tenha precisado remarcar seu atendimento! Esta mensagem é uma confirmação de que reagendamos seu atendimento para segunda-feira às 8h.

Fico encarando o e-mail com a cabeça girando. Será que é algum tipo de brincadeira? Eu não remarquei o atendimento! Por que faria uma coisa dessas se estava tão desesperada para o cara vir hoje à noite?

Tento ligar para o telefone da empresa, mas é claro que, como o expediente já encerrou, ninguém atende. Maravilha.

Olho para minha casa. Para as janelas escuras. Não quero entrar lá sozinha.

Então em vez disso abro o aplicativo de mensagens de texto. E escrevo uma para Brady: **Alguma chance de eu poder ir pra sua casa agora?**

A resposta dele chega quase na mesma hora:

Claro, pode vir.

QUARENTA E DOIS

Não sei bem o que estou esperando ao dirigir até o apartamento de Brady. Tudo que sei é que não quero ficar sozinha nesse momento. Não quando a pessoa que matou aquelas moças, seja lá quem for, é capaz de entrar na minha casa. Talvez Brady me deixe passar a noite com ele. Aí eu arrumo um hotel para o resto do fim de semana.

A questão não é só querer companhia: eu quero a companhia *dele*. Não estou ansiosa para ficar naquele apartamento minúsculo e apertado, mas toda vez que penso em subir na cama dele e passar a noite em seus braços me vem uma sensação boa. Melhor ainda do que um Old Fashioned.

Talvez eu esteja gostando de verdade desse cara. Não tem futuro nenhum, claro. Mas por enquanto posso curtir o sentimento.

Quando paro em frente à velha casa em mau estado da qual Brady aluga o primeiro andar, a proprietária, a Sra. Chelmsford, está como de costume na varanda, vestida com uma camisola comprida. Só que dessa vez não está sozinha. Aquela mulher de meia-idade da farmácia, a sobrinha, está conversando com ela. A Sra. Chelmsford está de pé, chorando e gritando algo que não consigo entender, tamanha sua histeria. Mesmo de onde estou, vejo os perdigotos voando de sua boca.

A última coisa que quero é me meter nessa confusão, mas, antes de eu conseguir dar a volta na casa e subir para o apartamento de Brady, a sobrinha já desceu correndo os degraus da frente e está vindo na minha direção. Dou um passo para trás, desejando poder voltar para o meu carro, ir embora e retornar depois. Mas agora é tarde.

– Olá. – A sobrinha da Sra. Chelmsford me abre um sorriso sem graça. – Sinto muito por essa confusão. Você é amiga do Brady, né?

– Sou – respondo, rígida.

– Viu só, tia Ruth! – diz a sobrinha em voz alta para a tia idosa. – Ela é amiga do Brady e está tudo bem com ela! Ele não está machucando ninguém lá dentro!

Mas a Sra. Chelmsford não parece disposta a aceitar nada disso. Continua parada na varanda, com os punhos esqueléticos cerrados.

– Eu sei o que escutei!

Respiro fundo.

– Como é?

A sobrinha solta o ar pelo nariz.

– Me desculpe, mesmo. Minha tia encasquetou com uma ideia maluca sobre o Brady. Fica insistindo que ouve gritos vindos do apartamento dele. Acho que ela está tendo alucinações à noite. Acontece com gente idosa.

Meu maxilar se retesa.

– Talvez ela não devesse mais morar sozinha.

– Talvez você tenha razão. – A sobrinha balança a cabeça. – Isso tudo é meio novo. Ela nunca ficou agitada assim com o último inquilino. Acho que a demência dela está piorando.

– Passo a noite inteira ouvindo gritos! – berra a Sra. Chelmsford da varanda. Seus cabelos brancos ficaram desgrenhados. – Ele está torturando alguém lá dentro! Alguma pobre moça.

De repente, sinto os joelhos fraquejarem. Só que não entendo por quê. A mente da Sra. Chelmsford está bastante comprometida. Já tive pacientes com demência, e eles inventam as fantasias mais improváveis. Nada do que ela diz pode ser levado a sério. E a sobrinha tampouco parece estar acreditando.

– Vai ver ela está ouvindo a filha do Brady – sugiro.

A sobrinha inclina a cabeça de lado.

– Como assim?

– Quer dizer, quando a filha do Brady vem visitar o pai ela deve fazer bastante barulho, e vai ver sua tia pensa que são gritos – explico.

Ela me encara com uma expressão estranha.

– O Brady não tem filha.

Ele... *Como é que é?*

– Enfim – diz a sobrinha. – Sinto muito mesmo pela gritaria. Vou levar minha tia pra dentro e ficar com ela até se acalmar. Não se preocupe... ela não vai voltar a incomodar você.

Enquanto fico olhando a sobrinha da Sra. Chelmsford tornar a subir os degraus da frente para ir convencer a tia a entrar de novo em casa, começo a sentir aos poucos um peso na barriga. *O Brady não tem filha.*

Então me ocorre de repente um certo número de coisas.

Brady surgiu na minha vida exatamente na mesma época em que os assassinatos começaram. Uma coincidência, ou assim pensei. Estava trabalhando como barman, embora, levando em conta suas competências em informática na faculdade e seu diploma, pareça improvável ele não conseguir arrumar um emprego no Vale do Silício.

Brady *devorava* filmes de terror quando estávamos na faculdade. Eu me lembro do fascínio no seu rosto quando via aquelas garotas serem assassinadas. Ele adorava aquilo tanto quanto eu. Admirava tanto meu pai que tinha dentro do armário uma máscara com o rosto de Aaron Nierling.

Aquele homem que me seguiu depois que saí do bar, o que sofreu o terrível acidente. Brady devia conhecê-lo e avisado a ele quando cheguei. Deve ter dito a ele para me seguir e descobrir onde eu morava.

A caneca com minhas digitais no apartamento de Shelby. Como teria sido fácil para Brady conseguir um copo com as minhas digitais depois de todos os drinques que me serviu.

Eu estava quebrando a cabeça para entender como alguém tinha entrado no meu carro e deixado aquela mão putrefata no meu porta-malas. Mas não tem mistério nenhum. Eu dei a chave do carro para Brady. Não teria sido muito fácil ele pôr a mão decepada no porta-malas?

E o quarto da "filha" dele... Trancado na primeira noite em que fui a seu apartamento. Será que aquilo tinha sido uma armação também? Para me fazer pensar que ele é um cara legal, pai de uma filha, quando na verdade aquele quarto é a masmorra dele? Foi muito conveniente a história sobre no carro dele não ter cadeirinha. E estou vendo o carro dele agora mesmo, *ainda* sem cadeirinha.

O Brady não tem filha.

Ai, meu Deus, Brady me enganou. E aqui estou eu, caindo direitinho no colo dele. Exatamente onde ele quer que eu esteja.

Preciso dar o fora daqui.

– Nora?

Meu coração dá um pulo quando ouço o som da voz de Brady. Uma expressão de medo toma conta do semblante da proprietária e ela volta depressa para dentro de casa, seguida de perto pela sobrinha, e a porta bate atrás das duas. Brady está dando a volta na casa com os pés sem meias calçados num par de tênis e um casaco aberto por cima da camiseta.

E eu estou sozinha nessa rua vazia.

– Oi. – Recuo um passo. – Aí está você.

Ele ergue as sobrancelhas.

– Tá tudo bem? Achei que você fosse tocar minha campainha. Eu moro lá atrás… você sabe.

– Certo. – Dou outro passo para trás e bato no capô do meu carro. – Na verdade, acho que no fim das contas não vou ficar na sua casa.

A expressão de Brady desmorona enquanto ele vai chegando mais perto.

– Não?

– Não. Eu… acho que vou pra casa e pronto.

– Bom, isso é bem decepcionante. – Ele inclina a cabeça de lado. – Tem certeza que você tá bem? Está esquisita.

– Eu… eu tô bem – gaguejo.

Ele avança um passo na minha direção, e meu coração dispara dentro do peito.

– Por que não sobe só um instante? Eu te sirvo um copo d'água.

Ele agora está muito perto de mim. Se eu tentar dar a volta no carro correndo para entrar, seria fácil me agarrar. Numa situação assim, eu torceria para a proprietária enxerida ou algum vizinho chamar a polícia, mas não tenho certeza de que eles fariam isso. O que sei é que, se ele tocar em mim, vou me esgoelar de tanto gritar. Não vou me render sem luta.

– Nora. – A mão dele agora está no meu ombro. – Vem. Sobe. Só por uns minutos.

Ele está torturando alguém lá dentro. Alguma pobre moça.

Conto até três na minha cabeça, e então, com todas as forças que tenho, empurro-o para longe de mim. Ele cambaleia para trás, com os olhos castanhos arregalados.

– Nora, qual é?

– Fica longe de mim! – berro. – Senão eu chamo a polícia!

– Polícia? Que papo é *esse*? Foi *você* quem me pediu pra vir aqui!

Aperto o botão da chave do carro para destrancar a porta. Brady, recuperado do empurrão, está dando a volta no carro. Eu deveria ter lhe dado um chute no saco. Bom, não é tarde para isso.

– Nora! – grita ele. – Pelo amor de Deus, Nora! Que porcaria tá acontecendo com você?

Abro a porta do carro com um puxão. Ele tenta segurar meu braço, mas eu me desvencilho com violência. Bato a porta do carro e ativo as trancas. Só quando o carro está trancado é que consigo voltar a respirar.

– Nora! – Ele fica esmurrando o vidro com o punho fechado. – Qual é!

Quando dou a partida, ele percebe que estou falando sério. Recua para longe do carro, e eu vou embora, deixando-o para trás na poeira.

QUARENTA E TRÊS

Foi Brady. Brady quem me encontrou depois de todos esses anos. Brady quem matou aquelas moças e depois ficou me provocando, tentando me incriminar por tudo. Sabe-se lá como, ele entendeu sozinho quem eu era e entrou em contato com meu pai.

Meu pai sempre quis ter um protegido. Sempre se mostrou decepcionado por essa pessoa não poder ser eu. Pelo visto, ele finalmente encontrou alguém.

Enquanto estou dirigindo de volta para casa, fico tentando resolver o que fazer agora. Deveria entrar em contato com o investigador Barber. Contar a ele o que sei. Talvez deixe de fora a parte sobre os restos mortais no meu porta-malas. Só que sem isso minhas provas são decididamente fracas. Será que ele acreditaria em mim? O máximo que vai fazer é questionar Brady, que vai agir, é claro, como se fosse totalmente inocente. Ele é um excelente mentiroso.

Meu Deus do céu, o que eu vou fazer?

Passo o trajeto inteiro olhando pelo retrovisor para me certificar de que Brady não esteja me seguindo. Ele não precisa me seguir, claro. Sabe exatamente onde moro. Sabia antes mesmo de eu mostrar. Eu me lembro de como fingiu não saber meu endereço naquele dia em que me levou em casa depois de rasgar meus pneus. Que conveniente ele ter aparecido bem no momento certo.

Uau, como ele planejou tudo tão bem. Estou quase impressionada. Ele me enganou direitinho.

Chegou a me fazer pensar que gostava de mim.

Enfim, na minha casa eu não posso ficar. Não sem o tal sistema de segurança instalado. Eu ficaria vulnerável demais. Vou passar em casa, fazer uma mochila, depois seguir para um hotel e passar o fim de semana. E assim que estiver segura, vou ligar para o investigador e descobrir exatamente como convencê-lo do que sei ser a verdade. Está na hora de contar tudo para Barber. Preciso limpar meu nome e me certificar de que o monstro responsável por matar aquelas moças vá parar atrás das grades.

Reluto em entrar pela garagem escura, de modo que estaciono na rua e entro em casa pela porta da frente. A primeira coisa que faço depois de entrar é passar o trinco na porta. Também escoro a maçaneta da porta dos fundos com uma cadeira. Não sei se isso basta para impedi-lo de entrar, mas vai ter que servir. Não vou passar muito tempo aqui. E, no mesmo segundo em que escutar algo suspeito, vou ligar para a polícia. Ele vai me fazer um favor se tentar entrar aqui à força.

Minha barriga ronca bem alto. Quando foi a última vez que comi alguma coisa? Estou faminta, e praticamente não tem nada para comer na geladeira. Tudo que tenho é aquela canja ridícula que Harper preparou para mim dentro da bolsa. Por milagre, o pote não vazou, então ponho a sopa no micro-ondas. Aqueço-a por dois minutos e começo a tomar. Não é exatamente um jantar nutritivo, mas é melhor do que nada.

Depois de eu ter tomado algumas colheradas de sopa, uma mensagem de Brady aparece no meu celular: **Por que está tão chateada? Está tudo bem?**

Olho rapidamente para a cadeira escorando a maçaneta dos fundos. Torço para estar firme. Se ao menos o cara da segurança tivesse vindo... A esta altura, eu estaria trancada em segurança. Mas Brady deve ter cancelado meu atendimento, claro.

Mas o que não entendo é como ele sabia que eu tinha esse atendimento marcado. Como soube para onde ligar para desmarcar? A única pessoa que sabia que eu tinha esse atendimento marcado era...

Philip.

Engulo com força uma colherada de sopa, com uma sensação desagradável no estômago vazio. Philip é o único que sabia desse atendimento marcado. E ele também tinha acesso a outra informação que Brady desconhecia: podia pesquisar minha lista de pacientes. Com alguns cliques do mouse, era capaz de descobrir todas as minhas pacientes mulheres da faixa etária certa.

Então me ocorre mais uma coisa:

A caneca que sumiu lá na clínica... será que foi a mesma que acabou indo parar no apartamento de Shelby Gillis?

Afasto o pote de sopa, já sem fome nenhuma. Philip. Ai, meu Deus. Será possível? Eu o conheço há tantos anos... Tenho respeito por ele. Ele nunca, jamais...

Será?

Depois de eu terminar minha residência, ele me procurou. Philip me encontrou depois de todos aqueles anos e deu o melhor de si para me convencer a integrar sua clínica. Parecia disposto a me fazer qualquer proposta. Fiquei lisonjeada, levando em conta que nem tinha certeza se ele se lembrava de mim. Ele falou que tinha ouvido coisas boas a meu respeito. Mas talvez esse não fosse o único motivo pelo qual me queria na sua clínica.

Enquanto fecho os olhos, me lembro do jeito como Philip estava encarando Harper quando os dois saíram da clínica. Harper, com seus cabelos escuros compridos e olhos azuis. Pensei que ela estaria segura com ele. Que ele fosse protegê-la.

Ai, não.

Tenho quase a sensação de estar sufocando. Harper precisa estar bem. Philip não iria machucá-la. Não acredito que ele faria isso. Não consigo acreditar. Eu o *conheço*.

Estendo a mão para o celular e clico no número de Harper. A chamada cai direto na caixa postal. Em seguida, tento o número de Philip.

Por favor atende. Por favor.

Caixa postal também. Nenhum dos dois está atendendo. Pode haver um milhão de explicações para isso, claro. Eles podem estar num bar cheio, onde não conseguem ouvir o celular. Podem estar transando. Torço muito, muito mesmo, para eles estarem transando agora.

Foi Brady quem matou aquelas mulheres. É Brady quem vem me atormentando. Tenho certeza. Faz sentido ser Brady.

Pego o celular outra vez e pesquiso o nome "Brady Mitchell". O perfil dele no Facebook torna a aparecer, só que dessa vez há uma solicitação de amizade dele à minha espera. Clico em aceitar, o perfil dele se abre e...

Ai, meu Deus.

Eu me enganei. Me enganei completamente. Brady não é o tipo de psicopata solitário que andava me perseguindo, com certeza não. Ele definitivamente tem uma filha. Há várias fotos dele com a menininha fofa que me mostrou no celular. Fotos dele sorrindo para a câmera com ela e os pais num parque qualquer. Uma festa de 5 anos com uma dúzia de crianças pequenas. Ninguém teria como falsificar essas fotos. A proprietária dele é maluca, exatamente como ele falou.

Brady é real. Aquele quarto trancado era mesmo o quarto da filha dele, não um quarto de tortura. O que significa que...

Fecho o Facebook e ligo para Harper de novo. Não sei bem o que vou dizer se conseguir falar com ela. *Pode ser que o cara com quem você está seja um psicopata. Pode ser que você queira ir pra casa mais cedo.* Ela vai achar que enlouqueci. Mas preciso tentar. Pelo menos quero ouvir sua voz e saber que ela está bem.

Só que ninguém atende.

Que se dane. Vou até o apartamento de Harper para ver se ela está bem. Se não a encontrar lá, vou acampar em frente à casa de Philip.

Fico de pé e pego a bolsa. Destranco a porta da frente e estou a ponto de sair quando ouço uma pancada vinda do porão.

A gata.

Eu a tranquei no porão hoje de manhã, com a caixa de areia improvisada e a tigela de comida. Ela não parece querer ir embora da minha casa, mas pelo menos desceu para o porão. Se quiser morar lá embaixo, tudo bem. Podemos coexistir dentro desta casa.

Enfim, seria bom alimentá-la antes de sair. E quem sabe deixar um pouco de comida para o fim de semana, já que vou ficar fora. Não sei qual o protocolo para deixar um animal sozinho quando se passa alguns dias fora. Não quero que a coitadinha morra de fome. Talvez eu devesse olhar no Google o que fazer.

Encho os bolsos com latas de comida que peguei do armário. Vou abrir uma para ela agora, depois mais umas duas. Estou preocupada que ela faça uma bagunça lá embaixo, mas não tem muito o que fazer em relação a isso. Lido com a questão na segunda-feira. Esse é o menor dos meus problemas.

Quando giro a maçaneta da porta do porão, meus dedos congelam. Pensei ter trancado a porta depois de pôr a gata lá embaixo. Tinha *certeza*. Mas agora a maçaneta gira com facilidade sob minha mão.

Vai ver não tranquei... Não é impossível eu ter esquecido. Ando com a cabeça cheia...

Giro a maçaneta até abrir a porta, empurrando-a. Além de esquecer de trancá-la, pelo visto também deixei a luz lá de baixo acesa. A única lâmpada pisca no teto, e a luz mal me permite ver alguma coisa. Com certeza, não o suficiente para distinguir uma gata preta escondida nas sombras.

Começo a descer a escada, que range sob meu peso.

– Gata?

Eu provavelmente deveria pôr um nome nela, sei lá. Quem sabe outra hora.

– Gata? – chamo mais uma vez.

É só quando chego ao último degrau que ouço um ruído. Esperava ouvir um miado, mas isso é outra coisa. Não é um som felino. É um som humano. Um gemido baixo e terrível.

Olho para minha esquerda, atrás da escada, e em meio à escuridão consigo distinguir com dificuldade um corpo amarrado numa cadeira de madeira. Um corpo coberto de sangue que escorreu ao redor da cadeira até formar uma poça considerável no chão. Levo a mão à boca e sinto os joelhos tremerem sob o peso do meu corpo, sem conseguir entender o que estou vendo. Tenho apenas uma vaga consciência da pistola apontada para o meu peito.

Deveria ter chamado a polícia quando tive a chance. Agora é tarde demais.

QUARENTA E QUATRO

26 anos atrás

Marjorie está outra vez de costas para nós no refeitório. A essa altura, seria de se esperar que ela não fizesse mais isso.

Não trocamos uma única palavra hoje. Ela nem olhou para mim ao entrar na sala de aula pela manhã, como se o que aconteceu ontem tivesse sido apagado da sua memória. Provavelmente é uma boa coisa.

– Que cabelo mais nojento – comenta Tiffany. – Será que ela lava de vez em quando?

Segue-se um debate sobre se Marjorie lava ou não o cabelo. O cabelo dela me pareceu bastante limpo quando estávamos caminhando juntas.

Tiffany tira o canudo da sua bebida e começa a formar uma nova bolinha de cuspe com um pedacinho de guardanapo.

– Aposto com vocês que se eu jogar outra bolinha no cabelo dela vai ficar a tarde inteira grudada lá – diz ela. – Quem sabe a semana todinha!

Eu a observo pôr o guardanapo na boca para umedecê-lo.

– Ei – digo.

Ela sorri para mim.

– Quer fazer as honras, Nora?

Não sorrio de volta.

– Acho que você deveria deixar a Marjorie em paz. Já chega disso.

– Sério? – Tiffany revira os olhos. – A Marjorie total merece. Ela é supernojenta.

– Não merece, nada. – Cruzo os braços. – Isso que você tá fazendo é muito cruel. Você precisa parar com isso.

– Ah, é? – Os olhos incrivelmente verdes de Tiffany encaram os meus do outro lado da mesa. – Senão o quê?

– Senão você vai se arrepender – respondo baixinho.

Tiffany e eu passamos um bom minuto apenas nos encarando. É o confronto final para ver quem pisca primeiro. Ela perde.

– Tudo bem. – Ela torna a jogar o canudo na bandeja. – Que se dane. Já tá mesmo perdendo a graça zoar a Marjorie. É fácil demais.

Torço para o bullying parar por aí. Torço para depois desse dia essas meninas pararem de uma vez por todas de encarnar na Marjorie. Só que nunca vou descobrir. Porque nesse exato instante o alto-falante berra:

– Nora Nierling, favor comparecer à sala da direção!

As outras meninas dão risadinhas e fazem "iiiih". Pego minha bandeja e a levo até a lixeira para jogar fora os restos do almoço. Sei que não vou voltar.

Chegando na sala da direção, paro por alguns segundos diante da porta. Assim que eu entrar ali, minha vida inteira vai ser diferente. Não há nada que eu possa fazer em relação a isso, mas só quero esperar mais um pouquinho e me agarrar à minha antiga vida um tantinho mais.

Quando entro na sala, a diretora O'Leary está sentada à mesa. Deve fazer mais ou menos um zilhão de anos que ela é a diretora da escola, e eu poderia apostar que essa situação específica nunca surgiu antes. Além disso, há um policial ao lado dela. Ambos exibem o mesmo cenho franzido. O tipo de expressão que os adultos exibem quando precisam dar alguma notícia muito ruim.

Nora, os seus pais morreram num acidente de carro horrível.

Nora, a sua casa foi destruída por um incêndio.

Nora, tem um meteoro vindo em direção à Terra, e resta apenas cerca de uma hora de vida a todos nós.

– Nora – diz a diretora O'Leary. – O agente Varallo gostaria de dar uma palavrinha com você. Pode se sentar?

Eu me sento na pequena cadeira de madeira em frente à mesa da diretora. É a primeira vez que me sento ali. Nunca me meti em nenhum tipo de encrenca durante meus anos de ensino fundamental.

Olho para o policial, que está usando um uniforme azul com um distintivo no peito. Ao contrário da diretora, ele parece muito jovem. Tipo, mais novo do que meus pais ou qualquer um dos meus professores. Imagino que tenham lhe empurrado o trabalho de vir falar comigo.

– Nora – diz ele. – Infelizmente, os seus pais estão com alguns problemas.

– Que problemas? – pergunto.

– Eles... – O policial coça o pescoço. – Infelizmente, tivemos que levar os dois presos. E pode ser que demore um tempo para eles saírem.

– Sua avó vai vir buscar você – diz depressa a diretora O'Leary.

Baixo os olhos para minhas mãos. As unhas estão roídas quase até o sabugo. Eu nem me lembro de tê-las roído. Sempre tive unhas bonitas.

– Nora? – diz a diretora O'Leary. – Tudo bem com você, meu bem?

– Tudo – respondo.

A diretora está me encarando com um olhar estranho. Deve estar pensando que eu deveria estar mais abalada do que estou. Ou perguntando por que meus pais foram presos. Uma criança normal não faria perguntas? Então não devo ser uma criança normal. Ela já está me psicanalisando. *A filha daquele monstro também não tem coração. Ela nem chorou ao saber do que tinha acontecido! Ficou apenas parada ali, sentada, como se nem ligasse.*

Não é culpa minha eu não ser igual a todo mundo. Mas isso não significa que eu seja igual a *ele*.

– Nora, tem certeza de que você está bem? – insiste a diretora.

Dou um pigarro, tentando reunir coragem para fazer a pergunta em que passei a manhã inteira pensando. Preciso fazê-la. Não consigo parar de pensar naquele olho azul assustado me encarando. Eu preciso saber.

– Mandy Johansson ainda está viva? – disparo.

O agente Varallo parece espantado com a pergunta. Decerto é a última coisa que ele achava que eu fosse querer saber. Ele coça o pescoço de novo e olha para o chão.

– Não – responde.
Ela está morta. Cheguei tarde demais.
É aí que começo a chorar.

QUARENTA E CINCO

Dias de hoje

– Nora...

A voz parece estar vindo de muito longe. Tudo em que consigo focar é no corpo de Philip, amarrado na cadeira com uma corda. Ele está caído para a frente, desacordado. Ou morto. Mas não, eu escutei aquele gemido. Ele deve estar vivo.

Além disso, sua mão esquerda foi decepada.

– Nora...

Não sei como, consigo desviar os olhos daquilo que está na minha frente. Desvio o olhar, e ali está ela. Não largada morta em algum lugar. Não amarrada nem sangrando. Ela está *bem*. Melhor do que bem. Está com uma arma em punho, apontando-a para mim.

– Harper – digo. Tenho a sensação de estar sufocando. – O que você está fazendo?

Harper ri. Os olhos dela são muito azuis, mas nesse momento parecem muito escuros.

– O que você acha que estou fazendo? Tá bem óbvio, não?

– Mas... – Minha cabeça está girando. Uma tontura me domina, e por alguns instantes sinto que minhas pernas podem fraquejar. É preciso toda a minha força para me manter em pé. – Achei que você gostasse do Philip...

– *Gostar* dele? – Ela me lança um olhar de desprezo. – Por favor. O Philip é um babaca arrogante. O único homem de quem eu gosto, o único de quem já gostei, é o Sonny. E você deu um jeito nele, não foi?

– Dei um jeito ne... – Balanço a cabeça, o que me deixa mais tonta ainda. – Do que você tá falando? Eu mal conheço o Sonny.

Ela sacode a pistola na minha direção.

– O Sonny está no CTI por sua culpa! Por que acha que eu estava chorando naquele dia? Ele *nunca* teria terminado comigo. Estava tentando me *ajudar*. Pedi pra ele manter você ocupada pra eu poder entrar na sua casa.

Então me lembro de um pequeno detalhe que Harper mencionou em relação ao namorado: ele tinha o mesmo nome do pai. Sendo assim, para evitar confusão, todo mundo o chamava de Sonny.

O nome do homem internado no CTI era William Bennet *Jr*.

Pisco surpresa para ela, me adaptando à escuridão.

– Mas... não estou entendendo. Por quê?

– Por quê? – repete ela num tom zombeteiro. – Você ainda não sabe por quê?

Abro a boca, mas nenhum som sai.

– Pra falar a verdade, eu não esperava que você descesse aqui – diz ela. – Imaginava que fosse acabar com este aqui... – Ela chuta a perna de Philip com a bota de salto alto, e ele deixa escapar um gemido baixo em seu estado de consciência alterada. – E depois deixar uma dicazinha pra polícia avisando o que tinha no seu porão. Não foi isso que você fez com seu querido pai?

Tem um bolo na minha garganta que está dificultando minha respiração.

– Como é que você sabe disso?

A polícia me prometeu que ninguém iria saber. Prometeram dizer que tinha sido uma denúncia anônima. Eu não queria que meu pai soubesse que eu tinha avisado à polícia sobre sua pequena oficina no porão. Queria tentar salvar Mandy Johansson. Mas cheguei tarde demais. Quando a polícia apareceu, ela já estava morta.

Eu fracassei.

– Ele me contou – sibila Harper. – Acha que ele não sabia o que você fez? Ele confiou em você, e você *traiu* ele. Ele sabia. E nunca vai esquecer.

Estendo a mão para me segurar em alguma coisa, para não desabar, mas minha mão encontra apenas ar.

– Quem sabia? Quem te contou?

Ela pisca para mim.

– O nosso pai.

– O no... – Balanço a cabeça, mas não foi a coisa certa a fazer. De repente, fico tão tonta que caio ajoelhada no chão. – Ai, meu Deus.

Harper se inclina ao meu lado com um sorriso no rosto. Abaixa de leve a pistola, provavelmente por não me considerar uma ameaça.

– Estou vendo que tomou a sopa que eu fiz pra você. Não tinha certeza se iria tomar. Isso vai tornar as coisas *bem* mais fáceis pra mim.

A sopa. Ela deve ter posto alguma coisa na sopa. Não é de se espantar que eu esteja me sentindo tão mal assim de repente. Por algum motivo, saber disso faz com que eu me sinta melhor, saber que há um motivo para a minha tontura. Mobilizo meus últimos resquícios de força e torno a me levantar.

– Do que você está falando, Harper? Por que está chamando aquele homem de "nosso pai"?

Ela parece achar graça.

– Porque ele é. Nosso pai. Seu e meu.

– Eu... eu não tenho irmã.

Meu pai não poderia ter engravidado ninguém na prisão, poderia?

– Ah, mas é claro que tem. – Ela sorri para mim. – Acho que nunca te contaram que a nossa mãe estava grávida de cinco meses quando você chamou a polícia pra prender nosso pai. Foi por isso que ela se matou, sabia? Depois que descobriu a verdade, não quis mais parir nenhum filho dele. Só que, para azar dela, eu sobrevivi. E ela não.

Inspiro com um arquejo. Minha mãe sempre foi acima do peso. Será que parecia mais gorda naquela época? Eu não me lembro. É possível. Tenho a vívida lembrança de ela ter vomitado quando me pegou assistindo à notícia sobre Mandy Johansson na televisão. Será que tinha sido um enjoo matinal?

Mas, se ela estava grávida, por que não me contou? Eu tinha 11 anos. Idade suficiente para saber de uma coisa dessas.

Será que ela tinha medo de mim?

– Nossa avó se recusou a me criar como fez com você. – Ela abre um sorriso cruel. – Quis fingir que eu não existia. Então fui adotada. Uma adoção sigilosa, na qual eu nunca deveria saber quem eram meus verdadeiros pais. Mas eu descobri. – Ela me dá uma piscadela. – Sou muito esperta.

Não cai no chão de novo. Fica de pé, Nora. É sua única chance.

– E foi assim que conheci nosso pai – prossegue ela. – Fui ao presídio fazer uma visita, e ele me contou tudo. Tivemos uma conexão de verdade. Foi como encontrar a peça que faltava no quebra-cabeça. E devo dizer que sou uma filha *muito* melhor do que você. Eu jamais faria o que você fez. Você é uma traidora. Ele me contou que te escreveu toda semana, e você nunca sequer foi visitá-lo.

– Porque ele é uma pessoa ruim! – cuspo para ela. – Ele matou trinta mulheres! Amarrou essas mulheres e fez coisas horrorosas com elas!

– Foi. – O sorriso perturbador continua nos lábios dela. – Ele fez isso, mesmo. Ele me ensinou tanta coisa… Por exemplo, sabia que um facão kukri é capaz de cortar osso sem problemas? – Ela meneia a cabeça para o braço esquerdo de Philip, que pende sem vida na lateral da cadeira. – Ele não vai ficar muito feliz com isso quando acordar.

Tapo a boca e sinto uma nova onda de tontura.

– Você não precisa fazer isso.

– Mas eu quero fazer. – Os olhos azuis de Harper estão cravados nos meus. – Tudo vem conduzindo a esse momento. Eu encontrei você e arrumei um emprego trabalhando pra você, assim podia te ver todo dia. A grande e importante cirurgiã. Que salvava vidas, embora eu saiba o que você queria fazer de verdade com aquelas pessoas. Pelo menos, nosso pai e eu assumimos o que somos.

– Você é perturbada – consigo dizer.

Ela sorri com ironia.

– Engraçado, porque é isso que vão dizer de você quando encontrarem tudo isso aqui. – Ela acena para o espaço do porão com a mão livre. – Essa masmorra que você construiu, igualzinha à do seu pai, onde a polícia vai descobrir que você manteve presas tanto Amber quanto

Shelby antes de elas morrerem. E você tornou tudo tão *fácil*. A cópia da chave de casa e do carro ficavam logo ali, na gaveta da sua mesa na clínica. Se bem que dei sorte de Philip dar com a língua nos dentes sobre você ter contratado uma empresa de segurança pra vir aqui hoje. Isso teria realmente estragado meus planos.

Harper é uma pessoa ruim. Tão ruim quanto nosso pai. Não consigo acreditar que apenas quinze minutos atrás eu estava preocupada achando que a vida dela estivesse em perigo. Mais do que preocupada, apavorada. Como ela tem olhos azuis e cabelos escuros, acreditei que seria um alvo.

Mas agora tudo faz sentido. O motivo pelo qual Harper tem olhos azuis e cabelos escuros é porque meu pai adora olhos azuis e cabelos escuros, e Harper herdou isso da nossa *mãe*. Isso nunca sequer me ocorreu, mas ela se parece bastante com nossa mãe quando jovem. Inclusive nas covinhas.

Sempre culpei minha mãe por se matar e me abandonar. Mas agora entendo por que ela sentiu que precisava fazer isso.

– Sabe o mais triste? – diz Harper. – Você ter passado a vida inteira se impedindo de seguir seus instintos naturais. Vejo isso nos seus olhos. E agora vai ser presa por isso mesmo assim. Que ironia, não?

Sorvo uma inspiração lenta e controlada, afastando a sensação de tontura.

– Quem disse que eu nunca segui meus instintos naturais?

Ela bufa.

– Ah, vai. Você é uma menina boazinha.

– Tá. É o que todo mundo acha, né? – Faço um gesto para indicar o outro extremo do porão. – Você nunca deu uma olhada por aqui, deu?

Ela estreita os olhos para mim.

– Do que você tá falando?

– Nunca viu o que eu guardo naquele caixote ali. – Meneio a cabeça para o caixote de madeira encostado no canto atrás dela. – Se tivesse visto, não estaria dizendo essas coisas sobre mim.

Encaro seus olhos azuis. Mais uma disputa para ver quem pisca primeiro, minha especialidade. Harper é a primeira a desviar os olhos dos meus para olhar na direção do caixote.

– O que tem ali dentro?

– Por que não vai lá dar uma olhada?

Ela cerra os dentes.

– Por que você não me conta?

– Restos mortais – digo.

Um sorriso curioso surge nos lábios dela.

– Restos mortais?

Dou de ombros com modéstia.

– Acho que fiz um bom trabalho na preservação deles. Me inspirei no que meu pai fazia. *Nosso* pai. – Ergo as sobrancelhas para ela. – Que pena você nunca ter me contado quem era. A gente poderia ter se divertido juntas.

Harper agora está olhando para o caixote. A curiosidade está levando a melhor. Ela dá um passo para trás, com a pistola ainda em riste.

– Claro que não consegui deixar tudo perfeito – digo. – Os ossos ficaram um pouco frágeis com os anos. Talvez você possa me dar algumas dicas.

– O que você usa? – pergunta ela.

– Ácido pra tirar a pele. Água sanitária pra preservar os ossos.

Ela aquiesce com aprovação. Dá mais um passo para trás e pousa a mão esquerda na lateral do caixote. Começa a levantar a tampa. Sei que tenho apenas alguns segundos antes de ela perceber que o caixote não tem nada além de uns cinquenta rolos de papel higiênico extramacio. Essa é a minha chance.

Pulo em cima dela.

Ela cai para trás, e ouço um estalo satisfatório quando sua cabeça bate no caixote. Posso estar drogada, mas Harper não é tão fisicamente imponente quanto meu pai. Tenho uma chance de derrubá-la. Pelo menos, preciso tentar.

Mas embora não seja tão grande quanto nosso pai, ela é *forte*. Surpreendentemente forte. Apesar de eu começar com vantagem, ela luta como se estivesse possuída. Eu ainda poderia ter conseguido sobrepujá-la, mas o que quer que esteja circulando na minha corrente sanguínea está tornando difícil lutar. Ondas de tontura submergem em mim, e começo a ter a sensação de que meus membros estão se movendo num mar de melado. Depois de um minuto lutando, ela me imobiliza no chão, com o joelho cravado no meu peito. Não parece humanamente possível eu algum dia conseguir voltar a me levantar.

– Bela tentativa – elogia ela com sarcasmo. – Você tem mais gana do que pensei. Que bom que vai perder os sentidos daqui a alguns poucos minutos.

Não faço ideia do que ela pôs naquela sopa, mas está começando a bater com força. Apesar da onda de adrenalina, tenho dificuldade de me manter consciente. É isso. Ela me derrotou. Não consegui salvar Mandy Johansson do meu pai e não consigo salvar a mim mesma de Harper.

É o fim.

Mas então escuto um sibilo. Um segundo depois, Harper grita e a pressão sobre meu corpo diminui. Por um instante, não faço ideia do que está acontecendo. Então vejo de relance o pelo preto. É a *gata*. A gata atacou Harper.

É minha única chance. Eu me levanto do chão com dificuldade e me jogo em cima dela. Dessa vez, a pistola escapa da sua mão direita. A arma sai deslizando pelo chão do porão enquanto apoio todo o meu peso sobre ela. Encaixo o joelho abaixo do pescoço e fecho as mãos em volta dos pulsos. Ela gorgoleja ao tentar respirar.

Vejo seu rosto aos poucos começar a ficar roxo. E não alivio a pressão.

– O que está acontecendo aqui?

Ao contrário de Harper, não movo meu corpo sequer um milímetro de cima dela ao ouvir a distração. Como cirurgiã, tenho uma concentração excelente. Só que com tudo que está acontecendo não tinha notado outra pessoa entrar no porão. Pisco no recinto escuro, e um segundo depois Brady entra em foco.

Ele leva alguns segundos para entender o que está acontecendo. Quando vê Philip na cadeira com a mão decepada, seu rosto fica pálido. Ele podia gostar de filmes de terror *slasher*, mas na vida real é diferente. Sei disso, mas ele talvez não soubesse.

– Meu Deus do céu – fala ele com um arquejo.

Ele inspira fundo umas duas vezes, obviamente tentando não pôr o almoço para fora.

– Brady...

Agora estou me dando conta do que essa cena pode dar a entender. Está tudo exatamente do jeito que Harper queria que estivesse. Há um homem amarrado numa cadeira no porão da minha casa sem uma das mãos, e eu estou no chão esganando uma moça.

Brady vê a pistola no chão e a pega. Pelo jeito atabalhoado com que a segura, tenho a sensação de que nunca pegou numa arma na vida, mas creio que seja capaz de atirar se quiser.

E ele então aponta a arma para mim.

– Levanta – ordena.

Faço o que ele diz. Mas o que quer que Harper tenha me dado está batendo para valer. Sinto que minhas pernas não conseguem mais me sustentar direito. Preciso de três tentativas para ficar em pé.

– Graças a Deus você apareceu! – Harper está agora tossindo e soluçando enquanto segura a própria garganta. – Ela é louca! Ia matar nós dois!

Ela soa tão crível... Brady já tinha suas dúvidas em relação a mim. Vai pensar que era eu quem estava mantendo Harper e Philip nesse porão. É isso que vai dizer à polícia quando eles chegarem.

– Brady. – Minha voz treme, acho que minha fala talvez esteja arrastada. Nem consigo mais saber direito. – Foi ela quem fez isso. Ela amarrou ele aqui embaixo e... me *drogou*. – Minha voz falha. – Você precisa acreditar em mim. Você me conhece. Eu nunca...

Vejo a hesitação no rosto dele. Tem muito mais coisa que eu queria dizer, mas não sei se existe alguma chance de ele acreditar em mim. E meu cérebro parece uma gelatina. Quero seguir lutando, mas não sei se sou capaz.

Só que Brady então vira a pistola e a aponta para Harper.

– Deita de novo no chão.

– Eu? – gane ela. – Mas foi a Nora que...

– Eu mandei *deitar*. – Ele sacode a pistola para Harper, e o rosto dela fica lívido. – Eu já chamei a polícia, e eles vão chegar a qualquer momento.

Harper se deita no chão e eu também, minhas pernas não me sustentam mais. Fico de quatro no chão, com a visão sumindo e tornando a voltar.

– Brady... – balbucio.

E então, antes de conseguir dizer qualquer outra palavra, perco os sentidos.

QUARENTA E SEIS

Quando acordo, estou sozinha num quarto de hospital de um branco ofuscante.

Minha cabeça lateja, e minha boca está mais seca que um deserto. É preciso muito esforço para abrir os olhos. Reparo que há um acesso no meu braço esquerdo, injetando na veia o conteúdo de uma bolsa de soro fisiológico normal.

Reparo também que não estou algemada. Minha perna não está acorrentada à cama. E interpreto isso como um sinal positivo.

Vasculho a cama em busca de algum tipo de botão para chamar alguém. Quero saber o que está acontecendo. O que houve depois de eu perder os sentidos no porão? Onde está Harper?

Ergo os olhos para o relógio fazendo tique-taque na parede. Está marcando duas horas. Com base no fato de estar um breu do lado de fora, suponho que isso signifique que são duas da manhã.

Pressiono o polegar com firmeza no botão de chamada e espero a enfermeira chegar. Tento me sentar na cama, mas o latejar na cabeça se intensifica. Meu Deus, estou me sentindo péssima.

Poucos minutos depois, uma mulher de pijama cirúrgico florido entra no meu quarto. Está usando um crachá pendurado no pescoço com o nome "Paula" impresso em grandes letras pretas. Ela me dá um sorriso superficial.

– Quer dizer que a senhora acordou, Dra. Davis?

Valorizo sua cortesia profissional, mas nesse momento não quero ser a Dra. Davis.

– Nora – corrijo-a.

– Nora – repete ela.

– Eu estou... – Apesar de doer, engulo a saliva. – Presa?

– Não, acho que não. Por quê? Deveria?

– Hã... – Balanço a cabeça, o que aumenta o latejar. – Estou com dificuldade para lembrar o que aconteceu. Como eu cheguei aqui?

– Bom, pelo que entendi a senhora foi drogada de modo bastante significativo e trazida de ambulância para o pronto-socorro, onde foi medicada para reverter os efeitos do sedativo encontrado na sua corrente sanguínea – explica Paula. – Mas talvez seu amigo tenha mais informações do que eu.

– Amigo?

Ela arqueia uma sobrancelha.

– Ou ele é seu namorado? Não deixamos ele entrar, mas, se quiser falar com ele, posso chamar. Ele disse que se chama Brady. Tenho certeza que vai ficar aliviado ao saber que a senhora está bem.

Passo a língua pelos lábios; estão secos e rachados.

– Ele tá esperando lá fora?

– Desde que a senhora deu entrada. Há umas três horas.

Assinto, o que provoca uma nova pontada de dor.

– Pode deixar ele entrar.

Apesar da dor de cabeça e do fato de preferir estar sozinha, fico desesperada para ver Brady. É só depois que Paula se retira que começo a me preocupar com minha aparência. Se eu estiver com uma cara condizente com o modo como estou me sentindo, não sei se quero mesmo que ele me veja. Mas, pensando bem, se ele está esperando aqui há três horas, seria maldade não deixá-lo entrar.

Poucos minutos depois, uma fresta se abre na porta do meu quarto. Mando-o entrar, e no instante seguinte Brady aparece. Está com a cara que eu imaginava que fosse estar depois de passar três horas sentado numa sala de espera. Seus cabelos castanhos estão uma bagunça e há olheiras sob os olhos. Mas ele dá um jeito de sorrir.

– Você está bem.

– Graças a você – assinalo.

Ele solta o ar pelo nariz.

– Você parecia estar se virando muito bem.

Revejo na cabeça o momento em que consegui imobilizar Harper e fazê-la soltar a pistola. Tive a sensação de estar com a vantagem. Mas tinha muita droga no meu organismo. Não sei por quanto tempo teria conseguido manter a pressão. Se Brady não tivesse aparecido...

– Como você soube que era pra descer até o porão? – indago.

Ele esfrega os olhos levemente vermelhos.

– É que você me pareceu tão surtada... Fiquei preocupado. Então fui até sua casa e a porta da frente estava destrancada.

Certo. Eu estava a ponto de sair de casa quando ouvi o barulho no porão.

– Só tive a sensação de que tinha alguma coisa errada – murmura ele. – Mas, meu Deus do céu, nunca poderia ter imaginado...

– Pois é – digo entre os dentes. – Eu... eu sinto muito ter surtado lá na sua casa. A sobrinha da Sra. Chelmsford me falou que você não tinha filha, e eu achei que...

Ele abaixa a cabeça.

– Ah... hum, não vou mentir pra você... financeiramente, as coisas no momento estão complicadas pra mim, e, se eu tivesse dito a ela que a Ruby ia ficar comigo, isso significaria pagar um aluguel mais alto. Então não joguei totalmente limpo com ela.

Claro, faz muito sentido. Queria ter lhe dado uma chance de se explicar. Mas eu estava apavorada demais.

Um pensamento me ocorre de repente.

– O Philip. Ele tá bem? O cara amarrado na cadeira...

Brady passa tempo suficiente calado para eu ficar preocupada de a resposta ser não.

– Está vivo – responde ele por fim. – Mas, pelo que eu soube, não está muito bem. Sorte a sua ele ter recuperado a consciência por tempo suficiente para contar à polícia que não foi você quem fez aquilo com ele.

Seguro um bolo de lençol no punho fechado. Coitado do Philip. Ele tem que sobreviver. Foi culpa minha isso ter acontecido com ele.

Mas pelo menos ele tem uma chance de sair dessa. Se eu não tivesse descido lá no porão, Harper com certeza o teria matado.

– E a Harper? – pergunto.

– A garota foi presa – responde ele. – Depois que o seu sócio fez a acusação, ela confessou tudo. Ter matado aquelas duas mulheres. Ouvi parte da confissão. Ela parecia orgulhosa do feito.

Aposto que estava mesmo. Mas, se as circunstâncias fossem outras, teria me feito pagar por tudo que fez sem pestanejar.

Brady está me encarando com uma expressão indecifrável. Sinto uma súbita onda de afeto.

– Obrigada – digo depressa.

Ele franze o cenho.

– Por quê?

– Por... – Penso em quando ele apareceu no porão e pegou a pistola. Tive certeza de que iria pensar que a assassina era eu. Mas, em vez disso, apontou a arma para Harper. – Por ter acreditado em mim quando falei que não tinha sido eu.

Ele se senta na beira da minha cama.

– Passei muito tempo pensando nisso nos últimos dias, e eu *conheço* você. Você é uma boa pessoa, Nora. Não estou nem aí pra quem é seu pai. Eu sabia que você não seria capaz de fazer uma coisa dessas.

Estendo a mão para segurar a dele. Passei os últimos 26 anos em pânico com o que as pessoas iriam pensar se descobrissem meu segredo. Mas ele sabe e mesmo assim me respeita. Mesmo assim gosta de mim.

– Obrigada.

– Além do mais... – Ele aperta minha mão. – A Harper estava com um baita facão preso no tornozelo. Numa bainha, como se fosse uma pirata ou uma samurai.

– Ah. – Como foi que deixei isso passar? Bom, estava escuro no porão. – Mesmo assim, sou grata a você.

Ele fica ali sentado na beira da cama, segurando a minha mão. Assim que conheci Brady, quando estávamos na faculdade, eu o achei um cara legal. Alguém de quem poderia vir a gostar de verdade. Mas tive medo de conhecê-lo. Medo de ter um relacionamento e aonde isso poderia levar.

Talvez, depois de 26 anos, esteja na hora de parar de sentir medo.

EPÍLOGO

Um ano depois

– Então isso é um mercado de produtores – digo. – Humm.

É uma linda manhã ensolarada de sábado na região da baía de São Francisco, e Brady me arrastou até o mercado de produtores mais próximo. Nunca estive num lugar desses. Até onde meu olhar alcança, ele consiste em fileiras de barraquinhas vendendo produtos cerca de cinco vezes mais caros do que os que eu compro no supermercado.

– O que tem aqui é muito melhor do que o que tem no supermercado – garante Brady. – Juro que é.

– Humm – repito. – Então essas pessoas que estão aqui vendendo hortifrúti são de fato *agricultores* ou...

Brady cutuca meu braço.

– Será que dá pra você curtir o ar livre só dessa vez?

Brady é muito estranho. Gosta de coisas como ar livre. Principalmente agora, que arrumou outro emprego no Vale do Silício e voltou a passar o dia inteiro grudado num computador. Todo fim de semana ele quer sair e fazer coisas. *Ao ar livre.* Daqui a pouco aquelas injeções de vitamina D vão ficar sem serventia nenhuma.

Mas tive um motivo bem específico para vir ao mercado de produtores hoje. Ontem olhei a lista de vendedores, e um dos nomes me pareceu familiar.

– Ah, olha! – exclamo. – Olha aquela mulher ali vendendo marionetes! A Ruby iria amar.

– Humm – faz Brady.

Quando completamos uns três meses de namoro, Brady me apresentou à filha. Que é quase insuportável de tão fofa. Sobretudo porque estava sem os dois dentes da frente e só falava assobiando. (Os dentes definitivos agora já saíram. Mas ela continua muito fofa.)

Até deixei que ela escolhesse o nome da minha gata. Estava meio cansada de chamá-la apenas de Gata. Ainda mais por ela dormir na minha cama toda santa noite, às vezes na minha cara. Às vezes na do Brady. Acho que ela pode fazer o que quiser depois de ter salvado a minha vida. Mas, graças a Ruby, vai ter que carregar pela vida afora o nome Miauzi. Sinto pena da gata, mas não podia dizer não para Ruby. Mas, enfim, a gata tem uma vida bem boa.

E, no fim das contas, eu não odeio crianças.

– Você tem que parar de comprar tantos presentes pra Ruby – diz Brady. – Sério. Está mimando ela demais.

– Tudo bem – resmungo. – Vamos lá comprar uns rabanetes pro almoço ou sei lá o quê.

Brady entrelaça os dedos nos meus e aperta minha mão. Aperto de volta e sorrio para ele. Está um dia lindo. Em dias como o de hoje, consigo esquecer tudo que aconteceu um ano atrás. Tudo parece ter finalmente ficado para trás.

Harper, de modo bem parecido com nosso pai, declarou-se culpada pelo assassinato daquelas duas moças. Homicídio doloso. Vai cumprir duas penas de prisão perpétua, enquanto seu namorado William Bennett Jr., o Sonny, recuperou-se dos ferimentos e está cumprindo vinte anos pela participação nos crimes. Não compareci à audiência que condenou Harper. E não respondi a nenhuma das cartas que ela me escreveu no último ano. Rasgo-as toda semana.

É triste porque sempre quis ter uma irmã. Costumava ter essa fantasia quando era pequena. E, logo após descobrir que tinha uma, eu a perdi. Teria sido melhor continuar filha única.

Minha mãe sabia o que estava fazendo quando tirou a própria vida. Não a culpo mais por isso.

Philip ficou bem mal por um tempo depois do que aconteceu. Os cirurgiões tentaram reimplantar sua mão esquerda, mas não conseguiram. Ele passou a não conseguir mais operar e teve que se aposentar da carreira de cirurgião. Passou um tempo arrasado, mas tentei lhe dar a maior força possível. Cheguei a ir à casa dele uma noite bem tarde e joguei fora uma porção de garrafas de bebida. Mas ele agora está bem. Começou a lecionar na faculdade de Medicina da nossa região: dá aulas de anatomia. Não é a vida que imaginou ter, mas está bastante feliz. Começou até a namorar recentemente e me contou que a coisa está ficando séria. Quem sabe agora que ele passou por uma experiência de vida ou morte vai conseguir sossegar o facho de vez. No entanto, ele me disse que até hoje tem pesadelos.

Também tenho pesadelos até hoje. Acordo aos gritos no meio da noite, e Brady me abraça e fica conversando baixinho comigo até eu me acalmar.

– Olha! – digo para Brady. – Xarope de bordo. A gente deveria levar. Posso fazer panqueca pra Ruby.

Ele me encara com surpresa.

– *Você*, fazer panqueca?

– O que é que tem? Não posso fazer panqueca?

– Poder, *pode*. É só que nunca vi você acender o fogão. Não tenho nem certeza absoluta se você sabe como se faz.

Dou-lhe um cutucão no ombro, embora talvez ele tenha razão. Mas acho que eu seria capaz de entender como se acende o fogão. Não é neurocirurgia ou algo assim.

– Bom, vou começar a cozinhar. Vou fazer panqueca todo final de semana.

Ele ri.

– Tudo bem. Vou incluir isso nos seus votos matrimoniais então.

Não consigo reprimir um sorriso. Brady me pediu em casamento um mês atrás, e ainda estou me acostumando com a ideia. Meu *noivo*. Nunca pensei que fosse me casar, mas essa parece ser a coisa certa. Perguntei se ele estava pronto para encarar outro casamento apenas dois anos depois de se divorciar, e ele disse que com certeza estava.

Começamos também a procurar uma casa. Como não consegui voltar para minha antiga casa depois do que aconteceu lá, coloquei o imóvel à venda e desde então venho alugando um apartamento. Poucos dias atrás, fizemos uma proposta numa linda casa nova com um quintal gigante nos fundos e um bom quarto para Ruby, mas uma característica específica da casa é a que mais me agrada.

Lá não tem porão.

Brady se afasta para degustar uns queijos enquanto me aproximo da barraquinha de xarope de bordo. Ali são vendidos vários tipos e tamanhos de xarope. Caseiros, pelo visto. A vendedora é uma mulher de aparência gentil, com cabelos castanhos presos para trás num coque e avental xadrez.

– Oi! – diz ela. – Quer uma provinha do Xarope de Bordo Baker?

– Claro – respondo.

A mulher cantarola consigo mesma enquanto vira um vidro grande de xarope num copinho de degustação. Estreito os olhos para ela, tentando reconhecer a menina de 11 anos que encontrei encolhida naquela trilha de mata no caminho da própria casa, segurando um tornozelo torcido.

– Marjorie? – digo baixinho.

Mas ela nem me escuta, de tão focada no que está fazendo. Não faz mal. Eu sei quem ela é.

Marjorie me passa um copinho de líquido cor de âmbar.

– Experimenta só.

Viro o copinho e engulo o xarope. Está uma delícia. No ponto exato de doçura.

– Muito bom – elogio. – É você mesma quem faz?

Ela assente.

– Meu marido e eu temos uma fazenda. Perfuramos nossos bordos e recolhemos nós mesmos a seiva em baldes. Fazemos o processo inteiro. – Ela dá uma risadinha. – Até meus filhos ajudam a envasar.

– Deve ser bem legal – murmuro. – Hã… vou levar dois vidros.

– Do claro ou do escuro?

Engulo em seco.

– Hum, que tal um de cada?

Retiro as notas da carteira enquanto Marjorie embala num saco de papel pardo os dois vidros de xarope de bordo. Ela me estende o saco, mas, logo antes de eu pegá-lo, os olhos dela se estreitam.

– A gente… – Ela enruga a testa. – A gente se conhece?

O olhar me deixa pouco à vontade. Não quero que ela saiba quem sou.

Não quero que me reconheça como Nora Nierling. No que me diz respeito, essa pessoa morreu. Eu só queria saber se Marjorie era feliz.

Não consegui salvar Mandy Johansson, mas pelo menos Marjorie eu salvei.

– É que eu tenho um rosto supercomum – digo.

Marjorie aquiesce. Não parece desconfiada de mim. E nem deveria. Ela não tem o tipo de vida em que cadáveres se materializam no porão da casa dela. Tem uma vida boa. O tipo de vida que eu quero ter. O tipo de vida que vou tentar ter daqui para a frente.

Então pego o saco de papel com os dois vidros de Xarope de Bordo Baker e vou ao encontro do meu noivo.

HARPER

Minha irmã, Nora.

Que catástrofe.

Assim que descobri que eu tinha uma irmã, fiquei *feliz*. Passei a infância inteira sabendo que era diferente de todo mundo e nunca entendi por quê. Meus pais adotivos não me entendiam; eles morriam de medo de mim. Então completei 18 anos e descobri quem eu era, e tudo finalmente fez sentido.

Passei um tempo vigiando-a. Admirei-a, isso eu reconheço. Minha irmã, uma *cirurgiã*. Vivia querendo abordá-la, mas me sentia intimidada demais.

Então conheci nosso pai. E ele me contou a verdade. Foi Nora quem o entregou tantos anos atrás. Ela procurou a polícia e contou sobre a oficina dele. Se não fosse por ela, ele seria um homem livre. E eu ainda estaria com minha família. *Nora traiu a gente. Ela não é como nós.*

Mas nosso pai está errado em relação a Nora. Ele não faz ideia.

Eu a vi fazer coisas. Eu me lembro de quando aquele homem chamado Arnold Kellogg apareceu com a esposa depois da operação de hérnia. A esposa estava com o olho roxo, e ficou óbvio que o responsável era ele. A esposa voltou no dia seguinte, e eu a ouvi conversando com Nora na sala dela. Ouvi a esposa chorando e dizendo que jamais poderia largá-lo, que ele iria encontrá-la e matá-la. Estava desesperada.

Então Nora saiu da sala dela. Eu a vi pegar uma ampola do gluconato de cálcio que tínhamos na sala de materiais e também uma seringa. Então a segui de volta até a sala e encostei o ouvido na porta.

Injete isso nele quando ele estiver dormindo. Todo mundo vai achar que ele infartou. Ele não vai acordar.

Aí, uma semana depois, a Sra. Kellogg voltou para nos contar que o marido tinha morrido de infarto.

Eu sei o que Nora fez. Ela matou aquele homem. Ou pelo menos é responsável pela morte dele. E isso não a incomodou em nada. Nem um pouquinho.

Viu só? Ela é mais parecida com a gente do que qualquer um acha.

Nunca contei à polícia o que sei sobre Arnold Kellogg. Guardei o segredo dela. Afinal de contas, ela é minha irmã.

E nunca se sabe quando uma informação dessas pode vir a calhar.

AGRADECIMENTOS

Alguns meses atrás, meu pai estava reclamando dos pais das protagonistas dos meus livros.

– Por que nos seus livros os pais sempre têm um papel tão pequeno? – queixou-se ele.

– Bom – comecei a falar para ele –, você vai gostar de saber que no meu próximo livro o pai da protagonista tem um papel ENORME.

Hum, talvez a coisa não tenha sido como ele imaginava. Mas só para você saber: o personagem de Aaron Nierling não tem nenhuma relação com o meu pai. Meu pai, por exemplo, nunca comprou um camundongo de estimação para mim. Além disso, ele não é flebotomista. Pode ter certeza de que essas partes são inteiramente fictícias.

Sobre os agradecimentos...

Obrigada à minha mãe, por ter continuado a ler este livro mesmo com medo. Obrigada a Jen, pela crítica completa e detalhada como sempre. Obrigada a Kate, pelas ótimas sugestões e pela correção ortográfica. Obrigada a Rebecca, pelos ótimos conselhos. Obrigada a Ken, pelas dicas perspicazes. Obrigada ao meu grupo de escrita, pelas ótimas ideias para os primeiros capítulos. Obrigada a Rhona, pelo simples fato de estar por perto quando preciso de uma opinião. Obrigada a Nelle, pelos olhos de águia!

E, como sempre, obrigada ao restante da minha família. Sem o incentivo de vocês, nada disso seria possível.

CONHEÇA OS LIVROS DE FREIDA McFADDEN

O detento
Até o último de nós
A sete chaves

SÉRIE A EMPREGADA

A empregada
O segredo da empregada
O casamento da empregada (apenas e-book)
A empregada está de olho

Para saber mais sobre os títulos e autores da Editora Arqueiro,
visite o nosso site e siga as nossas redes sociais.
Além de informações sobre os próximos lançamentos,
você terá acesso a conteúdos exclusivos
e poderá participar de promoções e sorteios.

editoraarqueiro.com.br